드래곤의 신부 3
김해숙 판타지 장편 소설

초판 1쇄 찍은 날 § 2006년 2월 10일
초판 1쇄 펴낸 날 § 2006년 2월 20일

지은이 § 김해숙
펴낸이 § 서경석

편집장 § 문혜영
편집책임 § 유경화
편집 § 최하나 · 문정흠

펴낸곳 § 도서출판 청어람
등록번호 § 제1081-1-89호
등록일자 § 1999. 5. 31
어람번호 § 제1-0677호

주소 § 경기도 부천시 원미구 심곡1동 350-1 남성B/D 3F (우) 420-011
전화 § 032-656-4452   팩스 § 032-656-4453
http://www.chungeoram.com
E-mail § eoram99@chollian.net

ⓒ 김해숙, 2006

ISBN 89-5831-928-3 04810
ISBN 89-5831-925-9 (세트)

※ 파본은 본사나 구입하신 서점에서 교환하여 드립니다.
※ 저자와 협의하여 인지를 붙이지 않습니다.

드래곤의 신부
The Bride of Dragon

김해숙 판타지 장편 소설

시슬리안에 생긴 일 ③

도서출판 청람

Chapter 1 소디스 요정 여왕의 귀환 /7

Chapter 2 길 위의 인연 /47

Chapter 3 약재상에서 생긴 일 /75

Chapter 4 정력제와 강도, 그리고 사기꾼 /145

Chapter 5 시슬리안 아침의 풍경 /185

Chapter 6 이종족들의 방문 /217

Chapter 7 아스카식 손님 환대하기 /257

Chapter 8 카린 성의 대책 회의 /283

Chapter 1
소디스 요정 여왕의 귀환

멀리서 쏴아아— 하는 물소리가 들려오자 아스카는 흠칫 몸을 떨었다.

폭포에서 나오는 한기가 싫어서 좀 떨어진 곳에 자리를 잡고, 모닥불까지 피웠는데도 물소리를 의식할 때마다 오싹 소름이 돋는 것 같다.

'역시 춥군. 감기라도 걸린 걸까나?'

아스카는 무의식적으로 트니에의 옷깃을 여몄다.

감기에 걸리면 귀찮다. 앓아누워서 할 일을 못하게 되는 것도 큰일이지만, 킬렌과 샤펜 부인을 비롯한 성안 사람들이 과도하게 걱정을 하는 것이다.

특히, 유능한 가정부인 샤펜 부인은 아스카의 건강에 관해선 절대로 타협을 하지 않는 잔소리꾼이다. 만약 아스카가 산책을 핑계 삼아 나와서 리샤스 폭포의 얼음물에 발을 담갔다는 사실을 들키는 날엔 쓰디

쓴 감기 약을 마시는 것은 기본이고, 한동안 산책 금지령이 떨어질지도 모른다.

그런 불행한 사태를 방지하기 위해서는 여기서 이렇게 얼쩡거릴 게 아니라 드래곤 계곡으로의 외출 사실이 들키기 전에 재빨리 돌아가야 한다는 것을 아스카도 알고 있다.

'하지만 이렇게 만나서 술 한잔도 없이 헤어진다는 것은 너무 쓸쓸하잖아.'

아스카는 준비해 온 술잔과 샴페인 병을 꺼내다가 뺨에 와 닿는 강렬한 시선을 느끼고 고개를 돌렸다. 새카만 털을 가진 작은 강아지 한 마리가 그녀를 노려보고 있었다.

[도무지 납득이 가지 않는다! 왜, 왜! 내 잔만 없다는 것인가!!]

으르렁거리는 소리를 듣자 울컥 짜증이 치민 아스카는 충동적으로 녀석을 집어 들어 휙 하고 던져 버렸다.

강아지는 공교롭게도 레온 쪽으로 날아갔다. 자신을 향해 날아오는 물체를 엉겁결에 잡아챈 그는 뒤늦게 정체를 확인하고 상당히 떨떠름한 표정을 지었다.

[무슨 짓을 하는 거냐?! 이 빌어먹을 꼬맹이가!!]

"시끄러! 납득할 수 없는 것은 내 쪽이란 말이다! 젠장!"

모닥불을 중심으로 빙 둘러앉은 면면을 바라보자 저절로 한숨이 나올 지경이다.

어째서 이렇게 된 것일까? 그녀는 단지 우려했던 일이 무사히 잘 끝나서, 그동안 마음고생을 했을 레온에게 위로의 잔이나 건네려고 했던 것뿐인데.

지금의 분위기는 완전히 친목회의 그것이다.

아스카와 모닥불을 두고 마주 보는 형태로 레온이 있고, 그의 오른쪽 옆에는 인간형으로 변한 미류가, 아스카의 왼쪽 옆에는 풍아가 자리를 잡고 앉았다.

방금 전까지 아스카의 오른쪽 옆에 있다가 레온에게 목덜미가 잡힌 형태로 짖어대고 있는 까만 강아지는 '한때는 마수'였던―지금은 아니냐 하면, 그런 건 아니지만―트릴이다.

협상이 끝나자 마나 효율 운운하며 지금과 같은 모습―강아지―으로 변한 마수에게 아스카는 코웃음을 치고 있었다. 자신의 정체를 충분히 드러냈으니, 이런 모습으로 있어도 적당한 공경심을 보여줄 거라고 기대했다면 큰 오산이다.

'잡은 물고기에 먹이 주는 것 봤어? 게다가 고용해 달라고 한 것은 그쪽이니까 얼마든지 마구 부려먹어 주지.'

아스카의 입장에서 보면, 까만 강아지는 새로이 낚시에 걸려든 '잡은 물고기'에 불과했다.

잡힌 물고기가 고등어든 돌돔이든 혹은 상어이든 알게 뭐란 말인가. 녀석이 제아무리 바다 속을 휘젓고 다닌 난폭자라고 해도, 그녀의 손에 걸려든 이상은 요리되는 것만 남았는데.

"널 해치운 축배를 들 예정이었으니까, 네 녀석의 잔이 없는 거야 당연하지!"

빽 하고 소리쳐서 마수의 입을 다물게 만든 아스카는 은제 술잔에 샴페인을 오 등분하여 부었다. 술의 싸한 향기가 공기 중에 퍼졌다.

"너는 인간이 먹는 음식은 필요없다고 하지 않았냐고! 왜 갑자기 말을 바꾸고 그래!!"

[음식이 필요없다고 했지, 술이 필요없다고는 하지 않았다!]

아스카는 하늘을 올려다보며 체념에 가까운 한숨을 내쉬었다.

이해가 가지 않는다. 마나만으로 살아갈 수 있기 때문에 그들을 '상위존재(上位存在)'라고 높여서 부르는 게 아닌가. 그렇게 대단하다는 상위존재들이 왜 한결같이 그녀의 술을 축내지 못해서 안달이란 말인가.

불의 정령왕인 프로이엔은 말할 것도 없고, 풍아도 술을 즐긴다. 게다가 건방지게도 검인 미류조차 술은 마신다는 것이 아닌가. 그러자 이번에는 당연히 필요없다고 할 줄 알았던 마수까지 자신의 잔을 내놓으라고 난리다.

"건배 한번 하는데 잔이 다섯 개나 필요할 줄 누가 알았겠어? 오 등분이라니, 젠장! 이걸 누구 코에 붙여?! 좋은 술인 줄은 알아가지고!"

아스카는 투덜거리면서 잔을 하나씩 나눠 주었다.

그녀는 샴페인과 함께 4개의 잔을 준비해 왔었다. 자신과 풍아, 레온의 몫으로 3개에다 하나는 예비용이다. 이렇게 철저한 준비성에도 불구하고 잔이 모자라 병나발을 불게 될 줄 누가 알았겠는가.

"호오, 상당히 분위기있는 잔이군."

여행을 다니면서 제법 술을 마셔보았다는 미류가 잔을 보고 아는 척을 했다.

은제 잔은 나비 날개 같은 형태의 손잡이가 양쪽으로 나 있는 바닥이 낮은 잔으로, 섬세한 세공은 드워프의 작품이었다.

"주방의 지배자, 샤펜 부인의 보물이니까 마시고 고이 돌려주길 바라. 분실, 훼손 등의 사고가 생기는 날엔 뒷일은 책임 못 져."

분위기있는 잔은 모두 이놈, 저놈에게 나눠주고 막상 본인은 병나발을 불게 된 아스카는 불퉁한 얼굴로 톡 쏘아붙였다.

하지만 어쩌겠는가. 인간이 아닌 녀석들 중에서는 만만한 놈이 없고, 인간인 레온은 이 자리의 주인공인 것을.

인간과 인간이 아닌 존재들이 각자의 잔을 들고, 아스카는 자기 몫의 술병을 들었다.

"마수의 왕 고용 성공을 축하하며 건배!"

이 얼마나 어설프고 어중간하며, 김빠지는 구호란 말인가.

아스카는 어깨를 축 늘어뜨렸다.

"아, 김빠져. 이 필마르 샴페인으로 축배를 들 정도라면, 적어도 '트릴 슬레이어(Tril Slayer:트릴을 죽이는 자)의 탄생을 축하하며!' 정도는 될 줄 알았는데."

[고마움을 모르는 녀석이군.]

흡족하게 술을 할짝거리고 있던 마수가 아스카를 흘겨보았다.

"전혀 축배 같은 기분이 나질 않잖아. 지금은 몇 병 남아 있지도 않은 귀한 샴페인까지 동원했는데. 이거, 돈 주고도 못 사는 거란 말이야."

[음, 좋은 향기다. 인간의 술은 몇 번밖에 마셔본 적이 없지만, 내가 마셔본 중에서 제일인 것 같군. 거품이 톡톡 터지면서 상쾌하면서도 싸한 느낌을 주는 것이 제법이야.]

마수가 수긍하듯이 말하자, 아스카는 흡족하게 고개를 끄덕였다.

"그렇지? 필마르 샴페인은 이 풍부하면서도 깊은 향기가 특징이야. 향기 때문에 약간 달게 느껴질 수도 있지만, 거품이 단맛을 상쇄시키고 끝 맛을 상쾌하게 느끼게 하지. 디저트용으로 좋아."

[괜찮긴 한데, 좀 싱겁군. 찌릿찌릿함이 없어.]

"그거야 도수가 낮으니까. 독한 술을 좋아해?"

[내가 예전에 마셨던 술은 킬케르 뿌리로 즙을 내어 발효시킨 것이

었는데, 꽤 괜찮았다.]
 "킬케르 뿌리? 그건 독초 아니었나? 그런 건 없지만, 독한 술을 좋아한다면 포카주도 꽤 괜찮아."
 '나랑 언제 포카주 마셔볼래?' 라고 말하려던 아스카는 갑자기 현실을 깨닫고 머리를 쥐어뜯었다.
 "아, 내가 대체 뭘 하고 있는 거야?!"
 마수를 상대로 술 취향이 비슷하다고 기뻐하고 있을 때가 아닌데. 빛조차 스며들지 않는 어두운 숲 속에 앉아 있노라면 시간이 멈춘 것 같아서 마음이 느긋해진다.
 "이봐, 술 더 없나?"
 미류가 더 달라는 듯이 빈 잔을 내밀자, 아스카의 이마에 핏대가 돋았다.
 "없어!"
 "젠장. 줄려면 좀 많이 주던가, 감질나게 이게 뭐야?"
 "뭐야?! 이게 다 누구 탓인데 그래? 네놈들은 애초에 인원수에서 제외였어!"
 아스카는 발딱 일어나 미류와 마수를 향해 손가락질을 했다. 그런 그녀를 물끄러미 바라보던 레온의 시선이 아스카가 입고 있는 트니에 아랫자락에 머물렀다.
 "아스카님."
 아스카는 미류와 티격태격하다가 말고 레온을 돌아보았다.
 "왜?"
 "춥지 않으십니까?"
 "응?"

갑자기 무슨 소린가 했지만, 그가 트니에의 젖은 부분을 보고 있다는 것을 알고 피식 웃었다. 아까부터 오싹오싹하게 한기가 드는 것은 옷과 신발이 젖은 탓이었던 것 같다.

"어쩔 수 없잖아. 트니에는 잘 안 마르니까."

[벗어서 말리면 어때?]

물이 들어간 장화는 이미 벗어서 불 옆에서 말리고 있다. 하지만 트니에는 그렇게 할 수 없는 이유가 있었다.

"그러면 좋겠지만, 나는 이 옷을 혼자서 입을 수가 없단 말이야. 이거, 보기보다 복잡하거든? 옷을 말리는 것은 좋지만, 벗으면 누가 갈 때 옷을 입혀주겠어? 그렇다고 속옷만 입고 갈 수도 없잖아."

그녀는 집안 사람들에게는 비밀로 여기 와 있는 것이다. 샤펜 부인에게도 산책을 간다고 하고 나왔으니, 저녁 식사 전까지는 들키지 않게 돌아가야 했다.

"제가 입혀드릴 수도 있습니다만."

뜻밖의 말에 아스카는 눈을 크게 떴다.

"허리띠도 맬 수 있어? 이거 의외로 손재주가 필요한데, 너 그런 손재주는 없잖아."

레온이 고개를 끄덕이자 아스카는 상당히 미심쩍은 눈으로 그를 보고 있었다. 대체 어떻게 해서 남자인 그가 '여자의 트니에를 입혀주는 법'을 익혔을까를 의심하는 눈빛이었다.

'입혀주는 것을 안다는 것은 벗겨봤다는 것이고, 그렇다는 것은 역시……'

그는 아스카가 무슨 생각을 하고 있는지 아는 듯 쓴웃음을 지었다.

"줄리아에게 트니에를 입혀주다 보니 자연히 익혀졌습니다. 제아무리 손재주가 없는 저라도 십수 년 동안 반복하면 손에 익게 마련이지요."

그건 그렇다. 가사에는 무능하다 못해 기물 파괴를 일삼는 줄리아가 솜씨 좋게 허리띠를 매고 있는 모습은 상상이 가지 않으니, 만만한 남동생에게 익히 했다는 부분도 납득이 간다.

'하지만 손재주가 없기로 소문난 레온도 하는데, 여자인 줄리아가 못한다는 게 어쩐지…….'

궁극의 솜씨없음 내지는, 그러고도 한 번도 옷매무새가 흐트러진 적이 없으니 궁극의 요령 좋음이 아닐까.

"그러면 한번 믿어볼까? 나중에 샤펜 부인에게 들키면 안 되니까, 지금 하고 있는 것과 똑같은 형태로 묶어줄 수 있어?"

레온은 허리띠가 묶여진 방식을 기억해 놓으려는 듯 매듭을 찬찬히 살펴보더니 고개를 끄덕였다.

"예."

그녀는 옷을 벗기로 했다. 입혀줄 사람이 있다면 벗지 못할 것도 없기 때문이다. 사실 내색은 안 했지만 물에 젖은 치맛자락이 무겁고, 춥기도 했었다.

안에 입고 있는 샤림도 벗을까 했지만 샤림은 홑겹이라 트니에보다는 잘 마른다. 그녀의 차림새를 신경 쓸 만한 사람이 주변에 없다고 해도 속옷에 해당하는 샤림까지 벗고 있는 것은 좀 그래서 그냥 입고 있기로 했다.

트니에는 잘 벗어서 허리띠와 함께 나뭇가지에 걸쳐 놓았다. 풍아에게 부탁해 두었으니까 잠시 후면 마를 것이다.

아랫단 쪽에는 흙이 엉겨 붙어 지저분해져 있지만 마른 뒤에 털면 될 테고, 그녀가 옷을 더럽히는 일이 어제오늘 일이 아니니 샤펜 부인도 그렇겠거니 할 것이다.

"특이한 옷이로군."

미류가 나뭇가지에 걸쳐 놓은 트니에를 보더니 말했다.

"전투밖에 관심없는 줄 알았더니 여자 옷에도 흥미가 있어?"

아스카가 놀리는 투로 말하자 그는 피식 웃었다.

"짧지 않은 시간 동안 봐왔지만, 인간 여자는 나의 이해 능력 밖의 존재다. 여러 나라들을 가봤지만, '유행'이라고 하던가? 단지 치마가 조금 더 부풀고, 덜 부풀고가 왜 그렇게 심각한 논란의 이유가 되는지 알 수 없더군."

"여자를 이해하려고 들다니, 백 년은 빨라. 하지만 네 말에도 일리가 있어. 소매나 치마에 칼자국―슬릿―이 들어갔느냐, 아니냐로 언쟁을 하는 것은 좀 바보스럽긴 하지. 하지만 그것이 그 사람들에겐 낙이니까 말이야."

"그들이 거기서 즐거움을 느끼거나 말거나 내 알 바 아니다. 하지만 칼자국이나 치맛자락 부풀리기에 비하면, 네 옷은 제법 효율적이긴 하군. 아주 잘 보인다."

미류의 말을 흘려들으며 술을 홀짝이고 있던 아스카는 그의 마지막 말에 고개를 갸웃했다.

"잘 보인다니, 뭐가?"

아스카는 '옷감이 물에 젖어 비치기라도 하나?' 하고 생각했다.

"그걸 뭐라고 하지? 남들과 달라서 사람들의 시선을 끄는 것."

"개성적? 독특하다?"

"아, 그래, 맞아! 네 옷이 독특하다는 것은 인정하겠는데, 옷에 저런 식으로 야광 처리를 하면 곤란한 일은 없나? 내가 상관할 바는 아니지만, 지나치게 눈에 띌 것 같은데. 특히 밤에는."

아스카는 미류가 하는 말의 의미를 알 수가 없어 미간을 찌푸렸다.

"그건 또 무슨 소리야? 야광 처리라니, 저 옷은 그냥 평범한 드레스라고. 네가 이런 말을 한다고 알아들을지는 모르겠지만, 저 드레스의 소재는 서대륙의 비단과는 직조 방식이 다르고, 천 자체가 상상할 수 없을 정도로 얇기 때문에 마법이나 속성도 걸 수 없는 천이야. 어둠 속에서 반짝이는 것처럼 보이는 것은 수를 놓은 은실에 모닥불의 불빛이 반사된 탓이겠지."

그러자 미류는 잠자코 일어나 트니에를 집어 들고 불빛이 미치지 않는 먼 곳으로 갔다.

겨울 산은 해가 빨리 져서 불가에서 몇 걸음만 떨어져도 한 치 앞을 분간하기 어려웠지만, 인간이 아닌 그에게 그런 것은 아무런 문제가 되지 않는 모양이다.

1티렘, 10티렘, 30티렘, 50티렘······.

트니에를 든 미류의 모습이 점점 멀어져 갔다. 아스카는 그가 자신의 트니에로 무슨 짓을 하려는 건가 싶어서 미간을 찌푸리고 있었지만, 100티렘 정도 되는 거리에서 그가 멈추어 서자 입을 딱 벌릴 수밖에 없었다.

"어, 어라, 저, 저······."

멀리 어둠 속에서 검은 옷을 입은 미류의 모습은 보이지 않았지만, 같은 검은색인 자신의 트니에는 희뿌옇게 빛을 뿜어내고 있었던 것이다.

범인은 깊이 생각해 볼 것도 없었다. 어둠 속에서 빛을 발하게 하는 물질은 많지만, 저런 식으로 신비한 청백광의 빛을 뿌리는 것은 요정의 가루뿐이다.

"그러니까 날개를 비벼대는 것만은 참아달라고 했는데… 트니에마다 저렇게 가루를 잔뜩 묻혀놓으면 날더러 어쩌란 말이야. 아끼는 트니엔데 밤에는 절대 못 입게 됐잖아."

1백 티렘 밖에서도 희뿌연 청백광이 뚜렷하게 보이는 옷이라니, 저런 것을 입고 밤에 나돌아다녔다간 아무도 그녀를 인간이라고 생각해 주지 않을 것이다.

드레스에 새겨진 방열이나, 방한의 룬 같은 것보다 눈에 잘 띄는 만큼 훨씬 질이 나쁘다고 할 수 있다.

[요정의 가루가 묻은 옷인가? 특이하군. 소디스는 그렇게 붙임성이 좋지 않은데.]

마수는 은은한 청백광을 보자마자 그것이 어떤 요정의 것인지 간파했다. 아스카는 재미있어하는 마수의 말에 어깨를 으쓱해 보였다.

"붙임성은 모르겠고, 장난기는 많아. 내 옷을 저렇게 만든 게 한두 번이 아니거든. 특히나 트니에를 입고 있으면 백발백중 저 꼴이 되지."

아스카는 소용이 없다는 것을 알면서도, 풍아에게 저 요정의 가루를 바람으로 털어낼 수 없는지를 물었다.

[옷을 상하지 않게 하면서 가루를 털어낸다는 것은 무리다. 저 가루는 흡착성이 좋아서 일단 스며들면 물로도 씻어낼 수 없다.]

예상했던 대답이 돌아오자 아스카는 한숨을 내쉬었다.

[물이나 바람으로도 안 된다면 태워보는 것은 어때?]

마수가 자신을 가리키며 제안하자, 아스카는 코웃음을 쳤다.

"요정의 가루 좀 털어내겠다고 아끼는 옷을 홀라당 태워먹을지도 모르는 모험을 하란 말이야? 그것만은 사양하겠어."
　요정의 가루는 소디스의 정령 나름의 호의의 표현이다. 그걸 알면서도 아스카가 저 트니에서 요정의 가루를 털어내려고 한 것은 저 옷을 입고 세람을 방문할 생각이었기 때문이다.
　세람은 마침 시슬리안으로 인한 축제 기간이라서 거리에는 밤에도 사람이 많을 것이다. 트니에는 서대륙의 사람들에게는 익숙하지 못한 옷인 만큼 신기하게 보일 텐데, 거기에 저런 식으로 묘한 야광 효과까지 곁들인다면 사람들 눈에 띄지 않는 쪽이 이상할 것이다.
　하지만 아스카는 좋은 쪽으로 생각하기로 했다.
　'저런 옷을 입을 수 있는 것도 소디스가 이웃에 살고 있기 때문이겠지. 이것도 나름대로 특권 아니겠어?'
　그녀의 내심을 읽기라도 한 것처럼 풍아가 '큭' 하고 웃었다.
　[옷이 말랐다. 시간이 꽤 경과했으니 돌아가는 게 좋을 것 같군. 더 머뭇거렸다간 온 마을 사람들이 동원되어 주변 산을 뒤지게 될 거다.]
　시간이 얼마나 지났는지는 알 수 없다. 하지만 산책을 핑계로 나왔으니 풍아의 말처럼 서둘러 돌아가는 편이 좋을 것 같았다.
　미류가 그녀의 트니에를 가지고 오자, 아스카는 소매 부분에 팔을 꿰었다. 그녀 앞에 선 레온은 샤림과 트니에의 깃 사이를 눈으로 가늠하면서 앞을 여미고, 허리띠를 돌려 감았다.
　아스카에게는 사르륵, 사르륵 하고 부드러운 천이 접히는 소리밖에 들리지 않았지만, 그의 손이 매우 신속하고 절도있게 움직이고 있다는 것을 느낄 수 있었다.
　그가 허리띠를 다 매고 장식 허리띠를 그 아래로 드리워 주자 아스카는 풍아에게 물었다.

"어때?"

그녀가 그렇게 물은 것은 이곳에서 풍아밖에 매듭의 형태를 제대로 본 이가 없을 거라고 생각해서이다. 마수와 미류의 경우에는 매듭이 바로 매졌는지 다르게 매졌는지조차 알아볼 능력이 없는 만큼 이런 분야에서는 눈뜬 소경이나 다름이 없고, 아스카 본인은 등에 눈이 달리지 않는 한 등 뒤에 매어진 매듭의 형태를 확인하는 것이 불가능했기 때문이다.

[내 눈으로 보기에는 별 차이가 나지 않는다. 하지만 이 정도의 눈속임으로 샤펜을 속이는 것은 어렵겠지.]

아스카는 동감이라는 듯 고개를 끄덕였다. 정령사라는 점을 제외하더라도 귀신같은 직감을 자랑하는 샤펜 부인이다. 보는 순간에 이 매듭이 자신이 아침에 매어준 것이 아니라는 것을 알아차릴 것이다. 그녀의 눈썰미라면 누가 매준 것인지조차 알아맞힐지 모른다.

"그런 기대는 안 해. 단지 괜한 걱정을 끼치고 싶지 않은 것뿐이니까."

아스카는 불가에서 말린 장화를 신고, 여기저기 굴러다니고 있는 은제 술잔을 꼼꼼하게 가방 안에 챙겨 넣었다. 피웠던 모닥불을 끄고 불씨가 남아 있지 않은지 확인한 다음 일어서자, 레온이 따라서 일어섰다.

"협곡—루브 협곡을 말함—까지 바래다 드리겠습니다."

아스카는 피식 웃었다.

"내가 풍아랑 둘이서 길이라도 잃을까 봐?"

"아니오."

아스카에게는 험하기 그지없는 드래곤 계곡도 자신의 집 정원이나 다름이 없었다. 그녀와 쥴리아, 레온 등은 언제나 이곳에 와서 놀았고, 지름길이나 숨겨진 길도 환하게 알고 있었다.

"그러면 몬스터라도 나타나서 습격할까 봐? 풍아가 있는데도 날 습격할 정도의 배짱이 있는 몬스터는 아마 저 마수 정도뿐이지 싶은데?"

[이 나를 몬스터 따위와 같이 취급하지 마라!]

레온은 발끈해서 짖어대고 있는 강아지 같은 것은 본 척도 않고 아스카를 지그시 내려다보았다.

"제가 그러고 싶어서입니다. 그러면 안 됩니까?"

고집스럽게 들리는 그의 말에 아스카는 '풋' 하고 웃었다.

아버지인 로사드는 섀도우들이 자신에게 충성스러운 것은 의심의 여지가 없지만, 언제나 자신들이 하고 싶은 방식으로만 충성스럽다 투덜거리곤 했다. 아스카는 어쩐지 그런 아버지의 기분이 이해가 갈 것도 같았다.

"안 된다고 해도 숨어서 따라오겠지. 허락을 하든, 거절을 하든 결과가 변함이 없다면 둘 다에게 즐거운 쪽이 좋지 않겠어? 네가 좋을 대로 해."

허락이 떨어지자 레온은 그 말을 기다렸다는 듯이 앞장서서 길을 나섰다. 두 사람이 걸음을 옮기자 발치에서 얼어붙은 눈이 밟히며 '뽀스락, 뽀스락' 하는 소리가 났다.

"언제쯤 돌아올 거야?"

"삼안 자체가 안정이 되면 돌아가려 생각하고 있습니다."

레온은 돌아보지 않고 대답했다.

그는 현재 띠를 둘러 이마의 눈을 가리고 있다. 그 눈은 아직 자유자재로 사용할 수 없는 힘이다. 힘의 규모나 운용, 분배도 아직 서툴러서

자칫 잘못 사용했다간 재앙을 부를 위험이 있다. 본인도 그것을 잘 알고 있기 때문에 그 힘에 의지하려는 마음은 없는 것 같다.

아스카는 옆에서 걷고 있는 까만 강아지를 힐끗 곁눈질했다.

그녀가 아는 중에서는 녀석만이 삼안에 대해 제법 상세하게 알고 있었다. 녀석이라면 레온에게 제대로 된 충고를 해줄 수 있지 않을까 하고 생각한 것이다.

시선을 느끼기라도 했는지 녀석이 고개를 들었고, 아스카와 마수의 시선이 허공에서 마주쳤다. 녀석은 아스카의 마음을 읽은 것처럼 레온 쪽을 힐끗 보더니 씩 하고 웃었다. 그 웃음의 의미는 명백했다.

'나는 저~언혀 그런 일을 해줄 마음이 없거든? 용용 죽겠지? 메롱이다. 베에~'

저런 유치한 도발에 넘어가서는 안 된다고 생각하면서도 아스카는 저도 모르게 튀어나온 이마의 혈관을 꾹 하고 누르면서 주먹을 움켜쥐었다.

녀석과는 가까운 시일 내에 고용과 협조에 관한 주제로 '진지'하고 '평화적'인 대화를 나눌 필요가 있어 보인다.

"언제쯤이면 안정이 될 것 같은데? 나, 다음 주엔 세람에 갈 예정이거든? 그때까지 가능할 것 같아?"

"…그때까진 아무래도 어려울 것 같습니다."

등을 돌리고 있었지만, 아스카는 그가 쓴웃음을 짓는 모습이 보이는 것 같았다.

"그럼 언제?"

"한 달 정도는 걸릴 것 같습니다만."

"한 달?! 그럼 신년회에도 얼굴을 못 보잖아! 두 배로 노력해서 신년회까지는 돌아와. 우리 집의 철부지 집사가 성주 취임식을 새로 하는데 동의했거든. 그날 일족 대부분이 모일 테니까 겸사겸사 너와 줄리아의 존재도 알릴까 싶은데?'

'존재를 알린다' 는 것은 정식으로 섀도우라는 것을 선포한다는 말이다.

텐 론의 섀도우를 정하는 것은 일족에게 있어서 대단히 큰일이기 때문에, 이런 식으로 대대적인 선발 공표 과정도 없이 섀도우가 나온 적은 단 한 번도 없었다. 반발이야 불을 보듯 뻔하니, 그 일만 생각하면 아스카도 킬렌 못지않게 머리가 아팠다.

게다가 레온의 경우에는 섀도우의 상징이라는 레이엘도 없는 상황이다.

그녀의 마음을 아는지 걸음을 멈춘 레온이 돌아보며 빙그레 미소 지었다.

"…가겠습니다."

그 말에 뒤에 숨겨진 것은 '아수라장을 아스카님 혼자서 감당하게 할 수는 없는 일이지요' 라는 말일 것이다. 아스카는 피식 웃었다.

"사람들은 감당할 수 없이 슬픈 일을 맞닥뜨리면 넋이 나가기도 하지만, 분노로 표출하기도 해. 일족의 사람들이 희희낙락해서 신년회를 보내려고 성에 모이면 가장 먼저 듣게 될 소식은 아빠의 사망 소식일 거야. 하늘이 무너져 내린 것 같을 테고, 저 나름으로 슬픔을 드러낼 테지. 일족의 수장인 나는 그들의 슬픔이 어떤 형태이든지 받아줄 각오가 되어 있어."

전부라고 하기는 곤란하지만, 카린 일족의 사람들은 기본적으로 다혈질이다. 그들이 신처럼 생각하며 떠받드는 텐 론의 사망 소식 앞에 침착할 수 있는 사람은 아무도 없을 것이다.

외화 벌이 때문에 그들 중 몇몇은 왕국이나 제국에서 제법 높은 자리에 있는 사람도 있는 만큼, 아스카는 이 일이 발단이 되어 뭔가 문제거리로 발전하기를 원치 않았다.

하지만 자신의 생각만으로 그들에게 가혹한 짓을 했는지도 모른다. 사람들은 아스카가 한 달 가까이나 텐 론의 사망 소식을 숨겨왔다는 것을 알면 배신감을 느낄 것이다. 그런 사람들의 분노를 받아주고 달래는 것이 다음 수장인 아스카의 몫이다.

"저도 각오가 되어 있습니다."

레온이 담담하게 말하자, 아스카는 놀란 눈으로 그를 바라보았다. 아스카가 입을 열어 뭔가 말하려는 순간, 풍아의 목소리가 끼어들었다.

[뭔가 온다!]

레온의 얼굴에서 희미하던 웃음기가 사라졌고, 아스카도 반사적으로 긴장했다.

쒀쒀 하는 바람 소리에 침엽수가 흔들리는 소리가 들렸다. 그 소리가 평소보다 조금 가깝고 소란스럽게 들렸지만, 그것은 별로 이상할 것도 없었다. 그들은 울창한 침엽수림을 지나가고 있는 중이었고, 바람이 세차게 불고 있었으니까.

'…잠깐! 바람이 세차게? 침묵하는 숲에서?!'

그제야 이상한 점을 발견한 아스카는 눈을 크게 떴다.

방금 전까지는 미처 생각하지 못했지만, 그들이 지나고 있는 침엽수림은 '침묵하는 숲'이라고 불리는 곳이었다. 한겨울, 제아무리 바람이 거세게 불어와도 이 숲만은 이상하리만큼 정적을 유지하기 때문에 붙은 이름이다.

아스카는 이 바람이 어디서 불어오는 거냐고 묻기 위해 풍아를 돌아보다가 그가 나무와 나무 사이의 한 지점을 뚫어져라 노려보고 있는 것을 발견했다. 그만이 아니라 레온과 트릴, 미류까지도 같은 곳을 바라보고 있었다.

"뭘 하는 거야? 저기에 뭐가 있…….."

말을 채 끝맺기도 전에, 아스카의 눈앞에서 공간이 일그러지듯 갈라지며 둥근 원형의 문 같은 것이 나타났다.

"저게 뭐야?!"

[요정들이 공간 이동 시에 사용하는 문이다.]

"일종의 워프 마법진 같은 것인가?"

[비슷하지만 훨씬 수준이 높고 안전하다. 워프의 경우에는 마법사의 마나 지배력에 이동 거리가 좌우되지만, 이쪽은 일단 어느 나무든지 나무가 있는 곳으로 와서 문을 두드리기만 하면 되니까.]

"마나가 없어도 된다는 말?"

[대신에 땅과의 강한 친화력을 필요로 한다. 땅을 통해서 이동하는 것이니까.]

그들이 지켜보고 있는 가운데 원이 반으로 갈라지며 바깥쪽을 향해서 활짝 열렸다. 그리고 그 안에서 뭔가가 맹렬한 속도로 튕기듯이 아스카 쪽으로 날아왔다.

"우왓!"

[까아악!!]

"아스카님!!"

세 사람의 상반된 비명 소리가 울린 뒤, 간신히 정체불명의 물체를 이마로 받는 것은 면한 아스카는 이마를 문지르며 레온에게 감사의 인사를 했다. 그가 자신의 손을 들어 날아오는 물체를 막아주었던 것이다.

"고마워. 그런데 그건 대체 뭐였어?"

그러자 자신의 손을 내려다본 레온이 조금 곤란하다는 표정을 지으며 손을 아스카 쪽으로 펴 보였다. 거기에 있는 것은 현란한 금가루를 뿌리는 커다란 날개를 가진 금빛의 나비였다.

[이런 빌어먹을 산신 영감탱이!! 갈수록 성질만 나빠진다니까! 대체 어디다 집어 던지는 거야?!]

투덜거리는 낮은 저음의 목소리가 어쩐지 귀에 익었다.

나비는 가볍게 날갯짓을 하며 허공으로 날아오르더니, 인간들이 옷에 먼지를 털 때 흔히 하는 것처럼 탁탁 하고 자신의 옷자락을 가볍게 쳤다.

그러자 붉은 머리카락이 작은 어깨를 타고 물결치듯 흘러내렸다. 루비를 녹인 것처럼 특이한 질감을 가진 머리카락은 움직임에 따라 흔들리며 반짝반짝 빛을 흩뿌렸다.

작고 섬세한 얼굴에는 성깔있어 보이는 붉은 눈동자가 새하얀 피부와 선명한 대조를 이루고 있다. 반듯한 이마, 오똑한 코, 고집스럽게 다물고 있는 입술은 핑크빛이다.

등 뒤에서 팔랑거리고 있는 금빛의 날개는 겹으로 나 있었으며, 날개의 가장자리를 따라 불꽃의 문양처럼 보이는 특이한 무늬가 날개를 장식하고 있었다. 나비는 척 보기에도 수장 급의 요정이었다.

[인간, 또 인간이라니, 오늘은 무슨 재수가 이 모양인지……. 하지만 기왕지사 마주친 것은 어쩔 수 없는 일이지.]

고작해야 20티노트가 될까 말까 한 작은 체구였지만, 2티렘이 넘는 높이에서 지상의 인간들을 내려다보는 붉은 눈은 지극히 당당하고 위엄에 차 있었다.

[미천한 인간들에게 이런 것을 묻는 것은 참으로 내키지 않는 일이지만, 할 수 없으니 묻겠다. 여기가 대체 어디쯤이냐?]

자신을 올려다보고 있는 인간이 황송해하며 대답해 줄 거라고 믿어 의심치 않는 것 같은 말투였다. 아스카는 킥 하고 웃었다.

"미천한 인간이 소디스의 수장께 삼가 아뢰기로, 드래곤 계곡의 침묵하는 숲인 줄로 아옵니다."

[드래곤 계곡?! 또 드래곤 계곡으로 왔단 말이야? 이 빌어먹을 영감탱이가 정말로 망령이 났군!! 내가 '우리 아가씨 옆'으로 보내달라고 했으면, 냉큼 알아듣고 루브 협곡에 있는 카린 성으로 보내줄 일이지, 날 또다시 드래곤 계곡으로 집어 던져?!]

"내 생각엔 제대로 온 것 같은데?"

아스카가 끼어들어 말하자, 나비 날개를 가진 요정은 발끈했다.

[제대로 오긴 뭘 제대로 와?! 여기서 루브 협곡까지가 얼마나 먼데!!]

"하지만 '우리 아가씨 옆'이라며?"

[그래서?]

"나 말고 다른 아가씨가 있었어, 에렐?"

아스카의 장난기 가득한 말투에, 상대는 그제야 뭔가 이상하다는 것을 눈치챈 모양이다. 요정은 날개를 팔랑거리며 아스카의 얼굴이 잘 보일 수 있는 위치까지 내려왔다. 다음 순간, '헉!' 하는 외마디 비명소리가 아스카의 귀를 즐겁게 했다.

[대체 왜, 이런 시간에, 이런 곳에 있는 거야?!]

"샤펜 부인이 요리하는 데 방해된다고 해서 쫓겨났거든. 그보다 에렐, 난 상처 입었어. 언제는 수십, 수백 명의 사람들 속에 둘러싸여 있어도 날 찾아낼 수 있다고 하더니, 고작 1티렘 밖에 있는 날 못 알아보다니, 이거야말로 애정이 식었다는 증거!"

아스카가 고개를 모로 꼬며 신파조로 중얼거리자, 요정은 어지간히 당황했는지 날개를 파닥거렸다.

[그, 그건, 그러니까… 어, 어두워서 제일 앞에 서 있는 인간만 보고 너까지는 못 봤거든.]

"그래, 나 키 작아."

아스카의 고개가 다시 1티노트쯤 꺾이자 요정은 당황해서 손을 휘휘 내저었다.

[그런 게 아니라니까! 서두르고 있었기 때문에 너인지 아닌지 확인할 정신이 없었던 거라고! 설마 네가 이런 곳에 있을 줄 알았겠어?]

"됐어. 나는 어차피 고귀하신 소디스의 수장님이 마음에 둘 가치도 없는 '미천한 인간'인걸, 뭐."

소디스의 요정은 자신의 노력이 번번이 수포로 돌아가자 발끈했다. 본래 나무의 정령은 단순한 편이고, 그중에서도 그녀는 다혈질로 유명했다. 게다가 소디스의 수장씩이나 되는 그녀가 언제 이렇게 변명을 늘어놓을 일이 있었겠는가. 그것도 인간을 상대로.

[너, 너……! 내가 실수했다는 것을 알면서 왜 말을 배배 꼬고 그래!!]

"곤란해하는 얼굴이 보고 싶어서 심술 한번 부려봤어. 아무리 그리운 고향에 돌아갔어도 그렇지, 1년이 넘도록 소식 한 장 없어? 이 무정한 요정아?!"

에렐은 카린 성 북쪽 산마루에 둥지를 튼 소디스들의 수장으로, 1년쯤 전에 고향인 에메룬드에서 급한 호출을 받아 대륙을 떠났었다. 자세한 사정은 알 수 없지만, 그들의 생존에 관계된 중대한 문제가 생겨서 대대적인 회의가 열렸다는 모양이었다.

[나라고 좋아서 제 할 말만 떠들어대는 그놈들의 잡소리를 1년이나 듣고 있은 줄 알아? 해결의 실마리라도 보여야 핑계를 대고 돌아오든지, 말든지 하지!]

"돌아오고는 싶었어?"

[그걸 말이라고 해?!]

에렐이 발끈해서 소리치자, 아스카는 그 말을 기다렸다는 듯이 환한 미소를 지었다.

"잘 돌아왔어."

에렐은 그 한마디에 자신의 전투 의지가 찬물을 뒤집어쓰고 피시시 소리를 내며 꺼져 가는 소리가 들리는 것 같았다. 기운이 쭉 빠진 그녀는 비틀거리며 아스카의 어깨 위로 내려앉았다.

[내가 뭐 하러 너랑 말다툼 같은 것을 시작했을까. 나만 바보 된다는 것을 잘 알면서.]

"나를 좋아하기 때문이겠지."

아스카의 자신만만한 말에 에렐은 '흥' 하고 코웃음을 쳤다.

[하여간 말은……]

그녀는 아스카의 어깨 위에서 주변을 둘러보다가 레온과 눈이 마주쳤다. 그는 가볍게 고개를 까딱해 보였다. 과묵한 그 나름의 다시 보게 되어 반갑다는 인사인 셈이다.

풍아를 스쳐 지나간 에렐의 시선이 미류에게 가 닿자 그녀의 미간은 살짝 찌푸려졌으며, 그 옆에 있는 까만 강아지로 옮겨가서는 아예 어이가 없다는 듯이 고개를 저었다.

〔뭔가 네 주변에서는 인간이 아닌 것들의 밀도가 점점 높아지고 있다는 기분이 드는데?〕

에렐은 슬쩍 보기만 한 것뿐인데도 인간 사내와 강아지의 모습을 하고 있는 녀석들의 정체를 간파한 모양이다. 소디스가 괜히 신목(神木)이라고 불리는 것이 아닌 것이다.

"인간들만이 사는 세상은 아니니까, 당연한 일이 아닐까?"

아스카가 어깨를 으쓱하며 무심하게 대꾸하자, 에렐은 마음에 들지 않는다는 듯이 혀를 찼다. 그녀의 시선은 까만 강아지에게 고정되어 있었다.

〔너의 대책없는 낙천주의에 대해서는 알고 있다고 생각했지만, 이렇게까지 심각한 수준일 줄은 몰랐어. 위험하다는 자각은 있는 거야?〕

에렐의 시선을 따라 마수 쪽을 바라본 아스카는 빙긋 웃었다.

"녀석이라면, 원수로 만나 녀석이 나의 식객이 된 사이지. 솔직히 사이가 좋다고는 하기 어렵지만, 어느 정도 위험 요소가 사라졌으니 그렇게 염려할 정도는 아니야."

〔그렇게 말할 정도라면 당연히 그의 정체에 대해서도 알고 있겠지?〕

녀석이 마수라는 것을, 인간이 아닌 존재를 인간의 잣대로 판단하는 것은 위험하다는 것을 경고하는 말이었다.

"응, 알고 있어."

그것을 자신보다 잘 아는 사람이 있을까? 흘러간 시간은 되돌릴 수 없다는 것을 알지만, 때때로 어리석다는 것을 알아도 생각하게 된다. 아빠가 죽고, 카렌이 죽고, 돌이킬 수 없을 정도로 일이 진행되기 전에 자신이 마수의 정체를 알고 있었으면 어땠을까 하고.

아스카의 눈에 슬픔의 그림자가 스치자 에렐은 미간을 찌푸렸다.

[무슨 일이 있었어? 너에게 슬픔의 냄새가 짙게 배어 있어.]

"인간이 살아가면서 다소의 슬픈 일은 어쩔 수 없는 법이야."

아스카의 담담한 옆얼굴을 바라보던 에렐은 그녀의 어깨 위에서 날아올라 허공에서 그녀와 눈을 맞췄다. 모든 것을 꿰뚫어볼 것 같은 현명한 붉은 눈동자가 아스카의 눈을 들여다보았다.

청금석 같은 눈동자를 잠시 들여다보는 것만으로, 에렐은 슬픔의 정체를 알아챈 듯했다.

[…그렇군. 너에게 있어 소중한 사람이 죽었군.]

잠자코 아스카의 어깨 위로 되돌아온 에렐은 아무 말이 없었다. 그 침묵이 그녀 나름의 배려이며 위로라는 것을 아는 아스카는 미소를 지으며 화제를 바꾸기로 했다.

"네가 돌아왔다는 소식을 들으면 다들 쌍수를 들고 좋아할 거야. 그렇지 않아도 이제나저제나 하고 기다리던 중이었거든."

자신을 향해 방긋방긋 웃어 보이는 아스카를 보고 에렐은 미심쩍은 표정을 지었다. 자신을 그렇게 기다려 주었다는데 기분이 나쁠 리는 없지만, 저런 표정일 때의 아스카는 뭔가 꿍꿍이가 있다는 것을 경험을 통해 알기 때문이다.

[날 왜 그렇게 간절하게 기다렸는데?]

에렐이 잔뜩 경계하며 묻자, 아니나 다를까 우려했던 대답이 돌아왔다.

"비가 안 와서 기우제를 지낼까 하고."

'또, 또, 또!! 그놈의 인공강우란 말인가?!'

에렐이 '찌릿' 하고 노려보자 아스카도 미안한 줄은 아는지 '에헤헤' 하고 어설픈 웃음을 흘렸다.

상대가 아스카만 아니었다면 여기서 모질게 한소리 했겠지만, 아니, 한소리 하고 말고도 없이 홱 돌아서서 가버렸을 테지만 반한 게 죄라고, 에렐은 목까지 올라온 싫은 소리를 꿀꺽 삼켜 버렸다.

소디스의 요정은 냉정하고 제멋대로라고 알려져 있다. 나무의 정령들은 보통 온화하고 헌신적인 성격으로 알려져 있지만, 소디스는 다정하게 대해주는 것 같다가도 이해할 수 없는 일로 화를 내고 등을 돌리기도 한다. 그래서 까다롭고 변덕스럽다고들 하는 것이다.

하지만 마음을 준 상대에게 헌신적인 것은 그들 역시 마찬가지였다. 에렐은 요정들 사이에서도 악명 높은 독설가였지만, 저런 식으로 슬픈 오라를 뿌리고 있는 아스카에게는 차마 심한 소리를 할 수가 없었다. 같은 요정들도 배려하지 않는 에렐이 반한 상대인 아스카에만 베푸는 특별한 배려인 셈이다.

많은 일이 있었다. 자신이 이 땅을 비운 이후에 아스카에게 생긴 일도 어느 정도 짐작하고 있다. 하지만 청금석처럼 푸른 눈동자는 변함없이 자신을 바라보고 있다.

인간이 얼마나 약하고 변하기 쉬운 존재인지 잘 아는 에렐에게 그녀의 존재는 강렬한 자극제였다. 금방이라도 꺾일 듯 호리호리한 몸으로 바람을 맞고 선 그녀를 보고 있을 때면 감동에 가까운 감정이 들었다. 이후로 죽 이 요령 좋고, 수단 좋고, 제멋대로이기까지 한 공주님에게서 헤어나지 못하고 있다.

'이번에도 소디스의 수장인 내가 온갖 정령들에게 아쉬운 소리를 해서 달래야겠지.'

아스카가 쉽게 말하는 '기우제'라는 것은 실은 그런 것이었다.

요정들 중에서도 자존심이 세기로 둘째가라면 서러울 에렐에게 그것만큼 지긋지긋하고 싫은 일도 없을 터였다. 다른 이가 그런 것을 요구했더라면 들은 척도 안 했거나, 미련없이 이 땅을 떴을 것이다.

하지만 왜일까? 저 미안한 듯, 고마운 듯한 얼굴을 보고 있노라면 어쩔 수 없다는 생각이 들고 마니.

[가뭄이 네 탓도 아닌데 어쩔 수 없지. 네 말처럼 너 혼자 좋자고 하는 일도 아니고. 죽일 놈인 드래곤들도 뻣뻣하게 고개만 잘 들고 있는데 네가 미안해할 것 없어.]

'드래곤'이라는 단어가 나오자 에렐의 붉은 눈동자에 섬광이 튀었다.

[망할 놈들! 수치도 모르는 뻔뻔한 족속인 줄은 이미 알고 있었지만, 어떻게 그렇게 얼굴도 두꺼운지! 일을 저질렀으면 납득할 수 있는 해명과 사과가 있어야 할 것 아니야. 어떻게 된 일이냐고 물었다고 힘으로 족쳐?! 미련하고, 무식하고, 힘밖에 없는 족속들의 같잖은 짓거리라니!!]

회의에서 무슨 일이 있었는지 몰라도 에렐은 상당히 열을 받은 것 같았다. 알아들을 수 없는 말을 중얼거리는 그녀의 붉은 머리카락 위로 모락모락 피어오르는 김이 보일 지경이었다.

[아, 또 생각하기 싫은 일을 떠올렸군. 알았어, 기우제지? 이번에도 자존심은 내다버렸다 생각하고 확실하게 허리를 숙여주지.]

에렐이 거의 자포자기한 어조로 말하자 아스카는 킥킥 웃었다.

"그렇게까지는 말 안 했는데. 그렇게 단단히 각오를 해주면 나야 좋지. 우리 함께 사이좋게 허리를 숙여보자고."

'짐은 나누어지자'라는 아스카의 말에, 에렐은 '흥'하고 코웃음을 쳤다.

[쓸데없는 소리 하지 말고 이거나 받아.]

에렐이 아스카를 향해서 손을 뻗자, 그녀의 손끝에서 시작된 연녹색의 가느다란 빛줄기가 아스카에게로 쏘아져 들어왔다. 실처럼 가는 빛은 아스카의 주변을 빙글빙글 맴돌며 그녀를 감싸고 있는 황금빛의 마나와 뒤섞여 작은 구를 만들었다.

허공에서 아스카의 손으로 톡 하고 떨어져 내린 구는 그녀의 손바닥 안에 쏙 들어오는 작은 크기로, 금빛과 녹색이 뒤섞인 아이들이 가지고 노는 장난감 공처럼 생겼다.

아스카는 이게 뭐냐는 얼굴로 에렐을 바라보았다.

"혼자만 고향으로 여행을 갔다 오자니 미안해서 선물이라도 사 가지고 온 거야?"

[그랬으면 좋겠지만 불행히도 아냐. 안을 들여다봐.]

에렐의 말대로 반투명한 공을 자세히 들여다본 아스카는 금빛의 구 안에서 웅크리고 있는 작은 아이를 발견했다.

고개를 번쩍 든 아스카는 뜨악한 얼굴로 에렐을 바라보았다.

"회의에 간다고 하더니, 그새 애를 만들어 가지고 온 거야?"

허공에서 정지한 것처럼 떠 있던 금빛 나비는 비틀거리다 하마터면 지면으로 추락할 뻔했다.

[날 대체 뭘로 보는 거야?! 그건 친구의 애란 말이다!!]

[소디스가 아니군. 이 녀석은 렉실의 요정이다.]

옆에서 함께 금녹색 공 안을 들여다보고 있던 풍아가 끼어들었다.

"렉실? 엘프들의 수호 성목이라는 그 렉실 말이야?"

[그렇다.]

"헤에?"

아스카는 새삼스러운 눈으로 공 속을 들여다보았다. 그녀 역시도 렉실의 요정은 본 적이 없었기 때문이다.

"그런데 렉실의 아이를 왜 에렐이 데리고 있는 거야? 혹시나 해서 하는 말인데, 아는 사이라고 해도 유괴는 범죄야."

에렐은 이마에 튀어 오른 혈관을 지그시 눌렀다.

[사정이 생겨서 맡은 거야.]

"사정?"

[그 애는 그러니까, 인간식으로 말하자면 '유복자' 쯤 되지 않을까?]

"유복자? 유복자라면, 모체인 나무가 죽었다는 말이야?"

[아직은 아니지만 애를 보호하고 키울 여력이 없는 것은 확실하지. 모체인 나무는 나와 약간의 안면이 있는데… 우연히 만나러 갔다가… 뭐, 그런 이유로 해서 부탁을 받은 거야.]

"대신 키워달라고?"

[설마! 같은 나무라고 해도 소디스와 렉실은 전혀 다른데 어떻게 소디스인 내가 렉실의 아이를 키우겠어? 인간인 너는 잘 모르겠지만, 다른 종류의 요정수들은 특별한 이유가 없는 한 같이 무리 지어 살지 않아. 특히 그 녀석처럼 어린 씨앗은 마나에 대해 무방비한 만큼 소디스 곁에서 자랐다간 무슨 일이 생길지 모르거든.]

"그렇다는 것은……?"

아스카는 불안해진 얼굴로 에렐을 바라보았다.

[네가 맡아야지, 별수있어?]

"하지만 경험이 없는 나는 더 말할 것도 없고, 우리 집 정원사인 그랜트라고 해도 렉실의 아이를 잘 돌볼 수 있을 것 같지는 않은데? 물론 노력이야 해보겠지만."

[얼씨구, 너희 집 마당에 이젠 렉실까지 심어보시려고? 네가 너희 집 뒷산에서 이사 가기 전까진 내 영역권 안에서 다른 신목(神木)이 둥지를 트는 것은 못 봐! 세이프리아의 경우만 해도 내가 많이 봐준 것이라는 것을 잊었어?]

"그럼 나보고 어쩌라고?"

[말 그대로 맡아만 달라는 거야. 그러는 사이에 데려갈 녀석이 나타날 테니까.]

아스카는 고개를 갸웃거렸다.

"그 '데려갈 녀석'이라는 것은 정해져 있는 거야? 가지고 싶다는 사람 아무에게나 '잘 키우세요' 하고 줄 수는 없는 일 아냐?"

[그거야 당연하지. 그 녀석의 별칭이 뭔지 다시 한 번 말해봐라.]

"렉실? 엘프들의 수호 성목… 아! 그렇군! 엘프가 와서 데리고 가겠군."

[곧 찾으러 올 테니까 그렇게 신경 쓰지 않아도 될 거야. 그 녀석도 아무리 어려도 자신이 가야 할 곳 정도는 알고 있을 테니까, 데려갈 자가 나타나면 알아서 의사 표현을 할 거야.]

한쪽에서 에렐과 아스카를 대화를 잠자코 듣고 있던 레온의 얼굴이 점차 심각하게 굳어졌다.

소디스가 흔한 나무가 아닌 것처럼, 렉실도 흔히 볼 수 없는 나무다. 아스카는 미처 눈치채지 못하고 있는 것 같지만, 이 넓은 발트 산맥을 통틀어도 렉실이 자생하는 곳은 단 한 곳밖에 없다. 드래곤 계곡의 엘프 마을.

렉실의 요정이 자신의 힘으로 후계자를 양성하지 못하고, 마음을 허락한 종족인 엘프가 아닌 다른 요정의 손에 후계를 맡겼다는 것은, 그것만으로도 뭔가 범상치 않은 일이었다.

'설마, 드래곤 계곡에······.'

자신의 짐작이 맞는다면 이것은 보통 일이 아니다. 레온은 이 사실을 아스카에게 알려야 할지, 말아야 할지로 잠시 고민했다.

그 순간 그런 그의 마음을 읽은 것처럼 에렐이 그를 바라보았다. 엄격한 빛을 띤 붉은 눈은 그에게 '말하지 말 것'을 종용하고 있었다.

레온은 아스카 쪽으로 시선을 옮겼다. 에렐이 뭔가 재미있는 얘기를 했는지 까르르 웃음을 터뜨린다. 참으로 오랜만에 듣는 웃음소리다. 레온에게 로사드가 죽기 이전의 기억은 먼 옛날의 일처럼 아득하기만 하고, 뇌리에 화인처럼 새겨진 아스카의 눈물은 지워지지가 않는다.

소디스의 여왕은 그녀에게서 슬픔의 냄새가 난다고 했다. 저렇게 아무렇지도 않은 얼굴로 웃고 있어도, 사람들의 시선이 없는 곳에서는 울고 있는 것일까?

마음을 정한 레온은 에렐에게 가볍게 고개를 끄덕여 보였다.

상황은 그가 짐작한 것처럼 심각한 것이 아닐지도 모른다. 그렇다면 굳이 아스카까지 괜한 걱정을 할 필요가 없지 않은가.

'알아야 하실 일이라면 언젠가는 아시게 될 것. 이기적인 바람일지 몰라도 티아 에스텔, 당신의 얼굴에 조금만 더 그 미소가 머물러 있기를······.'

그때였다. 어둠 저편에서 불빛이 반짝반짝하더니, 연푸른 마법 등을 든 누군가가 아스카의 이름을 소리쳐 불렀다.

"아스카님?! 거기에 아스카님 아니십니까?"

"어라? 킬렌?!"

어둠 속이라 얼굴은 확인할 수 없었지만, 목소리를 알아들은 아스카는 눈을 동그랗게 떴다. 집사인 킬렌이 계곡 입구까지 마중을 나온 것이다.

더 이상 자신의 호위가 필요없다는 것을 알아차린 레온은 여기서 물러나기로 마음먹었다.

본래는 아스카가 저택까지 무사히 돌아가는 것을 지켜볼 생각이었지만, 지금은 드래곤 계곡 쪽이 신경 쓰였다.

게다가 무엇 하나 제대로 손에 넣지 못한 이런 어중간한 모습으로 카린 성의 총책임자인 킬렌 앞에 모습을 드러내는 것도 내키지 않았다. 쓸데없는 자존심일지도 모르지만 스승만큼이나 존경하고 있는 킬렌이기 때문에 더욱, 당당하게 어깨를 편 모습으로 마주하고 싶었다.

"아스카님, 그럼 저는 여기서 이만……."

아스카는 그가 왜 서둘러 이 자리를 벗어나려고 하는지 아는 것처럼 씩 웃었다.

"왜? 킬렌에게 혼날까 봐?"

"아니오, 그런 것은……."

그답지 않게 말끝을 흐리는 것이 재미있는지 아스카는 쿡쿡 웃었다.

"너희들은 이상해. 이상한 데서 자존심을 찾는다니까. 네가 스스로 정한 목표 지점에 도달하지 못했다고 해서 비웃을 사람은 아무도 없어. 킬렌도, 라미엘도 너의 노력과 성취를 있는 그대로 평가해 줄 거야."

그렇기 때문에 더욱 이런 모습으로는 만날 수 없다. 아스카는 레온의 고집스러운 표정을 보고 쓴웃음을 지었다.

"고집쟁이. 알았어. 너 하고 싶은 대로 해. 하지만 다들 걱정하고 있어. 중간 보고도 없이 신년회에나 모습을 드러낼 생각이라면 상당히 들볶일 각오를 해야 할 거야."

아스카의 엄포에 그는 엷은 미소를 지으며 고개를 끄덕였다.

미류도 레온과 함께 가기로 마음을 먹었는지 아스카에게 고개를 까딱하고 작별 인사를 건넸다. 황당한 것은, '그럼 나도' 하고 그 옆에 따라붙은 까만 강아지다.

"어이, 이봐! 너는 나에게 도움이 되겠다고 하지 않았어? 레온을 따라가서 뭘 어쩔 셈이야?"

[이쪽을 따라가는 편이 재미있을 것 같다. 게다가 내가 언제 너에게 도움이 되겠다고 했나? 나는 단지 성의의 맹세를 했을 뿐이다.]

"그래, 성의의 맹세. 나에게 성의를 다하겠다고 한 거잖아. 그게 나에게 도움을 주겠다는 말이 아니었어?"

[내가 성의를 다하겠다고 한 것은 너를 기만하지 않겠다는 말이었다.]

천연덕스러운 얼굴로 뻔뻔하게 말하는 마수는 한 대 때려주고 싶을 정도로 얄밉다. 하지만 아스카는 화를 내는 대신 어깨를 으쓱해 보였을 뿐이다.

"마수의 맹세라는 것은 어차피 이런 거지. 별로 기대하지도 않았으니까."

그 말이 거슬렸는지 마수는 찌릿하고 그녀를 노려보았다.

[무슨 의미냐?]

"말 그대로의 의미. 뭐, 레온을 따라가는 것은 상관없지만 방해가 되지 않도록 해. 나중에 혹시라도 네놈이 수련에 걸림돌이 되었다는 소리를 듣게 되면, 그 즉시로 네놈의 발에 쇠고랑을 채워서 팔아버릴 테니까."

[흥! 할 수 있으면 해보든가?]

자신의 능력에 그만큼 자신이 있는 것인지, 그렇지 않으면 아스카가 그렇게 할 수 없을 거라는 것을 믿는 것인지 녀석은 그렇게 받아치고는 레온이 사라진 쪽으로 달려가 버렸다.

"뭐? 아는 것이 많고 친절하다고? 웃기고 있네. 이거야말로 사기 계약이라고 하는 거야. 하긴, 네놈이 정말로 도움이 될 거라고는 한순간도 믿은 적이 없지만 말이야."

아스카가 마수가 사라진 방향을 보며 끌끌하고 혀를 차고 있는데, 킬렌이 가까이 다가왔다.

"뭐가 사기 계약이고, 뭐를 믿은 적이 없었다는 말씀이십니까?"

그녀의 혼잣말을 들었는지 킬렌이 물었다.

"응. 그런 게 있어. 개를 한 마리 주웠는데 말썽은 피우지, 말은 안 듣지, 짖어대기는 또 얼마나 짖어대는지… 감당할 수가 없어서 버려 버리려고 해도 코웃음도 안 쳐. 말 잘 듣기로 하고 주웠는데……. 이거, 아무래도 내가 속은 거 맞지?"

하소연조의 말에 킬렌은 미소를 지었다.

"개를 키우기로 하셨습니까?"

"어쩌다가 보니까 말이야. 주인의 말을 우습게 아는 건방진 강아지라서 아주 튼튼한 목줄이 필요할 것 같아."

킬렌은 고개를 끄덕이며 수긍했다.

"방금 전에 저쪽으로 달려간 검은색 강아지의 목에 채울 거라면, 특별한 목줄이 필요할 것 같습니다만."

아스카는 뜨끔한 얼굴로 킬렌을 올려다보았다.

"…봤어?"

강아지를 봤냐는 것이 아니라 그전에 사라진 레온의 모습을 봤냐는 물음이었다. 킬렌 정도의 안력이라면 이런 캄캄한 어둠 속에서도 충분히 레온을 알아봤을 거라는 추측에서였다. 아니나 다를까,

"저를 보자마자 꽁지가 빠져라 도망가는 칠칠치 못한 모습이라면 봤습니다. 변변치 못한 놈! 도망가기는 왜 도망간답니까?"

라는 답이 돌아왔다. 아스카는 '하하하' 하고 어색하게 웃었다.

"면목이 없어서 그러지. 원래 요령이라곤 없는 녀석이잖아. 기왕 지금까지 봐준 것, 한 번만 더 모르는 척해줘. 녀석도 나중에 몰아서 야단들을 각오는 하고 있는 것 같으니까."

킬렌은 끌끌 혀를 차다 말고, 복잡한 눈으로 아스카를 내려다보았다.

"아스카님께서도 알고 계신 줄은 몰랐습니다."

"응? 나만 따돌릴 생각이었어?"

"아, 아뇨! 그런 것은 절대로 아닙니다만……."

아스카는 집사의 당황한 얼굴을 보며 후후 웃었다.

"킬렌과 샤펜 부인은 내가 성주가 되더라도 변하는 것이 없을 거라고 말했지. 변하지 않아도 된다고. 나는 그 말에 안심하고 두 사람에게 응석을 부리기로 했었어. 하지만 그래서는 안 된다는 것을 깨달았어. 각오가 필요해."

"어떤 각오입니까?"

"성주로서 사람들을 책임질 각오. 이미 알고 있을 거라 생각하지만, 쥴리아가 레이엘을 이어받았어. 레온도 선택을 했지. 나만 언제까지고 선택을 미루고 있을 수는 없잖아."

"어쩔 수 없으니까 억지로 내리신 결정이십니까?"

걱정스러운 얼굴의 집사를 보고 아스카는 다시 웃었다.

"나는 그냥 잠시 잊고 있었던 것 같아, 좋아하는 것에는 책임이 따른다는 것을. 돌이킬 수 없이 늦기 전에 깨달을 수 있어서 다행이야."

가만히 아스카의 얼굴을 들여다보던 집사는 그것으로 충분했는지 더 이상 아무것도 묻지 않고 천천히 고개를 끄덕였다.

"그렇군요. 안심했습니다."

"그런데 킬렌은 이 시간에 여기까지 무슨 일이야?"

"무슨 일이긴요, 아스카님 마중을 나온 게 아니겠습니까."

당연하다는 듯이 대답이 돌아오자 아스카는 눈을 크게 떴다.

"내가 여기 있는 줄은 어떻게 알고? 설마 온 집안 사람들이 다 동원된 것은 아니겠지?"

"아니요. 마중은 저 혼자 왔습니다. 앞마당 같은 곳에서 길을 잃으실 리는 없겠지만, 아스카님처럼 어린 아가씨는 이런 야심한 시간에 혼자 다니시면 안 되는 거라고 마중을 가는 게 좋겠다고 그러더군요."

"누가?"

킬렌은 피식 웃었다.

"누가 그랬겠습니까?"

아스카는 쓴웃음을 지었다. 그녀가 어디서 무얼 하는지 보지 않고도 알 수 있는 사람은 카린 성에서도 한 사람뿐이다.

"나는 때때로 샤펜 부인이 내 속마음까지 들여다보는 게 아닐까 의심스러워질 때가 있어."

아스카가 투덜거리듯 말하자 집사는 미소를 지었다. 그는 주위를 두리번거리며 달리 듣고 있는 자가 없는지 확인한 후에, 비밀 이야기를 하듯 목소리를 낮춰 말했다.

"실은 저도 그렇습니다."

아스카는 '킥' 하고 웃었다.
"그런데… 생각지도 못했던 동행이 계셨군요? 참으로 오랜만에 뵙습니다, 에렐님."
아스카의 어깨 위에 앉아 있는 금빛 나비의 존재를 눈치챈 킬렌이 인사를 건네자, 에렐은 고개만 까딱해서 인사를 받았다.
"1년 만이지?"
"해가 바뀌면 1년 3개월쨉니다. 그나저나 에렐님이 돌아오신 것을 알면 샤펜이 기뻐하겠군요."
킬렌의 말에 에렐은 '흥' 하고 코웃음을 쳤다.
"무슨 이유로 나를 그토록 애타게 기다렸나 하는 것은 이미 너희들의 아가씨에게 들었으니 다시 말할 필요 없어."
토라진 얼굴로 고개를 팩 돌리는 에렐을 대신해서 아스카가 부연 설명을 했다.
"에렐이 기우제에 적극 협력해 주겠다고 했어. 한시름 놨지 뭐야?"
아스카의 어깨 위에서 에렐을 봤을 때부터 그런 결과를 예상했음에도 불구하고, 킬렌은 천연덕스럽게 놀란 표정을 연기했다.
"정말입니까? 참으로 다행스러운 일입니다! 일족을 대표해서 감사드립니다, 에렐님."
참으로 죽이 척척 맞는 주종이라고 생각하며 에렐은 다시 한 번 코웃음을 쳤다.
아스카는 귀찮은 일을 억지로 떠맡게 되어 토라져 있는 에렐의 심기를 짐작하고 더 이상 그녀를 자극하지 않기 위해 화제를 돌렸다.
"그런데 저녁은 먹었어?"
"예? 아스카님도 안 셰시는네 먹었겠습니까? 어느 놈이 그런 마음을 먹었다고 해도 샤펜이 식탁을 차려줄 리가 없지 않습니까."

아스카는 '이런, 이런' 하고 혀를 찼다.

"그럼 저녁 시간 내내 아무것도 안 차려진 식탁에 앉아 지금까지 날 기다리고 있단 말이야?"

킬렌이 당연하다는 듯이 고개를 끄덕이자 아스카는 쓴웃음을 지었다.

그럴 것이라 예상은 하고 있었지만 정말 그럴 줄이야.

아스카는 지금까지 쫄쫄 굶고 있을 사람들을 떠올리자 미안한 마음이 들었다.

"아, 그러고 보니, 샤펜이 아스카님을 만나거든 전하라고 한 말이 있었는데요. 뭐라고 했더라? '못 본 척해 드리는 것은 이번 한 번뿐'이라던가? 아스카님에게는 너무 위험한 산책 코스라서 다음부턴 허락해 드릴 수 없다고 했던 것 같습니다만. 보통 이렇게 멀리까지 산책을 다니십니까, 아스카님?"

'못 본 척해 드리는 것은 이번 한 번뿐'이라니, 산책을 핑계로 뭘 했는지 다 아는 듯한 말투가 아닌가.

허를 찔린 아스카는 멍한 표정을 짓다가 항복의 표시로 두 팔을 들어 보였다. 천리안을 가진 듯한 자신의 가정부에게는 도무지 당할 수가 없다.

Chapter 2
길 위의 인연

동대륙 사다하 왕국의 수도 다린.

팔론 거리 지반 붕괴 사건이 있은 이후, 엘리스 리벨 공작은 저택에 틀어박혀 두문불출하고 있었다. 바삐 처리해야 할 공무가 밀려 있는 상황임에도 불구하고 친인들의 방문조차 거절한 채 저택에서 움직이지 않는 탓인지, 사다하 궁중에서는 그가 중병에 걸려 앓아누웠다는 소문이 파다했다.

그렇게 공작이 두문불출한 지 일주일째 되던 날 오후, 공작가의 집사인 맥스는 뜻밖의 인물을 맞이하고 난감해하고 있었다. 그때까지의 방문객과는 달리 도저히 문전 박대할 수 없는 인물이었기 때문이다.

"전하, 송구하기 이를 데 없습니다만, 저희 공작께서는 전하를 뵈올 수 없다고 하십니다. 무례를 용서하여 주시기 바랍니다."

세람 에메시스 2왕자가 병문안을 왔다는 말에 공작이 한 말이라는

것은,

'빌어먹을! 내가 이 판국에 왕자 비위까지 맞추게 생겼나? 꺼지라고 해!'

라는 것이었지만, 그 말을 그대로 전해줄 수는 없는 일이었다. 하지만 세람은 집사가 전해온 말에 도리어 의외라는 듯이 눈썹을 치켜떴다.

"아픈데 정신 사납게 하지 말고 어서 꺼지라고 하신 것이 아니라?"

왕자의 정확한 예측에 집사는 저도 모르게 '헉' 하고 숨을 들이쉬었다.' 집사의 그런 반응을 보고 자신이 예상한 대로라는 것을 알아차린 세람은 낮게 쿡쿡 웃었다.

"악담을 할 기운이 있으신 것을 보면, 사람들이 떠들어대는 것만큼 심각한 중병은 아닌 모양이군."

"송구합니다, 전하."

"그래, 신관은 다녀갔나? 병명이 뭐라고 하든가?"

씩 하고 장난스럽게 웃는 왕자는 공작이 사칭하고 있는 병의 정체가 '꾀병'이라는 사실을 이미 알고 있는 것 같아서 집사는 민망함에 얼굴이 붉어졌다.

"공작님의 지병이신 것 같다고 했습니다."

"공작의 지병이라면, 화병(火病)?"

집사가 그렇다고 대답하기 무섭게 왕자의 입에서는 '푸흡!' 하는 짓눌린 웃음소리가 새어 나왔다.

"큭! 아, 실례. 그래, 이번에는 뭐가 공작의 '염장을 질렀다' 고 하든가? 걸핏하면 공작의 가슴을 치게 만들었던 아바마마가 더 이상 어떤 사고도 칠 수 없는 몸이 되었으니 그 지병도 완치가 된 줄 알았는데?"

사다하의 국왕인 헤론 3세가 국정을 이끌어가던 시절, 국왕과 공작은 걸핏하면 충돌했다. 헤론 3세가 공작의 작위를 박탈하겠다고 소리소리 지른 것만 해도 3번이며, 죽여 버리겠다고 기사단까지 동원해 그의 저택을 에워쌌던 것도 2번이나 된다.

공작 역시도 사석에서 국왕을 지칭하는 말이 '무식한 미련 곰퉁이'였으며, 국왕의 미련한 짓 때문에 자신의 수명이 줄어든다며 입버릇처럼 말하곤 했었다.

그럼에도 불구하고 자신의 영지로 낙향하지 않고 남아 재상이 된 공작과 죽이겠다고 길길이 날뛰면서도, 결국 그를 재상 자리에 앉힌 국왕 사이에는 그들 나름의 충성과 신뢰가 있었던 것 같다.

"제 생각에는 근위대장님의 일로 속을 끓이고 계신 것 같습니다만."
"근위대장이라면, 파엔 엘라시스 경을 말하는 것인가?"
"그렇습니다."

집사의 말에 세람은 미간을 살짝 찡그렸다.

요 며칠 왕궁에서는 '파엔 엘라시스가 파면되었다'는 묘한 소문이 돌았다. 뜬소문이라고 흘려듣기엔 제법 신빙성이 있어서 진위 여부를 확인하려고 공작을 찾아왔더니, 그 일로 자리보전하고 누웠다는 것이 아닌가.

"일단 공작을 만나봐야겠네."
"아무도 들이지 말라고 하셨습니다만."

제지하는 집사의 눈은 '불벼락이 떨어질 겁니다'라고 경고하고 있었다. 세람은 씩 웃었다.

"걱정할 것 없네. 불벼락을 맞아도 내가 맞게 될 테니."

공작의 침실 문을 노크도 없이 열자, 걱정했던 불벼락은 없었지만 대신에 책 한 권이 세람의 안면을 향해 날아왔다. 휘리릭~ 소리를 내며 날아온 두꺼운 책이 자신의 코를 짓뭉개 버리기 전에 재빨리 잡아챈 세람은 책의 제목을 확인하고 낮게 휘파람을 불었다.

"'트리샨트의 명상록'으로 환영해 주시다니, 과연 사다하 제일의 지성인다우십니다."

고개를 돌리자 침대 옆의 원목 테이블에 앉은 공작이 그를 노려보고 있었다.

실내복 차림의 공작은 비록 이마에 하얀 띠를 두르고 있기는 했지만, 그것을 제외하고는 아무 이상이 없어 보였다. 도저히 공무를 제대로 처리할 수 없는 중환자처럼은 보이지 않는 공작을 보고 세람은 그럴 줄 알았다는 듯이 피식 웃었다.

"이마에 두르신 띠가 멋지군요. 제가 모르는 왕궁의 새 유행입니까?"

'도저히 환자처럼 보이지 않는다'는 세람의 이죽거림을 알아들은 공작은 인상을 썼다.

"빌어먹을 놈! 그 형편없는 말버릇은 네 어미를 쏙 뺐구나?"

"그야 저는 제 어머니의 아들이니까요."

빙글빙글 웃으며 받아치는 그를 상대하고 있자니 기운이 빠진 공작은 힘없이 어깨를 떨구며 한숨을 내쉬었다.

"여기까지 와서 돌아가라고 해도 말을 들을 놈도 아니니, 하고 싶은 말이 있으면 어디 한번 지껄여 봐라."

세람은 서류가 가득한 책상 한쪽에 자신이 들고 있던 책을 내려놓으며 공작과 마주 앉았다.

"파엔 엘라시스를 파면했다는 것이 사실입니까?"

세람이 '파엔 엘라시스'란 이름을 꺼내기가 무섭게 공작의 눈에서는 불꽃이 튀었다.

"파면하긴 누가 누굴 파면했다는 거야?! 그놈은 사표를 던지고 나간 거라고!!"

공작은 세람의 눈앞에 한 장의 서류를 들이밀었다.

"눈이 있으면 이게 뭔 줄 알겠지? 그놈이 던지고 간 사표야!"

세람이 서류의 내용을 읽어보는 동안, 공작은 자리에서 벌떡 일어나 방 안을 왔다 갔다 했다.

"사표를 던지고 간 것은 그놈인데, 내가 왜 이런 꼴을 당해야 하는 거냐 말이야!! 그 서류들이 다 뭔 줄 알아? 파엔 엘라시스의 파면을 반대하는 항의 서한이라는 거야. 이런 빌어먹을!!"

지극히 간결하게, 사정이 생겨서 더 이상 사다하의 근위대장으로 일할 수 없게 되었다고만 쓰여 있는 사직서를 끝까지 읽어 내린 세람은 쿡 하고 웃었다.

파엔답다는 생각이 들어서다. 건방질 정도로 간결한 사직서도, '사정이 생겨서'라고 말하면서도 정작 그 사정이라는 게 뭔지는 밝히지 않는 것도.

"그래서 진짜 이유는 뭡니까?"

사직서를 반으로 접어 테이블 위에 올려놓고 공작을 바라보자 그는 뚱한 표정으로 세람을 내려다보았다.

"알아서 어쩔 테냐? 미리 말해두지만 도저히 수용할 수 없는 조건이야. 그렇게 하면서까지 녀석에게 돈을 떠안길 이유가 없으니, 골칫덩어리 하나 잘 치웠다고 생각하는 게 최선이겠지."

"진심으로 하는 말씀은 아니시겠죠?"

"진심이다."

"외숙부!!"

자신을 진지하게 노려보고 있는 녹색 눈동자를 본 공작은 한숨을 내쉬었다.

"어째서 그 녀석에게 그렇게 집착하는 것이냐? 그래 봐야 충성이나 성실 같은 마음이 심각하게 결여되어 있는 그 고양이 같은 놈이 네 사람이 될 리는 없어."

"지금 제 개인적인 욕심 때문에 이러는 거라고 생각하십니까? 물론, 아바마마께서도 받지 못했던 충성의 서약을 받고 싶은 마음이 없다고는 않겠습니다. 하지만 그 모든 것을 떠나 파엔 경은 나라를 대표하는 기사입니다. 한 나라를 대표하는 상징처럼, 다른 나라들이 '사다하' 하면 떠올리는 존재라고요! 그런 사람이 우리 사다하를 떠나 다른 나라에 고용되기라도 해보세요! 이게 얼마나 국가의 체면과 위신을 상하게 하는 일인지 정말 모른다고 하실 참입니까?!"

"사다하에는 기사가 그 녀석밖에 없다는 것처럼 들리는구나."

"소드 마스터에 마검사. 이런 기사가 사다하에, 아니, 이 동대륙에 얼마나 더 있습니까?"

"녀석은 사다하인도 아니야!"

"사다하의 기사로 여겨지고 있어요!!"

두 사람은 서로를 노려보며 씩씩댔다.

"대체 그 '도무지 수용할 수 없는 조건'이라는 게 뭡니까? 금전 문제라면 제가 상속받은 영지와 집을 팔아서라도 대어드리지요!"

성인이 된 이상 왕궁 안에서 살 수 없는 2왕자의 신분으로, 유일하게 가지고 있는 집까지 팔아서 어쩌겠다는 것일까? 공작은 황당함 반, 한

심함 반의 심경으로 세람을 바라보았다.

"돈 문제로 이렇게까지 될 것 같으냐? 휴가를 달라는 거야."

"휴가?!"

"그래, 휴가."

조건이라는 게 너무나 뜻밖이었기 때문에, 세람은 자신의 귀를 의심했다.

휴가라니, 파엔이 사다하 근위대에 취직한 이후 단 한 번도 한 적이 없는 요구였다. 시슬리안이나 소렘 같은 사다하의 큰 명절에도 추가 요금을 받고 일을 하던 돈 벌레가 바로 파엔 엘라시스가 아니던가.

하지만 생각지도 못했던 요구가 어쩐지 매우 그답게 느껴져서 세람은 웃고 말았다.

파엔 엘라시스.

실력은 대륙에서도 손꼽히지만 '정체불명, 과거 신원 파악 불가능'의 그답게 하는 행동도 도무지 예측할 수가 없지 않은가.

"하긴, 생각해 보면 그동안 파엔 경이 휴가도 없이 고생을 하긴 했지요. 시기가 이런 게 좀 걸리지만 웬만하면 보내주시지 그러세요?"

파엔을 두둔하는 말에, 공작은 세람을 '찌릿' 하고 노려보았다.

"한 달에서 두 달 가까이 휴가를 간다는 놈을 말이냐?"

그 말에는 제아무리 세람이라도 놀라지 않을 수 없었다.

"한 달에서 두 달?! 이 시기에 말입니까?"

"내 말이 그 말이야!"

"대체 뭘 하려고 하기에 그렇게 많은 시간이 필요하다고 하던가요?"

"그걸 내가 어떻게 알겠냐? 말도 안 되는 요구를 해놓고는 안 된다는 말이 떨어지기가 무섭게 기다렸다는 듯이 사표를 던지고 나가 버린

놈인데. 그런 상황에서 협상이고 뭐고 있었을 것 같아?"

 세람은 킥 하고 웃었다. 동대륙에서도 손꼽히는 공작의 협상 능력이 유일하게 통하지 않는 상대가 같은 정치가나 외교관도 아닌 '기사'라는 것은 아이러니한 일이다.

 '고향에 무슨 일이라도 생긴 것인가?'

 파엔의 고향이 어딘지는 세람도 모른다. 단지 그는 파엔을 처음 만났을 때, 언어에서 느껴졌던 미묘한 억양이나 발음의 차이로 그가 서대륙 출신이거나 그곳에 오랫동안 머물러 있지 않았나 하고 추측했을 뿐이다.

 "이것참, 곤란하게 되었군. 파엔 경이 파면되었다는 소문을 듣고 마침 잘되었다고 생각했는데, 일이 이상하게 꼬였어. 이렇게 되면 제블린에는 대체 누굴 보내야 좋을지……."

 세람의 혼잣말을 들은 공작은 눈을 크게 떴다.

 "제블린에 누굴 보내다니, 그게 무슨 말이야? 사신 파견이 결정되었단 말이냐?!"

 정치적인 이야기가 나오자마자 사람이 돌변한 것처럼 형형한 안광으로 자신을 노려보는 공작을 보고 세람은 피식 웃었다.

 "그러니까 사소한 일로 삐져서 집 안에만 틀어박혀 있으실 때가 아니란 말입니다."

 "헛소리 말고! 왕비가 사신 파견을 허락했단 말이냐?!"

 "설마요. 그 페이샨 여자가 그런 기특한 짓을 해줄 리가 없지 않습니까. 페이샨이 시다하를 집어삼켜서 고국으로 금의환향하게 되는 날만을 기다리고 있을 텐데."

 1왕자를 낳은 모후이자, 현 시다하 왕비 클라리스는 페이샨 제국의 공주 출신이다.

유달리 복잡한 국제 정세 속에서 자질은 물론이고, 왕비로서의 최소한의 자각조차 없는 여자가 병석에 누운 왕을 대신해서 왕의 권위를 휘두르게 되었다는 것이 사다하의 불행이었다.

"그렇다면 사신 파견이 대체 무슨 말이야?! 국왕이나 대리인인 왕비의 재가가 없다면 정식으로 사신을 파견할 수 없다는 것을 알 텐데? 그 사이에 다 죽어가는 미련 곰탱이가 정신을 차리기라도 했냐?"

"2왕자인 저의 독단으로 사신을 파견하려고 합니다."

놀란 눈으로 세람을 바라보던 공작은 진지하게 가라앉아 있는 녹색 눈동자를 보고 한숨을 내쉬었다.

"나도 그런 생각을 안 해본 것은 아니다. 하지만 사신이란 권한이 없으면 제대로 된 협상을 할 수 없는 법이다. 국왕의 인증서도 없는 사신의 말을 제블린 쪽에서 제대로 귀 기울여 주기나 하겠느냐?"

"왕자인 제가 직접 하는 말이라면요?"

"뭐?!"

"제가 직접 제블린으로 가겠다는 말입니다."

할 말을 잃은 듯이 세람을 바라보던 공작은 이윽고 고개를 저었다.

"안 된다. 위험 부담이 너무 커. 제블린도 귀가 있는 만큼 이쪽의 사정을 모르지 않을 텐데, 네가 왕자라는 것만 믿고 이쪽의 제안을 순순히 받아들여 줄 것 같으냐? 게다가 저쪽의 대세가 '전쟁' 쪽으로 기울어져 있을 경우, 너는 꼼짝없이 사로잡혀 포로가 되는 거다. 그렇게 되면 왕비만 좋은 일을 시키게 될 뿐이야. 왕비는 너의 몸값 대신 암살 의뢰금을 지불하고 널 손쉽게 해치울 수 있게 될 테니까. 그런 짓을 하고 싶으냐?"

"지금 상황에선 어느 정도의 위험은 감수할 수밖에 없어요."
"세람 에메시스!!"
"전쟁이에요! 전쟁이 일어날 거란 말입니다!!"
언성을 높이는 공작보다 더 큰 소리로 비명을 지르듯이 말한 세람은 자리를 박차고 일어나 공작을 마주 쏘아보았다.
"제블린이 쳐들어오면 막아낼 힘이 우리에게 있습니까? 결국 페이샨에게 손을 벌리게 될 테고, 이 땅에서 제블린을 몰아내는 대가로 우리는 저들의 속국이 되겠지요. 아, 좋습니다, 좋아요. 일단 나라가 살고 봐야 되는 것 아니겠습니까. 그에 비하면 속국이 되는 수치 같은 것은 대단할 게 없지요. 하지만 페이샨의 욕심이 거기에서 그치겠습니까? 페이샨은 머지않아서 사다하를 집어삼키려고 들 겁니다. 속국 같은 어중간한 방식이 아니라, 완전한 형태로. 그때가 되면 '사다하' 라는 이름조차 사라지고 없을 텐데, 2왕자라는 신분이 대체 무슨 가치가 있습니까?!"
세람의 불같은 녹색 눈동자를 응시하던 공작은 기운이 빠진 것처럼 의자를 끌어당겨 털썩 주저앉았다.
"네가 제블린의 샴을 만나고 그를 납득시키는 데 성공한다고 해도, 전쟁을 막을 수 있는 확률은 아주 낮다. 첩자들의 보고에 따르면, 제블린의 군부는 사다드 왕제(王弟)의 손에 들어갔어. 후족(侯族:제블린의 귀족을 일컫는 말) 대부분은 샴이 아닌 왕제를 지지하고 있고. 하지만 네 말처럼 결과가 뻔히 보이는 어리석은 짓이라고 해도, 사다하라는 나라가 대륙에서 사라지는 날만을 손 놓고 마냥 기다리는 것보다야 낫겠지."
공작은 테이블의 잠겨진 서랍을 열쇠로 열고 그 안에서 뭔가 작은 상자 같은 것을 꺼냈다.

"제블린으로 가겠다면 이것을 가져가라."

푸른 색의 비로드 상자에는 진주와 보석으로 꽃 한 송이가 수놓아져 있었다. 투명하고, 고고한 기품을 가진 꽃은 세람의 눈이 틀리지 않다면 '세이프리아'일 것이다.

"이게 뭡니까?"

"전쟁이 일어나지 않았으면 하고 바라지만, 상황이 상황인 만큼 마냥 현실을 무시하고 있을 수만은 없는 일이지. 제블린에서 협상이 실패하거든, 그 길로 그것을 들고 서대륙의 바라얀으로 가라."

'바라얀'이라는 이름에 세람은 눈을 크게 떴다. 바라얀 왕국은 엘리스 리벨 공작의 외동딸이자, 그의 사촌 누이이기도 한 에나시르가 시집 간 나라였기 때문이다.

"그 녀석은 나를 미워하지만, 그 상자를 보면 부탁을 거절하지 못할 거다. 약속을 했으니까."

공작의 딱딱하게 굳어진 옆얼굴을 말없이 응시하던 세람은 상자를 건네 받았다.

에나시르가 시집을 갈 때 세람은 아직 어린아이였지만, 공작이 딸인 그녀에게 얼마나 잔인한 짓을 했는지는 어렴풋이 알고 있었다. 그 모든 것이 자신과 이 나라를 위해서라는 것도.

공작은 그것으로도 부족했다는 듯이 또 한 번 잔인한 짓을 할 생각인 것이다. 이 '약속의 상자'를 통해서. 하지만 세람은 그를 비난할 수 없었다.

"왕비와 다른 친 페이샨과 귀족들의 눈을 피해야 하는 만큼, 많은 인원을 딸려 보낼 수는 없다. 네 말처럼 이런 일에는 그 고양이 녀석이 적역인데 말이야. 결과를 장담할 수는 없지만, 일단 협상에 나서보기는 하마."

 공작의 씁쓸한 옆얼굴을 바라보던 세람은 고개를 끄덕이며 자리에서 일어났다. 눈에 띄게 피곤해 보이는 공작이 혼자 있기를 원할 것 같아서였다.

 "그럼 저는 이만 물러가겠습니다. 조만간 왕궁에서 뵙도록 하지요."

 상자를 품에 넣고 방문 앞까지 걸어간 세람은 손잡이에 손을 올린 채 망설이듯 뒤를 돌아보았다.

 "외숙부, 이런 말이 당신에게 위로가 되지는 않을 거라고 생각합니다만… 저는 당신을 존경합니다. 나의 사다하를 지켜주셔서 감사합니다."

 세람이 더없이 정중하게 허리를 숙여 보이고 사라지자, 그 모습을 멍하니 바라보던 공작의 입에서 길고 무거운 한숨이 새어 나왔다.

 "말 한마디로 사람을 부려먹는 것은 과연 자네의 아들이군. 그렇게 생각하지 않나, 헤론?"

 투덜거리는 공작의 입 끝에는 한가닥 미소가 걸려 있었다.

 빠르지도, 느리지도 않은 걸음걸이로 골목을 빠져나간 라울은 자신의 눈앞에 나타난 금색 첨탑 건물을 보고 흠칫해서 걸음을 멈췄다.

 '또……!'

 원수를 만난 것처럼 금색 첨탑을 노려보던 라울은 건물에 화풀이하는 것도 우습다는 생각에 한숨을 내쉬며 어깨를 축 늘어뜨렸다. 오늘 들어 저 건물을 벌써 8번째 보고 있다. 첨탑을 장식한 놋쇠 장식이나 미세한 균열 하나까지 외울 지경이었다.

하지만 라울은 저 첨탑에 특별한 용건이 있어서 주위를 맴돌고 있는 것이 아니었다. 그는 길을 잃은 것이었다.

"다린—사다하의 수도—의 뒷골목이 미로를 방불케 할 정도로 복잡하다는 얘기는 들었지만 말이야. 그 뒷골목이라는 게 귀족들의 주택가 바로 옆에 있다는 얘기는 듣지 못했다고!"

불평해 봐야 소용없는 일이다. 라울은 벌써 9번째 보고 있는 하얀 저택의 담벼락에 기대앉아 어떻게 이 위기를 모면해야 할지 심각하게 고민하고 있었다.

길을 물어보려고 해도 정작 질문을 받아줄 사람이 없었다. 거리는 본래 이렇게 한산한 것인지, 아니면 라울이 시간대를 잘못 택한 것인지는 알 수 없지만, 두어 시간을 헤매는 동안 사람이라곤 찾아볼 수 없었다.

"이렇게 되면 약재상에 들러보는 것은 포기해야 하나?"

뉘엿뉘엿 저물어 가는 해를 바라보는 라울의 시선에는 체념의 빛이 섞여 있었다.

'방향치'라는 파엔의 야유에 발끈해서 잘 알지도 못하는 약재상을 자신의 발로 찾아 나선 것부터가 잘못이었는지도 모른다.

"동대륙 물류 집산지라는 다린의 약재상을 꼭 한 번 봐두고 싶었는데 말이야."

모르긴 몰라도 내일부터는 이런 기회가 없을 것이다. 그와 파엔에게는 서둘러야 하는 일이 있기 때문이다. 오늘의 자유 시간도 파엔이 뭔가를 알아보러 간다며 나가지 않았다면, 본래는 생길 일이 없는 시간이었다. 그렇기 때문에 더 아쉬운 것인지도 모른다.

"뒷골목이라면 이렇게 화려한 집 같은 거 짓지 말라고. 대체 어디서

부터 어디까지가 주택가이고 뒷골목인지 알 수가 없잖아."

라울은 자신이 기대어 있는 집의 담벼락을 원망스럽다는 듯이 노려보았다. 그 순간, '철컹' 하는 금속성이 들려왔다. 반사적으로 고개를 돌려보니, 검은색의 아치형 문이 열리고 있었다.

"타고 오신 마차가 없으시면 공작가의 마차를 타고 돌아가시는 게 어떻겠습니까? 전하, 혹여 불미스러운 일이라도 생길까 염려됩니다."

문 안에서는 집사 복장의 중년인과 함께 젊은 청년 귀족이 걸어나왔다.

"이 거리에서 불미스러운 일이 생길 일이 뭐가 있겠나. 다린에서도 가장 치안이 완벽하기로 알려진 거리인데. 게다가 2왕자인 내가 공작의 마차를 타고 돌아가는 모습이 누군가의 눈에 띄기라도 하면 공작께서 곤란해지실 걸세. 지금이 좀 그런 시기라서 말이야. 대로로 나가서 영업 마차라도 잡아타고 돌아가면 되니 신경 쓸 것 없네."

"그러시다면 거기까지만이라도 제가 동행할 수 있도록 해주시지요."

"그럴 것 없대도. 자네도 한가한 사람이 아니지 않나. 그럼, 공작을 잘 부탁하네."

따라나서려는 중년인을 뿌리치고 빠른 걸음으로 걸어온 청년 귀족이 라울의 눈앞을 스쳐 지나갔다. 담벼락에 기대어 앉아 있는 라울을 보고는 의아한 듯이 살짝 미간을 찌푸렸지만, 그뿐이었다. 귀족다운 냉담함과 무심함으로 청년은 성큼성큼 멀어져 갔다.

청년을 배웅하는 것처럼 보이던 중년 집사가 철컹 하고 문을 닫고 들어가는 소리가 들리자 라울은 천천히 몸을 일으켰다.

그들 두 사람은 라울이 두어 시간 만에 처음으로 본 인간이었다. 문을 달고 들어가 버린 중년인을 다시 불러내서 길을 물어보기는 뭣하니, 밖으로 나와 있는 쪽을 쫓아가야겠다고 생각한 것이다. 게다가 얼핏 듣기로는 그 청년은 대로로 나간다고 했다. 그렇다면 굳이 수치를 감수하며 길을 묻지 않아도 청년의 뒤만 따라가면 이 미로를 벗어날 수 있다는 게 아닌가.

시야에는 이미 청년의 모습이 보이지 않았지만, 라울은 그를 놓칠까 걱정하지 않았다. 라울은 비록 방향은 잘 찾지는 못해도 목표물을 놓친 적은 없었다. 그는 추적의 달인이었던 것이다.

세람은 거리 한가운데서 갑자기 걸음을 멈추었다. 그의 발걸음 소리가 멎자 거리 전체에 정적이 내려앉은 듯 어떤 소리도 들리지 않았다. 잠시 들리지 않는 소리에 귀를 기울이던 세람은 미간을 찌푸렸다.

'대체 어떤 자냐? 무슨 목적으로 날 뒤쫓고 있는 거지?'

발소리는 들리지 않았고, 기척도 잡아낼 수 없었다. 하지만 세람은 누군가가 자신의 뒤를 밟고 있다는 것을 직감적으로 느낄 수 있었다.

세람에게는 신변에 닥친 위기를 본능적으로 감지할 수 있는 능력이 있었다. 그에게 그런 능력이 없었다면, 계모인 왕비가 보낸 자객들의 손에 벌써 여러 번 죽었을 것이다.

일부러 뒤를 돌아보는 어리석은 짓은 하지 않았다. 그래 봐야 숨어 있는 자객이 그의 눈에 띌 리도 없을뿐더러, 그가 자객의 존재를 알고 있다는 것을 알리게 되어 경계심을 갖게 할 뿐이다.

'이대로 대로(大路)로 나가야 한다.'

무슨 의도로 자신을 쫓아왔는지는 알 수 없지만, 단순 강도 같은 것이 아닌 것은 분명했다. 강도라면 모습을 드러내고 그의 금품을 빼앗아 갈 절호의 기회가 몇 번이나 있었는데도 상대는 그 앞에 모습을 드러내지 않았다.

하지만 상대가 대단한 실력자라는 것은 의심할 여지가 없었다. 세람은 여기까지 오는 동안 몇 번이고 눈치채지 못하게 상대를 따돌리려고 했지만 실패했다. 이 거리는 숨을 곳이 마땅치 않기 때문에 대로로 나가서 사람들 속에 섞여드는 것이 지금으로서는 유일한 대안이었다. 상대가 그때까지 그의 암살을 유보해 준다면 말이지만.

휘펜 거리가 끝나는 지점에 이르면 사거리가 나온다. 오른쪽 길은 왕궁으로 가는 길. 정면의 길은 지진 사고가 있었던 팔론 거리로 이어진다. 그리고 남은 왼쪽 길은 사다하의 명물인 상회 밀집 구역과 대형 시장으로 가는 길이다.

잠시 망설이던 세람은 왼쪽 길을 택했다. 집으로 가려면 정면의 팔론 거리 쪽으로 가야 했지만, 정체불명의 추적자를 달고서는 집이라고 해도 안전하지 못하다는 것을 알고 있기 때문이다.

상회 밀집 구역으로 접어들자 지금까지의 정적이 거짓말처럼 사람들이 북적거리고 시끌벅적한 거리가 나타났다.

복잡한 대로에 검은색의 영업 마차가 달리는 것을 본 세람은 그것을 잡아타고 뺑소니를 쳐버리고 싶은 충동이 들었지만 참았다. 뒤의 추적자를 그런 정도로 떼어낼 수 있을 것 같지 않았기 때문이다.

"나리, 이 옷감을 한번 보시지요. 저 유명한 페이샨의 비단입니다요."

"XX에서 온 항아리. 싸요, 싸!"

"아가씨, 이게 바로 XX의 여자들이 쓴다는 화장 도구유. 다른 가게를 다 돌아보슈. 어디 이만한 물건을 구할 수 있나. 이 가격이면 거저나 마찬가지라니까."

호객꾼의 목소리, 값을 흥정하는 목소리가 사방에서 들리는 가운데, 세람이 자신의 팔을 붙잡는 호객꾼의 팔을 막 뿌리쳤을 때였다. 뒤에서 맹렬한 속도로 달려오던 누군가가 그와 부딪쳤다.

"아, 죄송합니다!"

그와 부딪친 것은 땟국으로 얼룩진 지저분한 얼굴의 열서넛 정도 되어 보이는 소년이었다. 인력거로 보이는 물체를 끌고 있는 것을 보니, 인력거꾼인 모양이다.

세람은 한쪽으로 비켜서 그에게 길을 터주었다. 소년은 고맙다는 듯이 고개를 꾸벅하고는 앞을 막고 서 있는 사람들을 향해 '비켜요, 비켜!' 하고 외치며 달렸다.

바로 그때, 아무도 없다고 생각했던 등 뒤에서 난데없이 목소리가 들려왔다.

"괜한 참견일지도 모르겠지만 저 녀석이 들고 간 물건, 당신에게 필요없는 물건이오?"

그 말에 흠칫 놀란 세람이 다급하게 품 안으로 손을 넣자, 없었다! 공작에게서 받아온 바로 그 상자가!!

"아, 안 돼! 그 상자는……!"

세람의 '도둑이야!' 라는 외침에, 그가 눈치챘다는 것을 안 인력거는 갑자기 속력이 붙었다. 가로막는 사람들을 치어버릴 것 같은 기세로 달리는 인력거에 놀란 사람들은 너도나도 길가로 물러서며 피했고, 그로 인해 세람과 인력거의 거리는 점점 더 벌어져만 갔다.

"비켜, 비켜요! 비키란 말이야!"

세람이 점점 멀어져 가는 인력거의 뒷모습에 절망적으로 인파를 헤치고 달리고 있을 때였다. 귓전에 한숨 소리 같은 것이 들리더니, 눈앞에서 난데없이 붉은빛이 번쩍했다.

바로 눈앞에서 시작된 붉은빛은 잔상 같은 것으로, 한줄기 선을 이루며 인력거가 사라진 쪽을 향해 쭉 뻗어나갔다.

'이건……?!'

놀란 세람이 인력거의 뒤를 쫓아가는 것도 잊고 넋을 잃고 있는 사이, 붉은 그림자는 무지개처럼 끝부터 희미해지며 사라져 버렸다. 세람이 정신을 차렸을 때는 붉은 그림자도, 인력거도 보이지 않았다.

"아, 상자!! 이런, 맙소사!!"

그는 허겁지겁 사람들을 헤치고 인력거가 사라진 쪽을 향해 달려갔지만, 그런 그 앞에 나타난 것은 네 갈래 길이었다. 그중 어느 쪽으로 인력거가 도주했는지 알 수가 없었다.

길에 난 바큇자국으로 알아보려고 했지만, 허사였다. 이 거리에서만 백여 대에 가까운 인력거들이 영업을 하고 있다. 그것을 말해주는 것처럼 거리 어느 쪽으로든 복잡한 바큇자국이 뒤엉켜 있었고, 그중 한쪽에서는 손님을 실은 인력거가 막 이쪽으로 달려오고 있는 중이었다.

절망스러운 기분이 된 세람은 그 자리에 주저앉고 말았다.

"가져가려면 차라리 돈이 든 주머니를 가져갈 것이지……. 아아, 대체 이 일을 어쩌면 좋단 말인가!"

공작이 어떤 마음으로 그 상자를 건네주었는지는 듣지 않아도 알 수 있다. 그 상자야말로, 바라얀의 에나시르 왕비에게 무조건적인 협조를 요구할 수 있는 유일한 대상물이 아니던가.

"무슨 수를 쓰든 찾아야 돼! 근위대를 동원해서 이 골목을 샅샅이 뒤지는 한이 있어도!"

그렇게 해도 찾을 수 있을지는 의문이었다. 이 사거리에서 어느 한 길을 택해 앞으로 걸어나가면 다시 갈래길이 나올 것이다. 다시 한 길을 택하면 또다시 갈래길이……. 이곳의 골목은 그런 식이었다. 그렇기 때문에 이곳을 '미로'라고 부르는 것이 아닌가.

인력거꾼의 소매치기가 이쪽으로 달아난 것은 붙잡히지 않을 자신이 있기 때문일 것이다.

게다가 국왕이 의식을 잃은 이후, 사다하의 실질적인 실권을 쥔 클라리스 왕비와 대립하고 있는 세람으로서는 시끄러운 일을 벌일 입장이 못 됐다. 그의 일거수일투족에 촉각을 곤두세우고 있는 왕비에게 무슨 책을 잡힐지 알 수 없었기 때문이다.

그도 잃어버린 것이 돈주머니였다면 자신의 부주의를 책하며 그냥 포기했을 것이다. 하지만 그 상자는 무슨 일이 있어도 되찾아야 하는 물건이었다.

이대로 마차를 잡아타고 근위대로 달려가려고 결심을 굳혔을 때였다.

"여기서 뭘 하는 거지?"

머리 위에서 목소리가 들려왔다. 어쩐지 낯설지 않은 목소리라 생각하며 고개를 들자, 붉은 머리의 사내가 허리를 숙이고 그를 내려다보고 있었다.

"어디가 안 좋기라도 한 건가?"

깎은 것처럼 단정한 얼굴은 차갑게 보였지만, 생긴 것과는 달리 다정한 성품인 듯 내밀어진 손은 의외로 따뜻했다. 세람은 사내의 손을 잡고 일어나면서 습관대로 눈앞의 사내를 재빨리 관찰했다.

금빛이 섞인 긴 붉은 머리. 피부는 햇볕에 그을린 듯 건강한 황금색이고, 홍채 주변으로 금빛 반점이 보이는 짙은 녹색 눈동자가 인상적이다. 장신에 균형 잡힌 몸. 허리에 찬 검까지 보지 않아도 사내가 전사라는 것은 한눈에 알 수 있었다.

멋쟁이들이 가득한 사다하의 왕궁에서도 흔히 볼 수 없는 미남에다 한 번 보면 잊혀지지 않을 존재감을 가졌다. 그런데도 세람은 그를 어디에서 봤는지 기억해 낼 수가 없었다.

"저기, 우리가 이전에 어디선가 만났습니까?"

세람의 질문에 사내는 재미있다는 듯이 웃었다.

"아니. 내가 알기로는 초면인데."

세람은 미간을 찌푸렸다. 잘 아는 것 같은 말투가 아니었나? 자신의 착각일지도 모르지만 세람은 분명 그렇게 느꼈다.

"그런 것보다 이것부터 받는 게 어떨까?"

그렇게 말하며 사내가 내민 것은 방금 전에 소매치기당했던 비로드 상자였다.

"이, 이걸 어떻게……?!"

떨리는 손으로 상자를 꽉 움켜쥔 세람이 믿을 수 없다는 듯이 사내를 바라보자, 그는 어깨를 으쓱했다.

"쫓아가서 되돌려 받아왔을 뿐이야. 쓸데없는 참견일지도 모르겠지만, 절박한 얼굴로 봐서 중요한 물건인 것 같아서."

세람은 눈을 크게 떴다. 순간적으로 드는 소박한 의문 한 가지는, 이 사내가 대체 어떻게 그 인력거를 쫓아갔을까 하는 것이다. 그 인파 속에서 세람의 얼굴색까지 봤을 정도라면 비교적 가까운 거리에 있었다는 말인데, 그렇게 먼 거리에서 뒤늦게 출발해서 순식간에 멀어지는 인력거를 쫓아가 따라잡기까지 했다?

의심스러운 눈으로 사내를 바라보던 세람의 눈에 사내가 입고 있는 선명한 붉은색 옷이 들어온 것은 우연이었다. 그러자 무슨 기억의 연상 작용처럼 떠오르는 방금 전 붉은빛의 잔상.

"설마, 당신이 방금 전의 '번쩍' 하던……?!"

저도 모르게 생각했던 것을 입 밖으로 내서 말하던 세람은 흠칫해서 입을 다물었다. '번쩍하던'이라니, 이거야 네 살 박이 수준의 설명이 아닌가.

아니나 다를까, 사내는 재미있다는 표정을 지으며 그를 바라보고 있었다.

"크, 크크크! 그래, 내가 방금 전의 그 '번쩍하던' 이야."

그의 웃음소리에 세람은 얼굴이 붉어졌다.

'뭐야, 사람이 말실수 좀 한 것 가지고 저렇게 웃을 것은 없잖아!'

민망함에 붉어진 세람의 얼굴색을 본 그는 더 큰 소리로 웃음을 터뜨렸다. 이래 가지고서는 언제까지고 대화가 안 되겠다고 생각한 세람은 '험험' 하는 헛기침 소리로 주의를 환기시켰다.

"어쨌거나 상자를 찾아주셔서 감사합니다."

"감사의 인사 같은 것은 괜찮으니까, 이 일은 없었던 일로 넘어가 주지 않겠나? 주제넘게 돈이 아닌 물건을 노린 것은 녀석이 잘못했지만, 내가 대신 주의를 주었으니까."

세람은 미간을 찌푸렸다. 상자를 돌려 받은 이상, 소란을 피울 입장도 못 되니 그냥 덮고 넘어갈 생각이기는 했다. 하지만 사내의 말에서 풍기는 묘한 뉘앙스가 마음에 걸렸다.

"그 소매치기 소년과 아는 사이였습니까?"

세람이 조심스럽게 경계하는 눈으로 바라보자 사내는 피식 웃었다.

"아니, 그쪽과 마찬가지로 초면이지."
"그런데 왜 그렇게 감싸는 거죠? 게다가 '돈이 아닌 물건을 노린 것은 잘못'이라니, 돈을 노리는 것은 괜찮다는 말입니까?"
"그 녀석은 그렇게 보여도 한 집안의 가장이야. 그 녀석에게 코찔찔이 말썽꾸러기 동생부터 젖먹이 어린애까지 부양해야 할 가족이 열둘은 된다고 해도 나는 별로 놀라지 않겠어. 이 골목 이쪽저쪽에는 그렇게 사는 녀석들이 셀 수 없이 많을 테니까. 너 역시도 그 녀석이 정당하게 인력거를 끈 대가만으로 생활을 해나갈 수 있을 거라고는 믿지 않을 텐데. 그들이 훔치는 것은 너에게는 별것 아닌 푼돈이겠지만, 그들에게는 안심하고 생활을 꾸려 나갈 수 있을 정도로 큰돈이지. 너도 녀석이 그 상자가 아니라 돈주머니를 들고 튀었다면, 기분이야 나빴겠지만 재수가 나빴던 일쯤으로 치부하고 넘어가 버렸을 것 같은데?"
정곡을 찌르는 말에, 세람은 뭐라고 반박할 수 없었다.
"그렇다면 물건은 왜 안 된다는 말입니까?"
"물건에는 때때로 그 소유자가 아니면 이해할 수 없는 개인적인 가치가 매겨져 있는 것이 있기 때문이지. 이런 것은 돈과는 달리, 잃어버린다고 해도 그냥 체념할 수가 없어. 사람에 따라서는 지극히 과격하고 집요해지기도 하고. 소매치기에 목숨을 걸 생각이 아니라면, 스스로의 보신을 위해서도 이런 위험한 물건은 건드리지 않는 게 좋지."
결국 도둑맞은 사람을 염려해서가 아니라 소매치기를 위한 한계이며, 충고였다.
"소매치기 당한 사람의 심리를 자세히도 알고 있군요. 경험인가요?"
세람이 어이없다는 듯이 말하자 사내는 씩 웃었다.
"그렇다고 할 수 있겠지. 그럼 부탁을 들어준 걸로 알겠어."

사내가 가볍게 손을 들어 보이며 등을 돌리자, 세람은 다급하게 '잠깐!' 하고 외쳤다.

"이 상자는 나에게 있어 중요한 물건이에요. 찾아준 데 대한 사례를 하고 싶은데요?"

무작정 입에서 나오는 대로 말을 하면서도, 세람은 자신이 왜 그런 말을 하고 있는지 몰랐다. 그냥 눈앞의 사내를 이대로 보내면 안 될 것 같은 막연한 느낌이 들었다.

세람의 말을 들은 사내의 반응은 묘했다. '사례'라는 말에 별로 좋아하지 않는 것이야 그럴 수도 있지만, 그의 표정은 어딘지 모르게 곤란해하는 것처럼 보였다.

"아, 그게, 사례라면 이미 받은 셈이라고 해야 하나?"

세람은 눈을 크게 떴다. 자신이 사례를 한 적이 없는데 상대는 사례를 받았다니, 이게 무슨 말인가?

"그게 무슨 말입니까?"

세람을 곤란한 얼굴로 내려다보던 사내는 '험' 하고 헛기침을 한 다음, 씩 웃었다.

"그러니까, 내가 너의 물건을 되찾아준 것은 여기까지 길 안내를 받은 데 대한 답례인 셈이거든?"

"길 안내?"

"금빛 첨탑 주변에 무식하게 넓은 장원이 늘어선 주택가를 2시간째 뱅뱅 돌고 있던 중이었거든. 덕분에 간신히 빠져나왔지."

'금빛 첨탑이 보이는 주택가 주변'이라는 말에, 세람은 신전이 가까이 있는 윈체스터 가(街)를 떠올렸다. 그러자 잊혀져 있던 기억 하나가 떠올랐다. 공작의 저택에서 나오는데, 공작의 저택 담벼락에 부랑자처럼 앉아 있던 붉은 머리 사내.

길 안내를 받았다고 말하는 사내. 그리고 그가 추측하기로, 윈체스터 가부터 시작된 정체를 알 수 없는 추적자.

'그, 그럼, 설마 당신이 날 뒤쫓던 바로 그……?!'

"아, 역시 눈치를 채고 있었군. '토끼 몰이' 버릇이 남아 있어서. 별로 위협할 생각은 아니었지만, 그 상황에서 말을 걸면 더 수상하게 보일 것 같아서 말이야. 나쁜 의도는 없었으니 이해해 줬으면 좋겠군."

'나쁜 의도가 없었다면 다냐?!'

뻔뻔스럽게 지껄이는 사내를 보자 소리라도 지르고 싶어졌다.

상대가 자객일 거라고 생각해서 얼마나 가슴을 졸였던가. 게다가 아무 용건도 없이 이런 시장통까지 와서 중요한 상자를 도둑맞을 뻔한 것도 따지고 보면 전부 그의 탓이 아닌가.

하지만 길을 몰라서 따라왔다는 사람에게 무슨 말을 하겠는가. 본인은 그렇게 큰 잘못을 한 일이 없는데다가 도둑맞을 뻔한 상자를 되찾아주기까지 했다.

"웬만하면 인기척 좀 내주지 그랬습니까?"

짧은 시간이었지만, 그동안 한 마음고생을 생각하면 이 정도의 원망은 가벼운 것이리라.

"그러려고 했는데, 도중부터 네가 잔뜩 신경을 곤두세우고 경계하기에 도무지 나설 수가 없더군."

세람은 한숨을 내쉬었다. 자기 나름대로 숨긴다고 했는데, 상대는 자신의 반응을 전부 다 읽고 있었다는 말이다. 그가 미숙한 것인지, 아니면 눈앞의 사내가 뛰어난 것인지 알 수가 없었다.

"윈체스터 가에서 어디로 갈 생각이었습니까?"

"바로 여기야. 약재상에 가려고 했거든. 어쩌다가 길을 따라온 네가 하필이면 여기로 와주다니, 운이 좋다고 생각하던 중이었어."

웃으며 말하는 사내에게 세람은 울화가 치미는 것을 간신히 참았다. 추적자를 경계해서 이곳으로 왔다고 사실대로 말하는 것도 자존심이 상했기 때문이다.

한숨을 푹 하고 내쉰 세람은 상자를 품 안에 단단히 갈무리하고 약재상이 늘어서 있는 거리를 향해 앞장서 걷기 시작했다.

"뭐 합니까? 약재상은 이쪽입니다."

"아니, 난 여기까지로 됐는데."

"왜요? 허락없이 뒤를 밟는 것은 할 수 있어도, 자진해서 안내해 주겠다는 사람 뒤를 따라오는 것은 못한단 말입니까?"

말이 뾰족해지자 사내는 살짝 미간을 찌푸렸다.

"어쩐지 말에서 가시가 느껴지는데?"

"당연하지요. 감정을 담아서 말하고 있으니까. 뭘 하고 있습니까? 안 따라올 겁니까? 미리 말해두지만, 이 거리는 다린에서도 가장 복잡한 거리 중의 하나입니다. 윈체스터 가에서 헤맸을 정도라면, 여기서는 도저히 자력으로 약재상을 찾아갈 수 있을 것 같지 않습니다만?"

주변을 둘러본 사내는 세람의 말이 일리가 있다고 생각했는지 어깨를 늘어뜨리고 순순히 그의 뒤를 따라왔다. 뒤에서 그가 따라오든 말든 혼자서 저만큼 앞서 가던 세람은 갑자기 걸음을 뚝 멈추더니 홱 하고 뒤를 돌아보며 소리쳤다.

"그리고 다른 사람에게 길 안내를 부탁하고 싶으면 발소리 좀 내주시죠!"

Chapter 3
약재상에서 생긴 일

가판대에 풀뿌리 같은 것을 죽 늘어놓은 가게들이 나오자, 라울은 이곳이 그 유명한 다린의 약재상 골목이라는 것을 알았다. 그는 '세람'이라는 이름의 청년이 제안한 대로 그의 뒤를 따라오기를 정말 잘했다 생각하고 있었다.

복잡한 샛길과 갈래길이 어지럽게 늘어선 이곳의 길은 보는 것만으로도 기가 질릴 지경이었다. 만약 그 혼자서 이곳을 찾아오려 했다면, 다음날 아침이 되어도 제대로 찾아왔을지 의문이었다.

"유명세에 비해서는 상당히 외진 곳에 있군?"

날이 저문 탓인지, 아니면 본래 그런 것인지는 알 수 없지만 주변은 상당히 한산했다. 다른 골목에서 그랬던 것처럼 여기도 사람이 북적거릴 거라고 예상했던 라울이 의외라는 듯이 말하자 옆에서 걷고 있던 세람은 피식 웃었다.

"몸이 아프면 보통 신관을 찾아가지 이런 곳으로는 오지 않으니까요. 어디에 쓰는지도 잘 모르는 약초 뿌리가 당장 아파서 죽어가는 환자에게 무슨 도움이 되겠어요? 이곳에 약초를 사러 찾아오는 사람들은 약초에 관한 지식을 어느 정도 갖춘 신관이나 마법사, 연금술사가 대부분이에요. 하지만 그들만 바라보고 장사를 해서는 수지가 맞지 않으니까, 일반인들에게도 인기가 있는 향신료를 같이 취급하고 있지요."

"입에 풀칠하기 어려워서 향신료까지 팔고 있다는 것에 비해서는 장사를 잘하고 있는 것 같은데?"

라울이 가리키는 쪽에는 가게 앞에 고급스러운 마차 한 대가 서 있었다. 가문의 문장이나 알아볼 수 있는 표식 같은 것은 없었지만, 영업용 마차가 아닌 것은 분명했다.

가게의 주인으로 보이는 대머리 상인이 마차 안에 타고 있는 누군가를 향해 꾸벅꾸벅 절을 하고 있었다. 마차 안에 누가 타고 있는지는 알 수 없지만, 적어도 돈 없는 평민은 아닐 것이다.

"장사를 못하고 있다고는 하지 않았는데요. 장사가 안 된다면, 이 거리가 백 년 가까이나 유지되고 있겠어요? 방금 전에 말했던, 약초를 사가는 주 고객인 마법사나 연금술사가 자신들이 만들어낸 결과물을 파는 경우가 종종 있거든요. 마법은 돈이 많이 드는 학문이고, 마법사도 먹고살아야 하니까요. 그들이 파는 물건은 자체 개발한 포션이나 효과를 장담할 수 없는 치료약 같은 것들이 대부분이지만, 가격이 시중에 거래되는 것과는 비교할 수 없을 정도로 싸요. 그래서 돈이 없는 여행자나 용병들이 종종 찾는다고 하더군요."

"저쪽은 돈이 없어서 싼 포션을 찾는 것처럼 보이지는 않는데?"

세람은 어깨를 으쓱했다.

"알게 뭡니까. 가문의 문장도 떼어버리고 찾아온 것을 보니, 어느 호색한 귀족이 정력제라도 찾는 모양이죠. 아니면 정적을 한 방에 잠재울 수 있는 독약이거나."

"그런 것도 팔고 있나?"

"표면상으론 이들이 팔고 있는 것은 약초 뿌리와 향신료뿐인 것으로 되어 있어요. 하지만 사다하의 약재 시장이 대륙적으로 이름을 날리고 있는 것은 없는 물건이 없기 때문이라죠?"

"뒤로 거래되고 있다는 말이군."

"그쪽이 훨씬 괜찮은 벌이가 될 테니까요."

그들이 지켜보고 있는 가운데, 마차의 문이 닫히고 네 마리의 말이 달리기 시작했다. 마차가 뿌연 흙먼지를 일으키며 두 사람의 눈앞을 스쳐 지나가자 세람은 '콜록콜록' 하고 기침을 하며 마차의 뒷모습을 노려보았다.

"이렇게 좁은 골목에 저런 마차를 끌고 들어오다니, 민폐라는 것을 모르는 인간이군."

마차를 피해 길가로 물러섰던 두 사람은 다시 길 중간으로 나왔다.

"그보다 당신이 찾는 약초는 뭡니까?"

"특별히 찾는 약초는 없어. 그냥 어떤 약초가 거래되고 있나 해서 구경 삼아 온 것뿐… 어, 어라? 이것은?!"

어느 한 가게의 가판대를 아무 생각 없이 바라보던 라울은 풀뿌리더미들 중에서 뜻밖의 물건을 발견하고 눈을 크게 떴다. 설마 하고 손에 집어 들고 형태를 살피고, 냄새를 확인해 봐도 틀림없었다.

'이런 물건이 가판대에서 잡초 묶음처럼 아무렇게나 뒹굴고 있다니……!'

놀람 반, 어이없음 반의 심경으로 라울은 주인을 소리쳐 불렀다. 손님이 나와도 내다보지도 않던 주인은 그제야 어슬렁거리며 나왔다.

"왜 찾으쇼?"

장사꾼다운 싹싹함과는 거리가 먼 태도였지만, 라울은 자신이 들고 있는 풀뿌리 묶음을 보여주며 물었다.

"얼마를 받으시겠소?"

"10타르—페이샨, 사다하의 화폐 단위—만 내쇼."

라울은 눈을 크게 떴다. 풀뿌리의 가격이 자신이 예상했던 것보다 훨씬 쌌기 때문이다.

하지만 말없이 서 있는 라울을 보고 상인은 다른 생각을 한 모양이다.

"왜? 비싼가? 다른 집에 가보면 알겠지만, 그렇게 비싸게 팔고 있는 건 아닌데. 그래, 좋소. 어차피 팔고 남은 거고, 남아서 굴러다니는 것도 그러니 5타르만 내쇼."

라울은 상인의 말에 저도 모르게 허탈한 웃음을 흘릴 뻔했다.

'5타르. 천하의 자비초(紫翡草)가 고작 5타르라니……!'

뿌리의 굵기나 길이로 짐작하건대 20년은 족히 된 것 같은 자비초였다. 법제(法製:약재를 쓰는 경우에 따라 알맞게 바꾸기 위해 정해진 방법대로 가공 처리하는 일)를 잘했으면 바라얀에서는 부르는 게 값일 정도로 귀한 약초다. 하지만 여기에서는 흙이 덕지덕지 묻은 채로 아무렇게나 묶여서 팔리고 있다.

"왜 법제를 하지 않소?"

주인은 의외라는 듯이 한쪽 눈을 치켜떴다. 약초에 대해선 아무것도 모를 것처럼 보이는 사내가 '법제'라는 제법 전문적인 단어를 언급했기 때문이다.

"연금술사시오? 그렇다면 아시겠구먼. 그걸 법제하는 데 쓰는 약값이 그거 30묶음 값보다 비싸요. 게다가 시간은 좀 드나? 그런데 무슨 법제를 하겠소? 팔 만큼만 뽑아서 뿌리가 마르기 전에 파는 거지. 그거, 그래도 오늘 캐온 것이니 싱싱하기는 할 거요."

주인의 말이 거짓말은 아닌 듯 뿌리 부분을 손톱으로 살짝 긁어보니 붉은 진액이 배어 나왔다. 집에 돌아가서 오늘 내로 법제를 시작하면 어떻게든 될 것 같다 판단하고, 라울은 5타르를 지불했다.

세람은 라울이 약초에 물을 뿌리고 수분이 마르지 않도록 나뭇잎 같은 것으로 감싼 다음, 천으로 잘 싸서 메고 있던 가방 안에 넣는 것을 묘한 눈으로 보고 있었다.

"그거, 귀한 약초입니까?"

"아, 흔히 볼 수 없는 약초지. 어째서 이런 가판대 같은 곳에 나와 있었는지 모르겠군."

"다른 곳에서도 가판대에 내놓고 팔고 있는데요?"

"뭐?!"

세람이 손으로 가리키는 곳에는 여기저기, 방금 전에 그가 소중하게 싸서 가방 안에 넣은 것과 같은 약초가 가판대에 널려 있었다. 라울은 잠시 할 말을 잃었다.

"이런 경우엔 다린의 약재 시장의 대단함을 감탄해야 하나, 아니면 사다하의 기후 조건을 부러워해야 하나?"

라울의 허탈한 말에, 세람은 '풋' 하고 웃음을 터뜨렸다.

"저거, 다른 곳에서는 흔히 볼 수 없는 약재인가 보죠?"

"따뜻하지 않은 곳에는 잘 안 되는 약초지. 제블린 같은 사막 지역에서도 잘 안 되고, 밭에서 기를 수도 없지. 약효가 떨어지거든. 여기저기를 다녀봤지만, 이렇게 마구잡이로 널려 있는 것을 보기는 처음이군."

"살 건가요?"

세람이 가게를 가리키며 묻자, 라울은 쓴웃음을 지었다. 한 묶음 정도라면 몰라도, 그 이상을 그 혼자서 법제한다는 것은 무리다.

"당장 필요하지도 않은 약초를 사서 쌓아놓고 썩혀서 내버리는 것은 어리석은 짓이지. 하지만 얼마나 하는지는 들어두고 싶군."

카린 성의 의국에 연락을 해서 남아 있는 자비초의 비축량이 그렇게 많지 않다면, 저걸 사서 마법진으로 보내는 방법도 있다. 뿌리가 마르기 전에 카린 성으로 보내기만 하면, 법제는 의국에서 알아서 할 것이다.

이 집 저 집에서 가격을 비교해 본 결과, 괜찮은 자비초는 대충 7타르 정도 한다는 사실을 알았다. 법제가 되어 있지 않다는 것을 감안하더라도 정말 싼 가격이었다. 라울은 다른 한 집에서 50년은 넘어 보이는 자비초를 발견하고 두 묶음을 사버렸다. 오늘밤에는 꼼짝없이 파엔까지 동원해서 자비초 법제를 해야 할지도 모르겠다.

가판대의 약초를 뒤적여 보고 값을 물어보며 옆으로, 옆으로 이동하던 두 사람은 어느새 골목 끝에 도착했다. 골목 끝에는 가판대를 내놓지 않은 작은 가게가 있었다.

드르륵거리는 낡은 미닫이문을 열고 안으로 들어서자 약초 특유의 냄새가 훅 하고 풍겨왔다. 밖에서 봤던 것보다 훨씬 좁은 느낌의 가게는 문을 제외한 사방 벽면에 약장이 빼곡하게 늘어서 있었고, 닳아서 반질반질한 카운터에는 노인 혼자 앉아 있었다.

"뭘 찾으시오?"

주름이 자글자글한 얼굴의 나이를 헤아릴 수 없는 노인이 물었다.

"자비초 있습니까?"

"올해 거?"

"예."

노인은 약장으로 돌아서 어느 한 서랍을 열더니, 천으로 잘 싸여진 물건 하나를 꺼내 카운터에 올려놓았다. 천을 풀자 종이가 나왔고, 종이마저 벗기자 그제야 약초로 보이는 갈색 나무뿌리가 나타났다.

라울은 그것을 집어 들고 형태를 확인한 후, 냄새를 맡아보고는 노인을 바라보았다.

"얼마를 받으실 생각이십니까?"

"20타르만 내게."

노인의 말에 곁에 서 있던 세람이 놀라 눈을 부릅떴다. 다른 가게에 비해 두 배 가까이 비싼 가격이었기 때문이다. 좀 포장을 잘해놓은 것만으로 그렇게 비싸게 받으려고 든단 말인가?

세람은 라울이 이 바가지 상인을 노려봐 주고 뒤도 돌아보지 않고 나갈 거라 생각했다. 하지만 노인을 바라보는 라울은 웃고 있었다.

"그렇게만 받으셔도 되겠습니까? 손해일 텐데요."

라울의 말에 노인은 얼굴에 온통 주름을 잡으며 웃었다.

"하지만 어쩌겠나, 내가 그 가격만 받아도 다들 날강도라고 그러는 것을. 나야 살날이 얼마 남지도 않았고, 이 세상에 그렇게 좋은 일을 많이 해놓은 것도 아니니 그렇게 야박하게 하지 않기로 했다네. 악착같이 돈을 긁어모은다고 죽을 때 그 돈 짊어지고 갈 수 있는 것도 아니지 않은가. 그나저나 자네야말로 약초 볼 줄 아는군. 내 자비초를 보고

싸다고 말한 사람은 자네가 두 번째야."

"다른 자비초도 볼 수 있을까요?"

라울의 진지한 눈과 마주친 노인이 '씨이익' 하고 웃었다.

"'금(金)의 자비초'라고 불리는 백 년산 자비초를?"

노인의 말에 라울은 뜨악한 표정을 지었다. 자비초의 수명은 대략 15년 정도 된다. 10년이 넘으면 약성이 생기고, 드물게 30년이 넘은 것은 값을 매길 수 없을 정도로 귀하다. 그런데 백 년산이라니!

"금의 자비초?! 그런 게 정말로 있습니까?"

"그럼, 있다마다."

노인은 다시 약장 쪽으로 돌아서 제일 위쪽의 서랍을 열고 비단으로 싸인 물건을 꺼내 카운터 테이블 위에 올려놓았다. 비단을 풀자 아까처럼 얇은 종이가 나왔고, 종이를 벗기자 짙은 자색(紫色)을 띤 풀뿌리가 나타났다.

종이가 풀리자 훅 하고 끼쳐 온 향기는 시원하고 청량했다. 숨을 들이킨 것만으로도 폐부가 탁 트이는 것 같았다.

풀뿌리를 조심스럽게 집어 들어 형태를 살피고, 냄새를 맡아본 라울은 믿을 수 없다는 눈으로 노인을 바라보았다.

"노인장이 직접 법제를 하신 것입니까?"

"그럼 달리 누가 하겠나?"

"놀랐습니다. 정말로 실력이 좋으시군요. 자비초 자체도 질이 좋지만, 법제도 완벽합니다."

이 자비초를 본 것이 자신이 아니라 약재 수집벽이 있는 약혼녀였다면, 그 자리에서 눈이 뒤집혔을 것이다. 무슨 수를 써서라도 손에 넣으려고 하지 않을까?

노인은 눈을 가늘게 뜨고 라울을 바라보고 있었다. 그리고 갑자기 뭔가를 납득했다는 듯이 고개를 끄덕였다.

"그렇군. 자네의 피부색 때문에 미처 몰랐네만, 자네는 북쪽에서 온 사람이군."

멈칫한 라울은 놀랐다는 듯이 노인을 바라보았다.

"왜 그렇게 생각하셨습니까?"

"대부분의 사람들이 별것 아니라고 생각하는 감기에 혹독하게 당해 본 사람만이 자비초의 귀중함을 알지. 따뜻한 사다하나 남부의 제블린에서는 감기로 사람이 죽는 일은 거의 없네. 하지만 추운 북쪽에서는 꽤 많이들 죽어간다지? 이 거리에서도 자비초를 사가는 사람들은 거의 다 페이샨의 상인들이라네. 하지만 자네는 상인은 아닌 것 같고, 본인도 자비초가 필요없을 정도로 건강해 보이니, 혹 집안에 몸이 약한 어린아이가 있는 것은 아닌가?"

멍하니 노인을 바라보던 라울은 쿡쿡 하고 웃었다. 그 웃음은 감탄의 웃음이었다.

"졌습니다. 노인장에 대한 존경의 의미로, 제가 노인장이 파실 수 있는 만큼의 자비초를 모두 사기로 하지요."

"이 가게에 있는 전부가 아니라, 내가 팔 수 있는 만큼이라?"

"영리를 목적으로 이 장사를 하는 게 아니라고 말씀하신 분이니, 제가 간청을 한다고 해도 전부 다 팔아주시지는 않을 거라고 생각했습니다만?"

노인은 갑자기 '헛허허허!' 하고 웃음을 터뜨렸다. 지극히 유쾌한 울림이 섞여 있는 웃음소리였다.

"자네도 어지간히 능구렁이로구먼. 자네 생각이 옳네. 나는 장사를 위해서 가게를 열고 있는 것만도 아니고, 장사가 잘된다고 약장을 텅텅 비게 만들면 낭패를 당한다는 것을 알고 있는 사람이지. 비싸니 어쩌니 하면서도 한겨울이 되면 내 가게 문을 두드려 이 자비초를 찾는 녀석들이 있을 거거든."

지금은 자비초가 길가의 돌멩이처럼 굴러다니는 사다라고 해도, 한겨울이 되어도 그렇지는 않을 것이다. 대부분의 자비초는 겨울을 나지 못하고 얼어 죽어버리기 때문이다.

하지만 자비초가 쓰이는 것은 대체로 겨울이고, 그렇기 때문에 라울의 고향에서는 자비초를 장기 보존할 수 있는 법제를 중요시해 왔다.

"그럼 제가 자비초를 사지 않는 것이 노인장을 도와드리는 길입니까?"

라울의 장난스러운 질문에 노인은 다시 웃었다.

"돈 내고 사 가준다면야 나야 나쁠 것이 없지. 나도 입에 풀칠은 하고 살아야 할 게 아닌가. 마침 몇 년째 팔리지 않는 것들이 있으니, 재고 정리를 하는 것도 좋겠지."

노인은 그렇게 말하며 종이 위에다 약장에서 꺼낸 자비초를 햇수에 따라 구분을 해서 정성스럽게 싸기 시작했다.

"50년, 70년, 백 년짜리가 있지만, 보유하고 있는 양이 얼마 없어 내주지 못하겠네."

노인의 말에, 라울은 아쉽다는 듯이 입맛을 다셨다.

"아깝군요. 그 금의 자비초를 가지고 간다면 약혼녀에게서 키스 세례를 받을 수 있을지도 모르는데."

"자비초를 가지고 간다고 약혼녀가 왜 키스 세례를 퍼붓는단 말인가? 몸이 약한 것이 약혼녀였던가?"

"아니오. 약혼녀는 건강하지요. 다만, 약초를 수집하기를 즐기는 사람이라 좋은 약초를 그 무엇보다 반기는 것뿐입니다."

노인은 놀랐다는 듯이 눈을 크게 떴다.

"약초 수집이라? 여자가 말인가?"

"예. 가방 하나 짊어지고 산을 타는 날렵한 모습을 보면 놀라실 겁니다."

노인은 설레설레 고개를 저었다.

"세상 오래 살고 볼 일이군. '그 마녀' 말고 그런 여자가 또 있는 줄은 몰랐네그려."

'마녀'라는 호칭이 묘하게 귀에 익었지만, 라울은 설마 하고 생각했다.

"약초의 나이를 가지고 그렇게 크게 연연해할 것은 없네. 자비초는 오래 묵을수록 좋다는 것이 이쪽의 통념이기는 하지만, 백 년산 자비초와 50년산 자비초는 그렇게 큰 약성의 차이가 없지. 다만, 백 년산의 약성이 훨씬 부드럽기 때문에 보다 더 위중한 환자에게 쓸 수 있다는 것뿐이야. 좋기로는 백 년보다 50년이 좋지. 자비초의 나이에서 보면, 역경을 거치고 장년에 접어든 셈이거든. 50년을 한 뿌리 줬으면 좋겠지만 몇 뿌리 없는데다, 나중에 위중한 환자가 찾으면 귀하게 쓰려고 챙겨둔 것이라서. 아쉽구만."

"50년이라면 요 앞에서 두 묶음 정도 구했습니다. 물론, 법제가 안 된 것이지만요."

'뭐?!' 하고 소리치는 노인에게, 라울은 자신이 산 자비초를 보여주었다.

"이런, 정말일세? 이걸 어디서 샀나?"

"가게 이름은 모르겠고, 가판대에 묶어서 내놓았더군요. 약초꾼이 오늘 이른 새벽에 다른 약초와 함께 팔러 왔더라는 모양입니다. 50년 된 자비초가 아무렇지도 않게 가판대에 뒹굴고 있어서 여기는 오래 묵은 자비초조차도 흔한 줄 알았더니, 그렇지는 않은 모양이군요?"

"그걸 말이라고 하나?! 대체 어느 얼간이 놈이 이 귀한 것을 땡볕이 내리쬐는 가판대에 늘어놓았단 말인가? 겉 뿌리가 말랐군. 물을 뿌리고 나뭇잎으로 싼 것은 자네인가?"

"예."

"잘했군. 아주 적절했어. 하마터면 이 귀한 약재를 못 쓰게 만들 뻔하지 않았나 말이야. 약재상입네 하면서 약초 귀한 줄은 모르는 놈들이 많아서 큰일이야. 그리고 어느 바보 같은 약초꾼이 이걸 아무 데나 헐값에 덜렁 넘겼단 말인가. 나한테 왔으면 제대로 값을 쳐주었을 것을. 에잉, 쯧쯧쯧!"

노인의 눈에는 그 약초를 사지 못한 아쉬움과 부러움이 가득했다. 라울은 웃음을 삼키며 한 묶음을 노인에게 내밀었다.

"가지시지요."

"응? 하지만……."

"어차피 저에게는 좀 많다 싶었습니다. 법제를 해서 꼭 필요한 환자에게 요긴하게 쓰시지요."

"그, 그래. 그렇다면야……."

머뭇거리며 약초를 받아 드는 손과 달리 노인의 입은 기쁨을 감추지 못하고 쩍 찢어졌다. 왜 안 그렇겠는가. 50년산 자비초가 한두 뿌리도 아니고, 자그마치 한 묶음인데.

"자네, 법제는 어떻게 하겠는가? 겉 뿌리가 말라서 오늘밤 내로 법제를 하지 않으면 못 쓰게 될 걸세. 자네가 할 수 없다면 내가 대신 해 줌세. 맡겨놓았다가 내일 저녁 무렵에 와서 찾아가게나."

"고마운 말씀이지만, 내일 다시 이곳에 들를 수 있을지 알 수가 없어서요. 저도 서툰 솜씨이기는 하지만 법제를 할 수 있으니, 집에 돌아가 애써보겠습니다. 그런 것보다 노인장, 혹시 자비초의 씨를 구할 수는 없겠습니까?"

노인은 라울에게서 받은 자비초를 잘 싸서 약장에 넣다 말고 돌아보았다.

"자비초의 씨? 심어서 길러보기라도 할 생각인가? 웬만하면 그만두게나. 고생에 비해서 소득이 적어. 밭에서 기른 자비초는 못 쓴다네. 게다가 자네, 잘은 모르네만 북쪽 지방 사람인 것 같은데, 자비초는 추운 곳에서는 싹을 틔우지 못하고, 설사 틔웠다고 해도 얼어 죽어버린다는 것을 알고 있지 않은가."

"그에 대해서는 제게도 생각이 있으니, 일단 씨를 구해주시지 않겠습니까?"

따뜻한 아열대 지방에서나 자라는 자비초를 카린 성 같이 추운 곳에서 길러보겠다는 것은 무모한 생각일지도 모른다. 하지만 그는 로사드의 아내였던 셀리아가 폐렴이 악화되어 덧없이, 참으로 덧없이 목숨을 잃는 것을 지켜봤을 때부터 그런 생각을 했었다.

아름다운 셀리아, 기억조차 희미한 어머니보다 더 따뜻하게 그를 안아주었던 상냥한 여인.

그녀는 그가 도움을 청하며 뻗은 손을 잡아준 최초의 사람이며, 그를 위해서 세상을 향한 문을 활짝 열어주었던 사람이다.

그녀의 쾌차를 빌며, 생애 최초로 신에게 간절히 기도를 했던 어린 소년은 이제 더 이상 신을 향해 기도하지 않는다. 신을 의지하지도 않는다.

진의를 확인하려는 것처럼, 그를 빤히 바라보던 노인은 긴 한숨을 내쉬며 고개를 끄덕였다.

"뭔가 사정이 있는 게로군. 씨를 구해주는 거야 어려울 것이 없으니 그렇게 하게나."

인자하게 웃는 노인의 눈은 양부인 그랜트의 것과 어딘지 모르게 비슷했다. 맑은 혜안은 자신의 마음 깊은 곳에 자리한 상처까지 꿰뚫어 보는 듯해 라울은 노인의 눈을 피했다.

"올해는 이미 씨를 구하기는 늦었으니, 아마 내년 가을쯤 되어야 할 걸세."

"예. 그때쯤 다시 찾아뵙겠습니다."

"그때까지 내가 죽지 않고 있다면 다시 만날 수 있겠지."

노인은 잘 싸서 끈으로 묶은 약초 묶음을 라울에게 건넸다.

"그리고 이건 혹시나 하는 노파심에서 하는 말이네만, 자비초는 열과 오한을 다스리는 데는 특효이기는 해도 장복하면 위험하네."

"독이 있다는 것은 알고 있습니다. 다행히 마을 뒷산에 작은 세이프리아 나무 한 그루가 있으니 너무 염려하지 않으셔도 될 것 같습니다."

자비초의 독성을 세이프리아 꽃으로 중화시킨다는 것을 알고 있다는 대답이었다. 노인은 흡족한 듯이 너털웃음을 터뜨렸다.

"요즘 사람 같지 않게 많이도 알고 있군. 웬만한 신의 아들보다 나아. 사실 요즘에는 어느 신전을 막론하고, 약초학(藥草學)을 경시하고 신성력만을 강조하는 추세가 아니던가. 물론 신관에게는 당연히 신을 향한 믿음이 있어야 하고, 신이 총애하는 자식이 느는 것은 좋은 일이네만, 수백 년의 전란을 통해 얻어진 선조들의 값진 지식이 사장되는 것은 안타깝다고 생각한다네."

"에메이드—의술의 신—신전을 제외한 다른 신전에서는 포션의 종류를 많이 줄이거나, 포션의 제작을 마법사나 연금술사에게 위탁하고 있다는 말을 들었습니다만?"

노인은 쓴웃음을 지었다.

"예전처럼 포션 한 병에 목숨을 의지해야 하는 위험한 시대는 지나갔으니, 포션의 종류도 줄어드는 것이 마땅할지도 모르지. 그나마 유일하게 포션의 질적 향상에 힘을 쏟고 있는 것이 하칸—전쟁의 신—신전이네만, 그쪽도 자체적으로 제작하는 것은 아닌 것 같거든?"

"하칸 신전의 이름으로 판매되는 포션이 하칸 신전에서 만들어진 게 아니라면……?"

"다른 신전과 마찬가지로 어딘가 다른 곳에 위탁하고 있는 게 아닐까 하네. 다른 점이라면, 그 위탁하는 곳이 평범한 마법사나 연금술사와는 비교할 수 없을 정도로 뛰어난 약초 지식과 실력을 갖추었다는 정도가 아닐까? 나의 추측에 불과한 일이네만."

라울은 놀란 표정으로 노인을 바라보았다.

"그렇게 추측하시게 된 근거는 뭡니까?"

"근거랄 것까지야 없지. 하지만 그런 포션을 만들어내자면 약초가 한두 뿌리 들어가는 게 아닐 텐데, 하칸 신전 그 어디에서도 약초 매입에 관한 활동을 하지 않는다는 것은 좀 이상하지 않나? 게다가 이것은 들은 말이네만, 하칸 신전에는 그 일을 맡은 전담 신관이 없다고 하더군. 나는 말일세, 그렇게 뛰어난 효과를 보이는 포션을 전담 신관이나 그 어떤 연구 활동도 없이 만들어낼 수 있다고는 믿지 않는다네."

"그렇군요."

라울은 미소를 지었다. 정말 대단한 노인네가 아닌가. 고작 그 정도의 사실만으로 누구도 눈치채지 못했던 사실을 정확하게 집어내다니.

노인의 추측은 정확했다. 하칸 신전에서 판매되는 포션은 다름 아닌 그의 약혼녀가 만들고 있었던 것이다.

"참, 약혼녀에게 선물할 약초를 찾고 있다고 그랬던가? 그렇다면, 이런 것은 어떤가?"

노인은 뭔가 생각이 났다는 듯 약장 쪽으로 돌아서서 지금까지와는 달리 부산스럽게 이 서랍, 저 서랍을 열어보더니 짙은 색을 띤 작은 나무 상자 하나를 테이블 위에 올려놓았다.

자물쇠가 채워진 고급스러운 나무 상자는 첫눈에 귀한 물건이라는 느낌이 들었다.

노인이 열쇠로 자물쇠를 열자 크림색 비단으로 싸여진 둥근 물체가 안에 들어 있었다. 노인이 손수 비단을 벗겨내자 무색의 투명한 돌이 나타났다.

손바닥만 한 크기의 돌은 물방울 모양의 변형 타원 형태였고, 표면이 매끈하게 다듬어진 것이 아니라 입체적으로 각을 지워서 깎아 더욱 현란한 빛을 뿜어내고 있었다.

"설마, 다이아몬드?"

그때까지 노인과 라울의 대화를 잠자코 듣기만 하던 세람이 저도 모르게 외쳤다. 동대륙에서 부유하기로 이름난 왕국에서 왕자로 태어나 자란 그조차도 그렇게 커다란 다이아몬드를 본 것은 처음이었기 때문이다.

"아니, 다이아몬드가 아니다."

세람의 추측을 가볍게 부정한 라울은 노인을 바라보며 웃었다.

"정말로 귀한 것을 보여주시는군요."

라울의 감탄에 노인은 득의에 찬 표정으로 웃었다.

"뭔지 알겠나?"

"환상결석. 흔히 '인어의 탄식'이라고 불리는 파이마스―식물 몬스터의 한 종류―의 씨앗이 아닙니까? 정말 대책없는 분이시군요. 제가 이것이 욕심나서 들고 튀어버리기라도 하면 어쩌려고 그러십니까?"

노인은 눈을 가늘게 뜨고, 음흉하게 보이는 미소를 지으며 라울을 바라보았다.

"그렇지? 자네도 사내라면, 그리고 이것이 무엇에 쓰이는지를 안다면 마음이 동하지 않을 수가 없겠지. 어떤가? 약혼녀에게 선물하기에 이보다 좋은 게 있을 것 같은가? 약혼녀는 귀한 선물을 받았으니 좋고, 자네는 밤을 뜨겁게 불사를 수 있어서 좋고."

라울은 '흥' 하고 코웃음을 쳤다.

"이런 게 있어도 정작 써먹어볼 시간이 있어야지요. 게다가 뜨거운 하룻밤에 그렇게 무지막지한 거금을 들일 정도로 저는 바보가 아닙니다."

라울의 냉정한 대꾸에 노인은 끌끌하고 혀를 찼다.

"자네는 로망이 부족해!"

두 사람의 옥신각신을 지켜보던 세람은 도무지 뭐가 뭔지 알 수가 없었다.

"저기, 어느 분이라도 좋으니까 좀 설명을 해주시지 않겠습니까? 그거, 인어의 탄식이라고 했던가요? 제 생각이 맞다면, 약재인 것 같은데 대체 어디에 쓰이는 약재입니까? 밤을 뜨겁게 불사른다니, 그건 또 무슨 말인지요?"

라울과 노인은 서로 마주 보며 곤란한 표정을 지었다. 두 사람 모두 이곳에 저 젊은 청년이 있다는 것을 잠시 잊고 있었던 것이다.

두 사람은 눈싸움을 벌이며 설명을 서로 떠넘기려고 하다가, 세람의 무언의 재촉을 이기지 못한 라울이 결국 두 손을 들고 입을 열었다.

"이 녀석은 '파이마스'라는 식물 몬스터의 씨앗인데, 상당히 진귀하지. 파이마스 자체가 별로 수가 많지 않은데다가 흉포한 공격형 몬스터에 속하거든. 용병들이 흔히 하는 식으로 레벨을 매기면 중상급 정도 되려나? 트롤에 버금가는 재생 능력이 있고, 살아 있는 것처럼 뻗어나오는 녀석의 가지에 한 번 휘감기면 끝장이야. 가지에 달린 가시 끝에 치명적인 독이 있거든. 때문에 녀석의 씨앗을 훔쳐서 살아서 도주한 운 좋은 인간은 별로 없어."

"흐음? 이 몬스터의 씨앗이 귀하다는 것은 잘 알았으니까, 이것이 어디에 쓰이는지나 가르쳐 주시죠."

세람이 설명을 재촉하자 라울은 쓴웃음을 지었다.

"제법 여러 가지 약성이 있지만, 일반적으로 가장 많이 알려진 것은 역시 그거지."

"그게 뭔데요?"

"정력제."

세람은 입을 딱 벌렸고, 라울은 노인을 향해 다시 고개를 돌렸다.

"그걸 정말로 써먹을 날이 올지는 모르겠습니다만, 약혼녀가 기뻐하기는 할 것 같군요. 파실 겁니까?"

"예끼, 이 사람. 이런 물건을 고이 모셔두고 감상만 할 사내에게는 안 팔아."

놀리듯이 말한 노인은 씨앗을 다시 비단으로 싸서 상자 안에 넣었다.

"그건 농담이고, 사 갈 사람이 이미 정해진 물건이라네."

"누군지 모르지만 호탕하기도 하군요. 하룻밤 뜨거운 정사를 위해 그런 거금을 선뜻 내던지다니."

라울이 재미있다는 듯이 말하자, 상자를 약장에 되돌려 놓기 위해 돌아섰던 노인은 움찔했다. 그 반응이 왠지 마음에 걸려서 라울은 미간을 찌푸렸다.

"노인장?"

라울과 눈이 마주친 노인이 어깨를 축 늘어뜨리며 무거운 한숨을 내쉬었다.

"솔직히 말하면 나는 이 물건을 자네가 사 가주었으면 하는 바람이라네. 돈이 없으면 값을 지불하지 않아도 좋으니, 이걸 가지고 가주지 않겠나?"

뜻밖의 말에 세람은 눈을 크게 떴고, 라울의 미간의 주름은 한층 깊어졌다.

"그건 왜입니까? 사 갈 사람이 이미 있다고 하시지 않았습니까? 분명 비싼 값을 받으실 수 있을 텐데요?"

"비싼 값? 허! 그런 것은 바라지도 않네. 그 인간 망종 같은 윌포드 놈이 이걸 처먹고 무슨 짓을 할지 보지 않아도 훤히 알 수 있는데, 이걸로 흥정을 해? 나는 그렇게 돈에 환장한 늙은이가 아닐세. 그렇지 않아도 그놈에게 당한 불쌍한 마을 처자들의 얼굴이 눈에 밟히고, 이번에는 또 어느 순진한 처자가 그 몹쓸 놈에게 당할까 노심초사하는데, 그런 짓을 했다간 이 늙은이가 하늘을 바로 볼 수나 있겠는가?"
 라울은 고개를 갸웃했다. 사다하의 국내 사정에 어두운 그는 노인이 말하는 '인간 망종 월포드'가 누군지도 몰랐고, 고작해야 정력제에 불과한 파이마스의 씨앗이 어떤 사단을 일으킬 수 있는지도 짐작이 가지 않았다.
 그는 단지, '아, 노인장이 그 사람에게 물건을 팔기가 싫은가 보다' 하는 정도로만 이해했다.
 하지만 옆에서 같이 듣고 있던 세람의 반응은 달랐다. 그는 노인의 입에서 '월포드'라는 이름이 나오자마자 얼굴을 굳혔다.
 "월포드? 그걸 사 가기로 한 사람이 월포드 후작이란 말입니까?"
 세람은 반신반의했다. 비록 자신과는 대립하는 관계에 있고, 나잇값도 못하는 호색 늙은이이기는 하지만, 월포드 후작은 엘리스 리벨 공작에 비견되는 1왕자파의 거물급 귀족이다.
 그 교활한 뱀 같은 늙은이가 약재상 뒷골목에서 정력제를 찾아다닌다?
 쉽게 상상이 가지 않는 광경이다. 월포드는 호색한인 자신에게 자부심을 가지고 있고, 귀족 사회에서 평판이나 소문 같은 것들이 어떤 힘을 가지고 있는지 잘 아는 위인이다.
 그런 월포드가 귀족이나 호색한으로서의 사회적 체면도 무시한 채, 공공연하게 정력제를 찾아다니는 것은 세람의 상식으론 있을 수 없는 일이다.
 '그 영감이 그 정도로 호락호락한 인물이었으면 귀엽기나 했겠지.'
 세람의 예측대로 약재상의 주인 영감은 고개를 저었다.
 "물건을 주문한 사람은 로페스 남작일세. 하지만 그놈이 무슨 이유로 정력제를 찾겠나? 보나마나 월포드의 손으로 넘어갈 걸세."

세람은 이마를 살짝 찌푸렸다. 로페스 남작이라?

"월포드 후작과 먼 인척 관계에 있는 하급 귀족 하나가 최근 후작에게 공을 들이고 있다는 소문을 듣기는 했습니다만……."

노인은 '허허' 하고 허탈한 듯이 웃었다.

"공을 들인다? 허허……. 높으신 분들은 그걸 그런 식으로 말하는 모양이군. 나이가 많든 적든 얼굴만 예쁘장하게 생겼으면 닥치는 대로 가려내서 월포드의 하룻밤 상대로 바치는 걸 말이야. 좋아하는 남자가 있거나, 결혼을 했어도, 심지어는 아이가 있는 여자까지 사병을 동원해서 끌고 가고, 사내는 본보기를 보인다며 반 죽여놓는 것을 그렇게 부르는군!"

세람의 에메랄드 빛 눈동자가 미세하게 흔들렸다. 노인의 눈에서 귀족에 대한 뿌리 깊은 반감을 엿보았기 때문이다. 노인의 냉소가 자신을 향한 것이 아니라도, 세람은 자신이 그들과 같은 이름으로 불리는 '귀족'이라는 특권 계층이라는 것이 부끄러웠다.

"귀족이 평민과 구분되는 월등한 특권을 누리는 것은 '책임'에 대한 반대급부야. 더 위험한 자리에 서 있고, 더 무거운 짐을 지고 있기 때문이지. 특권을 누리는 것은 좋아. 하지만 자신의 책임을 다하지 않고, 특권만 누리겠다고 하는 순간부터 귀족은 버려야 할 나라의 무거운 짐으로 전락하는 거야."

그렇게 말한 사람은 다름 아닌 1왕자, 에드워드 진이었다.

귀족이란 날 때부터 특별한 사람은 아니라는 것을, 신분이 아니라 행동이 사람을 고귀하게 만든다는 것을 세람에게 일깨워 준 장본인이 그라는 것은 참으로 아이러니한 일이다.

"윌포드와 로페스는 똑같은 놈들이야. 늙은 놈은 노망난 호색한이고, 젊은 놈은 권력에 미쳤지. 로페스가 윌포드의 눈에 들기 위해 자신의 영지 처자들을 몇이나 그 늙은이에게 상납했는지 알고 있나? 남작령은 이곳에서 멀지 않은 곳에 있지. 그래서 종종 소문이 들려온다네. 그런 소문을 듣지 않아도 나는 그놈 때문에 몸을 망친 순진한 처자들을 여럿 보았네. 느닷없이 닥친 재앙에 어쩔 줄 모르다가 그대로 넋을 놓아버리거나, 간혹 정신을 차리더라도 아까운 목숨을 버리기가 일쑤였지."

두 사람의 대화를 잠자코 듣고 있던 라울은 '윌포드' 라는 자가 사다하에서 꽤 높은 지위에 있는 호색한이고, '로페스' 란 자는 그런 윌포드의 비위를 맞추기 위해 닥치는 대로 여자를 상납하거나 정력제를 구해주는 모양이라고 짐작했다. 하지만 거기서 라울은 한 가지 의문이 생겼다.

"그 로페스란 작자는 어째서 그렇게까지 하는 거지? 얘기를 들어보니 윌포드라는 후작에게 꽤 헌신적인 것 같은데, 상대가 누구이든 이유 없는 친절을 베풀 정도로 좋은 사람 같지는 않아서 말이야."

라울의 질문은 세람을 향해서였다. 세람은 그의 그런 태도에서, 라울이 자신을 귀족이라 생각하고 있다는 것을 알았다. 그는 쓴웃음을 지었다.

"후작가의 후계자가 되고 싶은 거겠죠."

"후작가의 후계자라니? 그 윌포드인가 하는 후작은 자식이 없나?"

"일곱 명의 부인과 열두 명의 첩이 있지만, 그 일에 성공한 사람은 아무도 없다고 하더군요."

"천벌이지!"

노인의 말이었다.

"로페스 남작은 윌포드 후작이 죽을 경우, 작위를 계승할 만한 위치에 있습니다. 하지만 가능성이 있는 것은 그 혼자가 아니죠. 윌포드 후작가는 후손이 적습니다만, 로페스 남작과 비슷한 계승권을 가진 사내라면 적어도 서넛은 될 겁니다. 아시는지 모르겠지만, 작위의 계승에 따르는 것은 단순히 '작위' 만은 아니죠. 후작은 사다하에서도 손꼽히는 부유한 귀족인데다 정치적 입지도 상당합니다. 후작이 밀고 있는 1왕자가 국왕이 된다면, 지금 이상의 부귀영화를 누릴 테고… 뭐, 그런 이유죠."

페이샨 제국이나 제블린 왕국처럼 귀족의 위치가 절대적이지 않은 사다하에서도 귀족으로 인해 힘없는 사람들이 고통받는 것은 마찬가지라는 생각에 라울은 씁쓸해졌다.

그전까지 가 있던 제블린과는 비교도 되지 않을 정도로 활기차고 밝은 이 나라 사람들을 처음 봤을 때는 그래도 좀 기대를 했었는데.

라울이 한숨을 내쉬자, 귀에 익은 아스카의 잔소리가 들려오는 듯했다.

'예, 예. 알고 있습니다. 이것은 이 나라 사람들의 문제이고, 제가 어떻게 할 수 있는 게 아니죠. 쓸데없는 정의감은 내세우지 않겠습니다. 저도 지켜야 할 사람이 있고, 제가 충성을 바칠 대상은 이 나라가 아니니까요.'

한줄기 상쾌한 바람이 불유쾌한 것들을 날려 버린 것처럼 마음이 가벼워졌다.

그래. 이것은 결국 이 나라의 문제고, 자신이 할 수 없는 일로 속을 끓일 필요는 없다. 그는 자신이 할 수 있는 일을 하면 되는 것이다.

"그런 개잡놈일수록 악운이 따르는 건지, 아니면 사신(死神)도 그런 빌어먹을 놈은 필요없다고 받기를 마다하시는 건지, 절대로 안 죽는단 말이야. 로페스 놈이 그동안 벌어진 결투에서 죽어 나자빠지기만 했어도 이 늙은이가 오늘처럼 곤경에 처하는 일은 없었을 텐데."

노인이 한탄하듯이 말하자, 세람은 쓴웃음을 지었다.

"어려울 겁니다. 그 작자가 그래도 소싯적에 소위 신동이라고 불렸던 검사니까요. 20대 초반에 친위대의 높은 문을 실력만으로 통과했고, 지금도 비슷한 나이 대에서는 적수를 찾아보기 어렵다는 평입니다. 발끈해서 장갑을 던지는 순진한 귀족과의 결투는 식후 운동쯤으로도 여기지 않을 걸요?"

"적수를 찾아보기 어렵기는 개뿔이! 파엔 근위대장이 있지 않은가!! 로페스 놈이 제아무리 날고 기어도 파엔 근위대장은 못 당하지. 요전의 결투 사건에서 확실하게 증명되지 않았는가."

노인의 말에 세람은 미소를 지으며 고개를 끄덕였다. 어쩐지 흐뭇한 기색이다.

"그런 자와 파엔경을 비교할 수는 없죠. 격이 다르니까요."

"그런 놈은 근위대장의 손에 목이 잘렸어야 했는데! 이 늙은이는 근위대장이 하는 일에는 모두 이유가 있을 거라고 믿지만, 그때 그 일만큼은 실수라고 생각한다네."

"로페스가 어떤 자인지 잘 몰랐던 거겠지요."

죽이 척척 맞는 두 사람의 대화를 들으며 황당해진 것은 라울이었다. 이런 곳에서 파엔의 이름을 듣게 될 줄 누가 알았겠는가?

"파엔이라니, 그놈이 무슨 짓을… 아, 아니, 무슨 일을 했습니까?"

라울의 질문에 노인은 도리어 놀란 표정으로 그를 바라보았다.

"파엔 엘라시스 근위대장과 로페스 남작의 결투 사건을 모르는가? 다린뿐 아니라, 사다하 전국에서 모르는 사람이 없는 유명한 일인데."

"줄곧 외국에서 생활하다가 사다하 국내로 들어온 것은 얼마 되지 않았거든요."

"흠, 그런가? 사건의 전말은 의외로 간단하네. 내가 들은 정확한 정보통에 따르면, 근위대장의 명성을 시기한 로페스 개잡놈이 근위대장에게 시비를 걸었다고 하더군. 하지만 근위대장이 어디 그런 놈의 잡소리에 연연할 사람이던가. 무시하고 상대를 해주지 않았더니, 밤까지 힘들게 일하고 집으로 돌아가는 사람의 뒤를 덮쳤다지 뭔가. 정말로 그 후안무치한 개잡놈이 할 만한 짓거리지. 하지만 근위대장은 그놈과 그놈의 패거리를 도리어 손봐주고는, 사람이 이런 짓을 해서야 되겠냐며 근엄하게 꾸짖고는 사라졌다지."

전혀 객관적이지 못한 것 같은 노인의 설명에 라울은 어이가 없어졌다. 그는 그 결투 사건을 눈으로 직접보지는 않았지만, 사건의 전말을 보다 정확하게 추측할 수 있었다.

'대놓고 시비를 걸지 않았다 뿐이지, 로페스라는 남작을 먼저 긁은 것도 파엔일 거고, 남작 패거리가 무리 지어 덤벼들 것도 예상하고 있었겠지. 단순히 스트레스 해소용으로 밟아줄 놈이 필요했을 뿐일 테니까, 두들기고도 그놈의 얼굴조차 기억하고 있지 않다에 천 마르셀을 걸 수도 있어. 준엄한 꾸짖음은 무슨! 보나마나 울화통이 터지는 얄미운 소리를 하고는 사라졌겠지.'

파엔은 충분히 제멋대로 살고 있고, 그런 자신을 숨기려는 최소한의 노력조차 하지 않는데도 이런 오해가 나올 수 있다는 것에 놀랐다. 더욱 의외인 것은 사다하의 사람들이, 귀족은 어떨지 몰라도 적어도 평민들은 그를 좋아하는 것 같다는 것이다.

'이해하기 힘든 일이긴 하지만, 어느 정도 인망을 쌓기는 한 것 같군.'

파엔의 평소 행실이나 성격을 적나라하게 알고 있는 라울로서는 노인의 호의적인 발언에 자신의 얼굴이 다 화끈거릴 지경이었다.

"그러니까 제가 이 파이마스의 씨앗을 사 가면 되는 겁니까? 하지만 그 남작이라는 자가 와서 찾으면 어떻게 하시려고요? 모르긴 몰라도, 조용히 납득하고 물러가 줄 인사 같지는 않은데. 노인장께서 곤욕을 치르게 되시지 않겠습니까?"

"나는 그것을 도둑맞았다고 할 참이네. 도둑이 들어 훔쳐 간 것을 가지고 힘없는 노인을 죽이겠나, 살리겠나. 물론, 그 지랄 맞은 성질에 길길이 날뛰며 가게를 난장판으로 만들겠지만, 그 정도야 나중에 정리를 하면 될 일이고. 무엇보다 그 정도의 사소한 곤경이 젊은 처자들의 목숨에야 비하겠는가."

문제의 정력제가 사라진다고 해도, 모든 문제가 노인의 예측처럼 그렇게 손쉽게 해결될 것 같지는 않았다. 로페스란 자는 사라진 파이마스의 씨앗 대신 다른 정력제를 구할 수도 있고, 후작의 비위를 맞추기 위해 더 많은 여자들을 바칠지도 모른다.

무엇보다 노인에 대해 로페스가 그렇게 관대한 처분을 내릴 것 같지 않았다. 물건이 사라졌다는 것을 알면, 로페스는 눈앞의 노인을 죽이려 들 것 같았다.

라울은 세람을 바라보았다. 같은 생각을 하고 있었던 것처럼, 세람은 살짝 고개를 끄덕였다. 그의 예측을 긍정한 것이다.

그냥 물건을 내주라 말하고 싶었지만, 노인의 눈을 본 라울은 차마 그 말이 나오지 않았다. 정력제가 있든 없든 벌어질 일이라고 말할 수도 없었다.

라울은 한숨을 삼키며 문제의 물건을 일단 자신이 맡기로 했다.

'젠장. 그렇지 않아도 시간없다고 난리인 파엔 녀석이 알면, 이번에야말로 날 죽이려 들겠군.'

"그럼 제가 이 파이마스의 씨앗에 대한 물건 값으로 얼마를……."

본격적으로 값을 흥정하려는 찰나였다.

콰앙!!

'물건 값으로 얼마를 지불하면 되냐'는 질문이 끝나기도 전에, 문이 떨어져 나갈 듯한 기세로 열어 젖혀졌다. 휘잉 하는 한줄기 찬바람과 함께 문가에 모습을 나타낸 것은 왜소해 보이는 사람의 그림자였다.

"제, 제프리 할아버지, 헉, 헉……."

불빛에 드러난 것은 남루한 행색의 소년이었다. 제법 먼 곳에서부터 달려왔는지 쌀쌀한 날씨에도 불구하고 소년의 상의는 온통 젖어 있었고, 상기된 얼굴로 가쁜 숨을 몰아쉬고 있었다.

불빛에 드러난 소년의 얼굴은 뜻밖에도 낯설지 않았다. 예상치 못했던 재회에 라울도 놀랐지만, 상대편도 당황한 것 같았다. 가게 안에서 라울을 발견한 소년의 얼굴은 순간적으로 굳어지며, '당신이 왜 여기에?'라고 묻는 듯한 표정이었다.

두 사람 사이의 묘한 침묵을 깬 것은, 가게의 주인인 노인이었다. 갑자기 들이닥친 소년과 아는 사이인 듯 노인은 놀란 표정으로 물었다.

"너는 토마스가 아니냐? 이렇게 다급하게 무슨 일이냐?"

노인의 걱정스러운 얼굴을 대한 소년의 눈에서는 갑자기 주르륵 하고 눈물이 흘렀다.

"할아버지, 할아버지! 엄마를 살려주세요! 제발 우리 엄마 좀 살려주세요!!"

소년은 구르듯이 달려와 노인의 팔을 붙들고 애원했고, 노인은 놀라서 숨을 들이켰다. 라울과 세람의 눈도 덩달아서 커졌다.

"그게 무슨 소리야?! 네 어머니께서 어떻게 되시기라도 했단 말이냐?"

"엄마가, 엄마가 숨을 쉬지 않아요!!"

흐느낌과 함께 비명을 지르듯 터져 나온 새된 목소리에, 노인의 얼굴에도 불안의 그림자가 드리웠다.

"언제부터?! 아, 아니다! 내가 너희 집으로 가야겠다. 어머니는 집에 계시냐?"

"아, 아니오. 제가… 데리고 왔어요."

그 말에 라울은 미간을 찌푸렸다. 의식도 없는 사람을 데리고 왔다?

하지만 밖을 내다본 라울은 소년이 어떻게 자신의 어머니를 데리고 왔는지 알 수 있었다. 밖에 세워진 짚을 깐 수레에 여자 하나가 누워 있었기 때문이다.

소년의 상의가 저렇게 흠뻑 젖은 것은 단순히 달려와서가 아니라, 이 수레를 끌고 달려야 했기 때문인 것 같았다.

라울은 자신의 망토를 벗어 바닥에 깔고, 여인을 안아 들어 바닥에 눕혔다. 긴 의자 같은 것이 있으면 좋겠지만 노인의 가게에는 작은 스툴밖에 없었기 때문이다.

허겁지겁 곁으로 다가온 노인이 여인의 눈을 까뒤집어 보며 상태를 살피는 동안, 라울도 자기 식으로 여인의 맥을 확인해 보았다. 여인은 소년의 말처럼 숨을 쉬지 않았고, 어두운 불빛 아래에서도 알 수 있을 정도로 핏기라곤 없이 창백했지만, 맥이 뛰고 있다면 생기가 남아 있는 것이다. 그것은 곧 회생할 가능성이 있다는 말이었다.

다행히 여인의 맥은 미약하게 뛰고 있었지만, 어딘지 모르게 이상했다.

'이 맥, 분명히 어디선가……'

라울이 미간을 찌푸리며 생각에 잠겨 있는 사이, 노인은 소년에게 일이 이렇게 된 경위를 묻고 있었다.

"집에 돌아와 보니, 남작가의 하인들이 엄마를 들쳐 메고 와 내려놓고 있었어요. 일을 하다가 쓰러졌다고 했지만… 그런 거짓말을 누가 믿겠어요?! 오늘 아침에 일 나가기 전까지만 해도 아무 이상이 없었다구요! 오늘 저녁에는 돈이 생길 테니 다같이 동생들의 시슬리안 축하 선물을 사러 가자고, 날더러 너무 힘들게 무리하지 말라며 잔소리까지 했었는데……"

소년의 갈색 눈동자가 눈물로 뿌옇게 흐려졌다. 하지만 소년은 눈물이 흘러내리기 전에 소맷자락으로 거칠게 눈물을 훔쳐 냈다.

"지난번에 저택에 왔던 호색한 영감이 엄마에게 치근덕거렸다는 것은 그 저택 사람이라면 다 알아요. 빌어먹을 남작 새끼는 엄마를 그 영감 침실로 밀어 넣으려고 갖은 수를 썼지만 엄마가 완강히 거절했죠. 엄마가 나믹의 엄마처럼 평민이기만 했어도 두들겨 패서 잡아끌고 갔겠지만, 그래도 한때 왕실 친위대 기사의 미망인이라서 그렇게는 못하겠나 보더라고요. 죽은 울 아버지가 그래도 귀족이었다는 것이 그렇게 고맙게 느껴지기는 난생처음……"

소년의 눈에서는 '후드득, 후드득' 하고 눈물이 떨어져 내렸다. 그는 눈물을 흘린다는 것이 부끄러운지 '젠장, 젠장' 하고 소리치며 눈물을 훔쳤다.

잠자코 소년의 말을 듣고 있던 세람은 놀랐다. 낡은 옷차림도 그렇고, 지나치게 지저분한 몰골이기에 평민 중에서도 하층민인 줄 알았던 것이다. 그런데 아버지가 기사였다지 않은가. 그것도 왕실의 친위대 기사.

아무리 나이트 작이 작위 가운데서도 말석이고, 물려줄 수도 없는 작위라고 해도 그 자손들이 이렇게 사는 것은 너무하지 않은가.

이렇게 어렵게 사는 기사 집안 사람들이 비단 이들만은 아닐 거라는 생각이 들자, 세람의 입에서도 '젠장, 젠장' 하는 욕설이 맴돌았다. 이래서야 그 어떤 기사가 사다하 왕실을 위해 목숨을 바쳐 충성하려고 하겠는가.

"내가 불길하니까 그 집에는 더 이상 일하러 가지 말라고 그랬는데, 그 남작이 아버지랑 친구였다고, 그렇게 나쁘게 할 리 없다고… 젠장, 개뿔이! 엄마는 아무것도 몰라요! 친위대는 옛날 아버지가 있을 때와는 다르다고! 기사도 뭣도 아닌 갑주만 걸친 달리는 쓰레기들이라고! 시켜 준다고 해도 누가 그런데 들어간대?! 으, 흐윽……."

차가운 바닥에 쪼그려 앉아 고개를 숙인 소년의 어깨가 가늘게 떨리고 있었다.

세람은 소년의 어머니가 경제적인 이유만이 아니라 아들의 장래를 위해서 남작의 집에 일을 다녔음을 알았다. 친위대 소속이기도 한 그 남작이 누구인지는 굳이 물어보지 않아도 알 수 있었다. 호색한 영감이라는 결정적인 힌트도 나온 마당이 아닌가.

'젠장, 로페스 남작……!'

저도 모르게 주먹을 움켜쥔 세람은 아플 정도로 이를 악물었다.

한편, 라울과 노인은 환자의 상태를 두고 의견을 교환하고 있었다.

"맥은 아주 약하지만 아직 뛰고 있습니다. 숨은 어떻습니까?"

"멎었네. 맥이 뛰고 있다니 아직 죽은 것은 아니겠지만 이것참, 고약한 노릇일세."

라울과 노인을 번갈아 바라보던 소년의 얼굴이 점차 창백하게 질려갔다. 그들의 말속에서 쓰러진 채 의식을 잃은 어머니가 회생할 가능성이 없음을 눈치챈 것이다. 숨을 쉬지 않는 어머니를 봤을 때부터 설마, 하고 생각하기는 했다. 하지만 정말로 이대로 죽어버린단 말인가? 자신과 철없는 어린 여동생들만 남겨두고? 마지막 인사조차 없이?

"엄마, 엄마! 아니지? 아직 안 죽었지? 나 사랑한다 그랬잖아. 세상에서 제일 사랑한다 그랬잖아! 세실과 아멜도 집에서 엄마 오기만 기다리는데, 엄마가 죽을 리가 없어. 우리를 두고는 죽어도 눈도 못 감을 거라고 그랬잖아. 엄마, 눈 좀 떠봐, 엄마, 엄마!"

소년은 의식을 잃은 어머니의 몸을 마구 흔들었다. 곁에 있던 노인이 그러면 안 된다고 다급하게 만류했으나 노인의 손마저 뿌리쳤다. 무엇에 홀린 것 같은 기세였다.

라울은 소년이 정신을 차리도록 그의 뺨을 쳤다. 짝! 하는 소리가 좁은 가게 안을 울렸다.

"정신을 차려라! 네 어머니는 위중한 상태이시다. 철없는 행동으로 어머니의 목숨을 위태롭게 만들고 싶으냐?"

소년은 부어오른 뺨을 손으로 감싸거나 매만지지도 않고 일렁이는 눈으로 라울을 노려보았다.

"소용없잖아! 이미 아무 소용 없잖아! 엄마는 죽었어, 죽어버렸다고!! 에슬리 아줌마나 나믹의 엄마처럼 죽어버렸다고! 으아아악!! 그 개자식을 죽이고, 나도 죽어버릴 거야!!"

라울은 소년의 눈이 불합리한 세상에 대한 증오와 무력한 자신에 대한 분노로 붉게 타오르는 것을 보았다.

이 가게에 처음 들어왔을 때만 해도 소년의 눈은 불안하게 흔들리기는 했지만, 맑은 갈색이었다. 하지만 서서히 붉은 기를 더해온 그의 눈동자는 루비처럼 붉은색이다. 게다가 흥분해서 날뛰다 어디에 긁히기라도 했는지 눈가가 찢어져 핏물인지 눈물인지 알 수 없는 붉은 액체가 볼을 타고 흐르고 있는 상태였다.

소년의 붉은 눈은 라울에게 경각심을 불러일으켰다. 그는 어떤 경우에 눈동자가 저런 식으로 변하는지 잘 알고 있었기 때문이다.

소년이 눈을 까뒤집고 미친 사람처럼 비명을 질러대자, 라울은 망설임없이 소년의 배를 걷어찼다. 자신의 난폭한 행동에 노인과 세람이 당황하는 것을 느낄 수 있었지만, 소년의 등 뒤에서 순간적으로 나타난, 보통 사람은 볼 수 없는 검은 그림자를 본 다음이라 거침이 없었다.

소년은 라울의 각력을 감당하지 못하고 열린 문을 통해 가게 밖으로 튕겨져 나갔다.

"자, 자네, 그렇게 할 것까지는 없지 않나? 저 녀석도 제 어머니가 아픈 것에 놀라고 당황해서 그러는 것인데."

노인이 나무라듯 말하자 라울은 쓴웃음을 지었다.

"노인장은 신경 쓰지 마시고, 환자부터 살피시지요. 저 녀석은 제가 알아듣게 달래겠습니다."

노인은 뭔가 더 말하고 싶은 얼굴이었지만, 라울의 표정이 워낙 단

호했고, 환자 쪽이 급하다는 것도 수긍했기 때문에 문가에서 돌아섰다.
 라울은 바닥을 구르던 소년이 벌떡 일어나는 것을 싸늘한 눈으로 보고 있었다.
 그의 발차기는 고향에서도 정평이 나 있다. 그런 것을 최소한의 충격 완화도 없이 정통으로 얻어맞고도 벌떡 일어나는 것은 절대로 평범한 소년의 맷집이라고 볼 수 없다.
 라울과 마주하고 선 소년은 묘한 기운이 일렁이는 붉은 눈동자에 흐릿한 미소를 짓고 있었다.
 "오랜만이라고 해야 하나?"
 팔짱을 낀 채 소년을 노려보던 라울이 툭 내뱉듯 말하자, 소년은 눈썹을 치켜 올리더니 킥킥 웃었다.
 "이런, 알아버렸군. 재미없게."
 어린 소년의 목에서 나온 목소리라고는 믿을 수 없을 정도로 탁하게 가라앉은 쉰 목소리였다.
 "긴말하지 않겠다. 그 몸에서 떠나라."
 "그렇게 못하겠다면?"
 라울이 말없이 노려보고만 있자, 그에게 자신을 제재할 수단이 없다고 판단한 소년은 킬킬대며 웃음을 터뜨렸다.
 "이 몸에서 안 나가겠다고 하면 날 벨 건가? 아, 그래. 카린에서 만들어지는 칼은 성능이 좋아서 날 벨 수도 있겠지. 하지만 네놈은 그렇게 못할걸? 여기는 발트 산맥도, 드칸 산도 아니니까! 제아무리 카린의 자식이라도, 카린의 영역도 아닌 곳에서 그런 짓을 하면 신들이나 드래곤들이 가만있을 리 없다고. 네가 끔찍하게 생각하는 네 주인이 귀찮아지신단 말씀이지."

약재상에서 생긴 일 109

라울은 눈을 가늘게 뜨고 훗, 하고 입술 끝으로만 웃었다. 소년은 회심의 미소를 지었다. 그가 자신의 말에 넘어갔다고 판단한 것이다. 상대도 함부로 분란을 일으킬 입장은 아니니 못 본 척하고 각기 제 갈길 가자고 하면 승낙할 수밖에 없으리라.
하지만 소년은 라울에 대해서도, 그가 진심으로 믿고 따르는 로사드나 아스카에 대해서도 너무 몰랐다.
"고맙군. 네놈이 그렇게 말해준 덕분에 핑계거리가 생겼어."
라울은 허리에 차고 있던 검을 거침없이 빼 들었다.
"네놈이 그런 소릴 했다고 전하면, 텐 론이나 아스카님께서는 아주 기꺼이 뒷수습에 나서주실 거야."
그 순간 소년의 눈은 라울의 검에 꽂혀 있었다. 검붉은 색 검집에서 빠져나온 롱 소드의 검신은 눈부시게 깨끗한 백색이다. 백색 검신에는 가장자리를 따라 검붉은 꽃잎들이 문신처럼 새겨져 있었다.
아름다운 검이다. 지나치게 화려해서 실전용이라기보다 의전용으로 더 적합해 보인다. 하지만 소년은 저 검의 무서움을 알고 있었다.
"키르아이나?!"
소년은 믿을 수 없다는 듯이 눈을 부릅뜨고 그 이름을 뱉어냈다.
키르아이나, 검의 이름이다. 또한 그와 같은 존재에게 있어서는 사신(死神)과 다름없는 이름이기도 하다.
"네, 네놈이 어떻게……?! 아, 아니, 그런 것보다 어떻게 네놈이 그 검을 뽑을 수 있는 거지? 키르아이나는 성년식을 치르기 전의 어린 소년들만이 뽑을 수 있는 검인데……!!"
"나의 어린 여주인께서 친히 검을 설득해 주셨지. 그분이 말씀하시길, 사내란 빚을 잊으면 안 되는 거라고 하시더군."

라울의 에메랄드 빛 눈동자가 더없이 싸늘하게 빛나는가 싶더니 검이 소년의 목을 향해 날아왔다. 목을 뒤로 젖혀 간발의 차이로 검을 피해낸 소년의 등에서는 식은땀이 흘렀다. 라울이 진심이라는 것을, 자신을 베는 데 아무런 망설임이 없음을 알아챈 까닭이다.

"자, 잠깐! 나, 나갈게! 이 몸에서 나가면 되잖아!!"

저 검에 일격이라도 허용하면 끝장이라는 것을 잘 알고 있는 소년은 다급하게 소리쳤다. 하지만 라울은 싸늘하게 웃을 뿐이었다.

"이미 늦었어."

"으아아악!!"

필사적으로 검을 피해 바닥을 구르다가 결국 목이 꿰뚫린 소년은 단말마의 비명을 내지르며 눈을 까뒤집고 널브러졌다.

"네놈이 착각하고 있는 게 있는데, 카린의 영역은 장소에 구애받지 않는다. 카린의 자식이 있는 그곳이 바로 카린의 영역이야."

라울은 오만하게 덧붙이고는 검을 뽑아 검집에 꽂았다.

"정신이 들었으면 일어나도록."

그 말이 자신을 향한 것이라는 것을 안 소년, 토마스는 정신을 잃은 체하고 있을 수도 없어 라울의 눈치를 보며 움찔움찔 일어났다. 날카로운 검이 목을 파고들 때는 이대로 죽는구나, 하고 생각했지만 검에 꿰뚫린 목에는 핏자국은커녕 생채기 하나 없다.

토마스는 침을 꿀꺽 삼키고 라울을 경계심 가득한 눈으로 바라보았다.

"어, 어떻게 된 거지요?"

"기억은 있나?"

토마스는 조심스럽게 고개를 끄덕였다. 어머니가 죽는다는 생각에

몹시 화가 났고, 갑자기 몸이 뜨거워지면서 정신이 몽롱해졌다. 그러자 몸이며, 입이 멋대로 움직였고, 눈앞의 사내와 알아들을 수 없는 말다툼을 하다가 사내의 칼에 목을 찔렸다.

라울은 복잡한 눈으로 토마스를 보고 있다가 후, 한숨을 내쉬었다.

"광기(狂氣)의 요정이다. 놈에게 홀려 정신을 잠식당하면 버서커(Berserker:광전사)가 되지."

"과, 광기의 요정? 그, 그런 게 왜 나한테……?"

"네가 불러들인 거다. 녀석은 강한 분노, 증오, 절망 같은 감정에 민감하니까."

토마스의 눈은 불안하게 흔들렸다. 라울은 위로하듯 까치집 같은 소년의 머리를 쓰다듬어 주었다.

"아무리 분노하고 절망했더라도 그런 녀석들을 불러들여서는 못 써. 폭력만으로는 아무것도 해결되지 않는다. 어머니를 저렇게 만든 놈을 죽인다고 했나? 그 다음에는? 네게는 눈에 넣어도 아프지 않을 만큼 귀여운 여동생들이 있다고 하지 않았나? 그 여동생들에게 시슬리안 선물로 주고 싶어서 세람의 보석 상자를 훔쳤다고 했지? 어머니와 네가 죽고 나면 그 여동생들이 어떻게 될지는 생각해 보았느냐?"

토마스의 갈색 눈동자가 뿌옇게 흐려졌다.

"그리고 너도 잘 알지 않느냐, 세상엔 공짜가 없다는 것을. 광기의 요정들이 일면식도 없는 너에게 기꺼이 힘을 빌려주는 것은, 결국 네 몸을 차지해서 난동을 피우기 위해서다. 버서커가 어떤 것인지 아느냐? 광기의 요정에게 몸을 잠식당하면 사랑하는 사람이나 은인도 알아보지 못하고, 죽을 때까지 닥치는 대로 부수고 죽이게 된다. 너는 네 손으로 어린 여동생이나 약재상 어르신을 죽이고 싶으냐?"

토마스는 땟국과 눈물로 지저분해진 얼굴로 열심히 고개를 저었다.
"너는 사념이 강한 편이다. 오늘 같은 일이 또 없을 거라고 장담할 수 없지."

소년의 눈이 불안하게 흔들렸다. 라울은 그런 그에게 용기를 북돋듯이 미소를 지어주었다.

"하지만 괜찮다. 너는 이미 위험을 알고 있으니까. 네 마음에 빈틈이 없으면 광기의 요정이라고 해도 널 어떻게 할 수 없다. 요정이 네 분노를 부추기며 유혹하거든 어린 여동생을 생각하며 마음을 다잡고, 네놈들의 도움 같은 것은 필요없다고 단호하게 말해라. 그러면 녀석들도 떠날 수밖에 없어."

토마스는 고개를 숙인 채 흐느껴 울 뿐이었다. 라울은 난폭한 척하지만 속정 깊고, 책임감 강한 이 소년이 왠지 안쓰러워져서 등을 토닥여 주었다.

"괜찮다. 너는 강한 아이야."

그 말에 억눌렸던 감정이 폭발했는지, 토마스는 라울을 붙잡고 큰 소리로 울음을 터뜨렸다.

미안하다고, 정말 죄송하다고 누구에겐지 알 수 없는 사과를 연신 되풀이하는 소년을 보며 라울은 쓴웃음을 지을 수밖에 없었다.

토마스가 조금 안정된 뒤에 그를 데리고 가게 안으로 다시 돌아온 라울은 쓰러진 여인을 살피고 있는 노인에게 조심스럽게 물었다.

"어떻습니까?"

노인은 난감한 얼굴로 고개를 저었다.

"글쎄. 이런 것은… 기도가 막힌 것도 아니고, 독에 당한 것 같지도 않네. 특별히 다른 상처가 눈에 띄는 것도 아니고. 내가 생각할 수 있는 거라면 심장마비 정도인데, 방금 전까지 수차례 마사지를 해봤지만 반응을 보이지 않아. 이것참, 난감하군 그래. 이건 신관이 와서 신성력이라도 퍼부어주면 모를까, 이 늙은이로서는 손쓸 방도를 모르겠네."

"신관이 이런 곳까지 와줄 리가 없잖아! 할아버지, 엄마를 살려주세요! 살려줘!!"

울어서 퉁퉁 부은 눈을 하고 토마스는 필사적으로 매달렸다. 그의 얼굴에는 절망이 가득했다.

세람은 소년의 애처로운 얼굴에서 어린 시절 자신의 모습이 겹쳐 보이는 듯했다. 그는 노인의 지시로 되풀이하고 있던 심장 마사지를 멈추고 자리에서 일어났다.

"여기에서 제일 가까운 신전은 어딥니까?"

"에스테 거리 쪽에 에메이드 신전이 있네만. 여기서 한 30분 정도 걸릴 걸세."

"에메이드—의술의 신—신전이라. 마침 잘되었군요. 제가 가서 신관을 모셔오겠습니다."

세람의 말에 토마스와 노인은 눈을 크게 떴다. 놀라지 않은 것은 라울뿐이었다. 그는 씩 웃더니, 품속에서 뭔가를 꺼내 세람에게 던져 주었다.

"에메이드 신전에 가거든 가장 높은 신관에게 그걸 보여줘. '예전에 진 빚을 갚으라' 고만 하면 알아서 따라나서 줄 거야."

반사적으로 날아오는 물건을 잡아챈 세람이 손을 펴보니, 그것은 10티노트 정도 되어 보이는 작은 단검이었다. 검은색의 가죽으로 된 검집에는 붉은 수실로 수가 놓아져 있었고, 가드가 없는 밋밋한 형태에 손잡이 역시도 검은색이다.

"이런 물건 없이도 나는 신관을 모셔올 수 있습니다만?"
라울은 피식 웃었다.
"그럴 테지. 내가 그걸 준 건 서두르라는 의미야. 아는지 모르겠지만, 신관이란 작자들은 환자야 죽어가든 말든 한없이 느긋하고 느릿느릿하거든. 숨이 끊어진 뒤에 신관이 와봐야 무슨 소용일까. 하지만 그 물건을 보게 되면 아마도 꽁지에 불붙은 것마냥 달려오게 될 거야."
세람은 존엄하신 신의 아들이 꽁지에 불붙은 것마냥 뛰는 광경을 도저히 상상할 수 없었고, 허풍스런 라울의 말을 액면 그대로 믿지도 않았다. 그래도 그가 준 단검은 일단 가져가 보기로 했다. 한시가 급한 이때에 그런 사소한 문제로 실랑이를 벌일 시간이 없었기 때문이다.
세람이 사라지고 나자, 라울은 고개를 돌려 토마스를 바라보았다.
"어머니께서 혹시 평소에 가슴이 아프다고 하신 적이 없느냐?"
소년은 숨을 들이키며 눈에 띄게 놀란 표정으로 라울을 봤다.
"그, 그걸 어떻게……?! 어, 엄마가 말하면 안 된다고 해서 아무에게도 말한 적이 없는데……."
토마스의 중얼거림을 들은 노인은 눈을 크게 떴다.
"그게 무슨 말이냐? 존슨 부인이 평소에 가슴앓이를 했단 말이냐?!"
"어, 엄마가 귀족들은 병이 있으면 쓰지 않으려고 한다고……. 옮기거나 하는 병이 아닌데도 트집을 잡아서 돈 한 푼 못 받고 쫓겨나거나 다른 일자리도 구할 수 없게 된다고요. 그리고 그렇게 자주 아픈 병도 아니니까 괜찮다고 했단 말이에요."
"비밀로 했을 정도라면 꽤 오래되었겠구나."
"엄마가 나만 했을 때부터 아팠다고……. 가끔씩 죽을 만큼 아프지만, 아프지 않을 때는 거짓말처럼 멀쩡해서 꾀병 같다고요. 신관에게 보인 적도 있지만 고치지 못했다고… 아, 저기, 거짓말 아니에요. 우리 엄마, 우리 때문에 이렇게 살지만 제법 이름있는 집안 딸이거든요. 그리고 아버지가 살아 있을 때까지만 해도 신관 정도는 부를 수 있었어요."

"그래, 안다. 아버님이 친위대 소속 기사이셨다고 했지?"

라울이 씩 웃으며 머리를 쓸어주자 소년은 쑥스러워하며 얼굴을 붉혔다.

"저기, 위험한 병이에요?"

라울은 대답하지 않고 다시 물었다.

"어머니가 입고 있는 이 옷은 귀족 집안의 메이드 복으로 보이는데, 어느 집의 하녀로 일하셨느냐?"

"그거야 이 늑대 문장만 보면 알 수 있잖아요. 젠장, 그 빌어먹을 남작 새끼가 명예로운 늑대 문장을 쓰다니, 그 개자식에게는 개새끼 그림도 과분한데!"

라울의 엄한 시선을 느낀 토마스는 욕설을 내뱉다 말고 입을 다물었다. 스스로도 자신이 '남작' 이라는 화제에 지나치게 흥분한다는 것을 느낀 것이다. 이러다간 그 광기의 요정인가 하는 놈이 다시 찾아오지 말란 법이 없다. 라울은 그 가능성을 경고했지만, 그 요정인지 정령인지 하는 놈을 가능하면 두 번 다시 만나고 싶지 않은 토마스였다.

라울은 두 손으로 입을 막은 채 식은땀만 죽죽 흘리고 있는 토마스를 보고 쓴웃음을 지었다. 그에게서 제대로 된 설명을 들을 수 없겠다고 판단한 라울은 시선을 노인에게로 돌렸다.

"이 녀석이 말하는 그 빌어먹을 남작이 누굽니까?"

"로페스 남작일세."

어느 정도 예상했던 대답이기에 라울은 놀라지 않았다. 대신에 그는 긴 한숨을 내쉬었다. 난감한 기색이 역력한 얼굴을 보고, 노인이 그의 곁으로 다가와 쪼그리고 앉았다.

"뭔가 짐작 가는 바가 있는 듯하군?"

"저 녀석이 한 말을 토대로 추측한 것에 불과합니다만."

"말해보게. 존슨 부인이 왜 이렇게 된 건가? 나는 이 부인을 십수 년 동안 알고 지냈어도 부인이 가슴앓이를 했다는 것은 오늘 처음 알았네."

"부인의 병은, 제 짐작이 맞다면… 아마도 '파이나' 일 겁니다."

순간, 라울은 오래 전에 약혼녀에게서 들었던 이야기를 떠올렸다.

"파이나? 흠, 복잡한 병이지. 병의 원인은 아직 정확하게 밝혀진 바가 없지만, 나는 선천적인 게 아닐까 하고 추측하고 있어. 선천적으로 뭔가 문제가 있는 심장을 가지고 태어나는 거지. 파이나는 사람을 지치게 하는 대표적인 질병이야. 간헐적인 발작이 일어나긴 하지만, 생명에 크게 지장이 있는 것은 아닌데다가 통증이 멎으면 언제 그랬냐는 듯이 멀쩡해지거든. 잘 모르는 사람들은 꾀병이라고 생각하기 쉽지. 뭐? 목숨이 위험하냐고? 호호호! 그렇지는 않아. 이 병을 가진 사람들 중엔 의외로 장수한 사람들이 많거든. 몇 가지만 잘 지키면 돼."

"가슴이 아팠다, 나았다 하면서 오랫동안 낫지 않는 병입니다. 간헐적으로 발작이 일어나지만, 발작이 가라앉고 나면 언제 그랬냐는 듯이 멀쩡하지요. 여기에서는 뭐라고 부르는지 모르겠지만, 저희 고향에서는 이런 질병을 '파이나' 라고 불렀습니다."

"부인은 그 병 때문에 이렇게 된 거란 말인가?"

"아니오. 그런 것은 아닙니다. 파이나는 사람의 생기를 갉아먹는 병이기는 하지만, 이렇게 갑자기 심장을 멎게 하지는 않습니다. 문제는……."

"문제는, 파이나가 '파이니스트라'로 발전했을 경우야. 이 경우에는 거의 백발백중 목숨을 구할 수 없어. 어떻게 파이니스트라로 발전하냐고? 간단해. 아주 심하게 놀라서 심장이 순간적으로 멎어버리는 거야."

토마스의 어머니는 아마도 파이나를 지병으로 가지고 있었을 것이다. 하지만 다행히 지금까지 심장에 무리가 갈 정도로 크게 놀라는 일 없이 잘살아왔다. 하지만 남작의 집에 일을 하러 다니게 되면서 상황이 나빠지기 시작했다. 어느 호색한 영감이 치근거렸고, 남작은 그 영감의 밤 시중을 들라고 압력을 넣기까지 했다. 어떻게든 거절하고 위기를 모면하기는 했지만, 곁에서 잘 아는 마을 처자들이 몸을 망치고 죽어가는 것을 보면서 죄책감과 불안은 점점 가중되었을 것이다.

토마스가 주장하는 것처럼 남작이 존슨 부인을 호색한 영감의 침실로 억지로 밀어 넣으려다 이 사단이 난 것인지는 확실치 않다. 하지만 극도로 불안에 떨고 있는 상황에서 뭔가 심장에 결정적인 타격을 가할 만한 일이 있었을 것이다. 그 일이란, 불안의 원인인 남작과 무관하지 않은 일이겠지.

"문제는 뭐란 말인가?"

갑자기 입을 다물어 버린 라울이 답답했는지 노인이 대답을 재촉했다. 하지만 생각에 잠긴 라울의 귀에는 노인의 목소리가 들리지 않았다.

'구할 수 있는 방법이 없냐고 물었을 때, 줄리아는 분명히 방법이 있다고 했다. 방법을 들었던 것 같은데… 기억이 나질 않아!'

반나절 안에 조치를 취하지 않으면 아무 소용이 없다고 한 것까지는 기억해 냈다. 하지만 가장 중요한 조치에 대한 부분이 기억에서 쑥 빠지기라도 한 것처럼 기억나지 않는 것이다.

'잘 생각해 보자. 우선 이 이야기를 하게 된 계기가 뭐였지? 아, 그래, 맞아. 그녀가 수집한 약초를 구경하면서 몇 가지 특별한 효용에 관한 얘기가 나온 거였어. 그럼, 그때 눈앞에 있었던 약초는? '엘파르스'였나? 아니, '파켈의 눈'이었나? 이런, 제길! 기억이 나지 않아!!'

그가 그렇게 필사적으로 기억을 떠올릴 필요가 없을지도 모른다. 에메이드 신전의 신관이 오면 신성력으로 어떻게든 해줄 것이 아닌가.

하지만 소년은 그의 어머니가 과거에 신관에게 보인 적이 있지만, 병은 별 차도가 없었다고 했다. 그의 약혼녀도 인간의 병 중에서 신성력이 고칠 수 있는 것은 저주로 인한 것뿐이라며 코웃음을 쳤고, 솔직히 라울도 외상(外傷)이나 저주가 아닌 한은 신성력에 대한 큰 기대가 없는 편이었다.

이곳으로 달려올 에메이드의 신관이 누구일지는 모르겠지만, 그가 자신의 신성력만을 과신하고 있는, 의술이나 약초에 대해서는 문외한 자라면 소년의 어머니는 아마 살아나지 못할 것이다.

'성에 연락해서 줄리아와 통신을… 아니야, 그러려면 마법사나 파엔 녀석에게 부탁하는 수밖에 없는데, 그러면 너무 늦어. 대체 어떻게……'

초조하게 방법을 생각하고 있는 라울의 눈에 카운터가 들어왔다. 카운터 위에는 작은 상자가 올려진 채였는데, 그것은 소년이 등장하기 전까지 노인과 가격을 의논 중이던 환상결석, 파이마스의 씨앗이었다.

아무 생각 없이 그것을 바라보고 있던 라울은 갑자기 머릿속에 번쩍 하고 뭔가가 스치고 지나가는 느낌을 받았다.

"그래, 맞아!! 환상결석이었어!!"

골똘히 생각에 잠겨 있던 사람이 갑자기 벌떡 일어나며 소리를 지르자, 옆에서 그를 지켜보고 있던 노인은 깜짝 놀라 뒤로 나자빠질 뻔했다.

"아, 아이구, 깜짝이야! 이 사람아!! 갑자기 소리를 지르면 어떡하나? 간 떨어질 뻔하지 않았나?"

라울은 가슴을 쓸어 내리며 항의하는 노인을 보고, 큰 소리로 웃음을 터뜨릴 뻔했다. 도무지 기억해 낼 수 없을 것 같던 '방법'이 떠오른 것이다. 게다가 또 이것은 무슨 우연인지. 필요한 약재까지 모두 갖추어진 상태다.

"노인장, 저 파이마스의 씨앗이 필요없다고 하셨지요? 저에게 파시는 것보다 훨씬 적절하게 써보지 않으시겠습니까?"

"이 사람아! 지금 숨이 넘어가는 환자를 앞에 두고 그런 소리 하게 생겼는가?!"

눈을 부릅뜨고 나무라는 노인을 보고 라울은 웃었다.

"그러니까, 그 환자를 구하는 데 써보는 게 어떻겠냐 말씀드리고 있는 겁니다."

"뭐?! 그게 무슨 터무니없는 소린가? 파이마스의 씨앗은 자네도 알다시피 어디까지나 정력제일 뿐이야."

"그렇다면 오늘 제가 다른 효용도 있다는 것을 보여드리죠."

상자를 열고 파이마스의 씨앗을 꺼낸 라울은 그것을 왼손에 쥐고 오른손으로 검을 빼 들었다.

"키—잉.

검이 검집에서 빠져나오는 날카로운 금속성에 그 광경을 지켜보고 있던 노인과 토마스는 저도 모르게 움찔했다.

"자, 자네, 그것으로 뭘 하려고 그러는 것인가?"

"겉껍질을 깨려는 겁니다."

"껍질을 깬다고? 다이아몬드보다 단단한 파이마스의 씨앗을 그런 쇠붙이 따위로?!"

노인은 그렇게 황당한 말은 들어본 적이 없다는 듯이 눈을 휘둥그렇게 떴다. 하지만 라울은 더 이상의 부연 설명없이 웃기만 할 뿐이었다.

그가 칼날을 씨앗 표면에 갖다 대고 양옆으로 움직이자 '끼익, 끼익' 하는 귀에 거슬리는 소리가 났다. 그는 잡고 있는 씨앗의 위치를 바꿔가면서 씨앗의 표면을 원형으로 가로지르는 칼집을 넣는 작업을 했다.

파이마스의 씨앗을 잘라서 사용했다는 말을 한 번도 들어본 적이 없는 노인은 반신반의하면서 라울의 작업을 지켜보았지만, 그의 칼이 지나간 자리에 흠집 하나 나 있지 않은 것을 보고 고개를 저었다.

"아무래도 무리일 것 같네. 괜한 헛수고하지 말고 그만두게나. 그게 그런 쇠붙이로 쪼개지면 어디 파이마스의 씨앗이겠는가?"

씨앗 표면에 칼날이 파고들어 갈 만한 틈을 찾고 있던 라울은 노인을 바라보며 씩 하고 영문 모를 미소를 지었다.

바로 그 순간, 뭔가가 쩍! 하는 소리를 냈다. 놀란 듯이 라울의 손만 보고 있는 토마스를 보고, 덩달아 그쪽으로 시선을 옮겼던 노인은 입을 딱 벌리고 말았다.

라울의 손 안에서 파이마스의 씨앗이 둘로 쪼개져 있었던 것이다.

노인은 믿을 수 없다는 듯이 라울의 얼굴과 파이마스의 씨앗을 번갈아 바라보다가 그가 들고 있는 검으로 눈길을 주었다.

"그 검, 어디의 신검(神劍)인가? 파이마스의 씨앗을 단칼에 쪼개 버리다니, 분명히 이름있는 검이겠지?"

덩달아 라울의 검에 눈길을 주었던 토마스는 눈을 크게 떴다. 가게 밖에서 봤을 때는 새하얀 검신에 검붉은 꽃잎 무늬가 새겨진 엄청 화려한 검이었는데, 지금 보이는 것은 아무것도 없는 평범한 은빛 검신이다.

다른 검이 또 있었나 하고 라울의 허리를 봐도 묶여져 있는 것은 검붉은 검집 하나뿐이다.

'어라? 분명히 저 검집에서 그 화려한 칼이 나왔던 것 같은데……? 내가 잘못 봤나?'

눈썰미 하나는 자신있다고 자부하는 토마스는 고개를 갸웃갸웃하다가 라울과 눈이 마주쳤다. 그러자 라울은 장난기 가득한 눈으로 슬쩍 윙크를 보내온다.

"아닙니다, 노인장. 검이 제법 괜찮은 것이기는 하지만, 노인장이 기대하시는 것처럼 굉장한 신검은 아닙니다."

라울이 보내온 윙크의 의미를 눈치챈 토마스는 그 말이야말로 거짓말이라고 생각했다. 요정도 베어버리고, 사람의 목을 찌르고도 흔적 하나 남기지 않는 검이 평범한 롱 소드일 리가 없지 않은가!

"저는 그저 씨앗의 결을 따라 칼집을 넣었던 것뿐입니다. 파이마스의 씨앗이 아니라 다이아몬드라고 해도 결을 따라 반복적으로 충격을 주면 손쉽게 쪼개어지게 되어 있거든요."

"흐음, 그랬군. 파이마스의 씨앗도 깨어지는 거였어."

다음에는 자신도 한번 시도해 봐야겠다고 사심없이 말하는 노인을 보고 라울은 곤란한 표정을 지었고, 토마스는 내심 고개를 저었다.

'아니에요, 할아버지. 그 씨앗이 깨질 수 있는 건지는 몰라도 평범한 롱 소드로는 백 년 가도 어림없어요. 그 검이 롱 소드를 가장한 신검이 아니라면요.'

토마스는 갑자기 나이치고 지나치게 순진한 이 할아버지가 걱정스러워졌다.

"그런데 그걸 깨서 뭘 하려는 건가?"

노인이 묻자, 라울은 반듯하게 잘린 씨앗의 절단면을 손바닥 쪽에 대고 톡톡 하고 털어서 나온 짙은 분홍색의 타원형 물체를 보여주었다.

"이것이 필요해서 씨앗을 깬 겁니다. 노인장, 화로와 약탕기를 준비해 주시겠습니까?"

노인은 라울이 무엇을 하려는지 짐작조차 가지 않았지만, 뭔가 환자를 살릴 만한 방도가 있다는 것을 알았다. 노인은 나이에 비해서 현명한 눈을 가진 이 청년을 한번 믿어보기로 했다.

노인과 토마스가 안쪽의 창고에 있는 화로를 꺼내러 간 동안, 라울은 오늘 가판대에서 운 좋게 산, 법제가 되지 않은 50년산 자비초를 꺼내서 알코올에 적신 깨끗한 천으로 표면의 흙만 닦아냈다. 그리고 방금 꺼낸 분홍색 씨앗과 자비초를 약사발에 넣고 둘을 함께 으깼다.

"한기(寒氣)로 인한 병이든, 화기(火氣)로 인한 병이든 병이 몸 안에 오래 자리를 틀고 있으면 자연적으로 없던 화기도 생기는 법이야. 이런 경우에는 아무리 좋다고 해도 열을 더하는 약재를 쓰지 말아야 해. 그런 면에서 보면,

파이마스의 씨앗은 파이나 같은 고질적인 심장질환을 치료하기에 아주 좋은 약재야. 파이마스의 씨앗이 '인어의 탄식'이라는 이름으로 불리는 것은 그것이 가진 차가운 속성 때문이지. 심장의 열을 내리고 호흡을 편안하게 해줄 거야. 하지만 한 가지 명심해야 할 것은, 꼭 겉껍질을 벗기고 써야 한다는 거야. 대상자가 심장에 아무런 질병이 없는 건강한 남자일 경우, 껍질과 함께 녹여서 쓰면 '정력제'가 돼. 그것은 겉껍질을 이루고 있는 것이 강한 화기를 띠고 있기 때문이야. 하지만 심장에 질환이 있는 환자에게 이 겉껍질은 치명적일 수 있어."

바로 곁에서 약혼녀가 조언해 주는 소리가 들리는 것 같았다.

"파이마스의 씨앗이 주된 약재이기는 하지만 자비초, 키트란, 에이무스 껍질을 함께 써야 해. 자비초는 말리지 않고 생것을 그냥 쓰는데, 만약 환자의 상태가 좋지 않다면 오래된 것을 쓰는 것이 좋아. 알코올로 표면의 흙만 대충 닦아내고 써. 너무 깨끗하게 닦아내려고 하지 않아도 돼. 자비초는 원래 청정한 지역에서만 자라고, 영양을 머금고 있는 흙은 약이 되기도 해."

으깨진 자비초와 분홍색 씨앗에서 나온 진액으로 약사발이 붉게 물들었을 때, 노인과 토마스가 타이밍 좋게 약탕기와 화로를 들고 왔다.
"화로에 불을 지펴주십시오. 오동나무로 만든 숯이 있습니까?"
"그, 글쎄? 참나무 숯이라면 있는데."
라울은 할 수 없다는 듯이 고개를 끄덕였다.
약을 달일 때에는 오동나무 숯이 좋다. 참나무는 높은 온도의 열을 내고, 오동나무는 낮은 온도의 열을 내면서 은근하게 오래 타기 때문이다.

하지만 없는 것은 어쩔 수 없는데다가 지금 상황이 오래오래 약을 달이고 있을 정도로 느긋하지도 못하다.

"키트란과 에이무스의 껍질이 있습니까?"

노인은 당연하다는 듯이 고개를 끄덕이며 약장에서 잘게 잘라서 말린 것을 건네주었다. 라울은 정확한 분량을 달아서 약탕기 안에 넣고, 마찬가지로 잘 계량한 물을 부었다.

소년이 후후, 입김을 불어대자 마른 장작에는 화르륵 하고 불이 옮겨 붙었고, 약탕기를 그 위에 올려놓은 라울은 소년에게 부채 대용으로 쓸 얇은 나무판자 하나를 건네주며 약이 졸지 않게 지키라고 했다.

라울은 먼저 짓찧어둔 약사발의 붉은 진액을 고운 거즈에 걸러, 품 안에서 꺼낸 작은 병에 든 액체와 함께 섞었다.

라울이 내려놓은 빈 병의 표면에 그려진 붉은 새의 그림을 본 노인은 놀란 표정으로 그를 돌아보았다.

"이건 하칸 신전에서 팔고 있는 최고급 내상약(內傷藥)이 아닌가? 값도 값이지만, 워낙 소량으로 제조되어서 구하기도 힘든 걸로 알고 있는데?"

라울은 쓴웃음을 지었다.

"이렇게 보여도 칼밥 먹고산 지가 꽤 오래되어서요. 여차할 때, 돈이 내 목숨보다 귀하겠습니까? 게다가 그래도 명색이 하칸의 아들이기 때문에, 일반인들만큼 약을 구하기 어렵지는 않습니다."

"기사였던가?"

노인의 그의 절도있는 태도와 기품을 보고 그렇게 짐작했지만, 그는 고개를 저었다.

"아니오. 떠돌이 용병입니다. 환자의 입에 약을 떠 먹일 수 있도록 스푼을 주시겠습니까?"

"여기 있네."

약그릇과 스푼을 노인에게 맡긴 라울은 의식을 잃고 바닥에 누워 있는 환자의 상체를 일으켜 세웠다.

"의식도 없는데, 약을 먹여도 괜찮겠는가? 오히려 흘려 넣은 약이 기도를 막거나 해서 잘못되는 것은 아닌지……."

"이대로 의식을 차리지 못하면 신관이 올 때쯤엔 반드시 죽어 있을 겁니다. 그렇다면 모험을 해보는 수밖에 없지 않겠습니까. 입을 아래 위로 크게 벌리게 해주십시오."

라울은 최대한 위험을 줄이기 위해 입을 크게 벌리게 하고, 숟가락으로 조심스럽게 약을 떠 넣었다.

"약이 효과가 있다면, 미처 소화되지 못한 음식에서부터 위액, 그리고 웅어리져 있던 핏덩어리 같은 것을 토해낼 거야. 이걸 토하게 해야 돼. 그렇지 않으면 어떤 치료도 시도해 볼 수 없어. 만약 약을 다 마시고도 아무런 반응이 없다면, 포기하는 수밖에 없어."

한 스푼, 두 스푼… 그릇 속의 약은 점점 줄어가는데 환자인 여인에게서는 아무런 반응이 없자, 라울은 점차 초조해져 갔다. 이미 늦은 것이 아닐까? 눈에 들어오는 환자의 파리한 손발이 마치 시신의 그것을 연상시켜서 스푼을 쥔 손에는 저도 모르게 땀이 고였다.

'셀리아님! 아스카님! 쥴리아!'

그는 어느새인가 자신이 가장 사랑하고 의지하는 여인들에게 도움을 청하듯이 그들의 이름을 부르고 있었다. 그런 마음이 통했는지, 약이 몇 스푼 남지 않았을 때 환자의 몸이 부르르 경련을 일으켰다.

"욱! 우욱!!"

환자가 상체를 앞으로 숙이며, 토기를 억누르려는 것처럼 입을 손으로 막았다.

"토하세요! 토하셔야 살 수 있습니다!!"

라울은 환자의 등을 사정없이 팡팡 두드렸다. 그 진동에 자극을 받은 환자가 더 이상 참지 못하고 웩~ 하고 음식물을 토해냈다. 하지만 라울은 계속해서 환자의 등을 두드렸다. 환자가 희뿌연 위액을 토해내고, 검붉은 핏덩이를 토해낼 때까지.

그 광경을 본 노인과 토마스는 어쩔 줄을 모르고 넋을 잃고 서 있었다.

"뭣들 하고 있는 겁니까?! 팔다리를 주무르세요!! 지금 자칫해서 마비가 풀리지 않으면, 나중에 수족을 못 쓰게 될 수도 있단 말입니다!"

라울의 호통에 두 사람은 허겁지겁 달려와 여인의 팔과 다리를 주무르기 시작했다. 라울은 여인은 두 사람에게 맡겨두고 자신은 약탕기의 약을 보러 나갔다.

약이 제대로 우러난 것을 확인한 그는 약을 그릇에 따라서 들고 들어왔다.

"환자가 핏덩어리 같은 것을 토해냈으면 일단 안심해도 돼. 심장이 정지되었던 후유증을 막기 위해서는 키트란과 에이무스 껍질 달인 물을 마시게 하고, 두 번 다시 재발하지 않게 하려면……."

약재상에서 생긴 일

라울은 품속에서 붉은색의 작은 비단 주머니를 꺼냈다. 주머니의 매듭을 풀고 주머니를 거꾸로 톡톡 하고 털자 은은하게 금빛의 줄이 들어간 붉은색의 나무 열매 같은 것이 나왔다.

"그게 뭔가?"

수십 년 동안 약재상을 해왔지만, 라울이 약사발에 넣고 있는 나무 열매의 정체를 알 수 없었던 노인이 물었다. 라울은 빙긋 웃기만 했고, 대답은 예상 밖의 곳에서 들렸다.

"소디스 열매군요."

소리가 난 곳으로 고개를 돌리자 세람이 헉헉거리며 숨을 몰아쉬고 있었고, 그의 바로 뒤에는 하얀 신관복을 입을 사내가 서 있었다. 나무 열매의 정체에 대한 대답은 바로 이 사내의 입에서 나온 듯했다.

"소디스라니, 말도 안 돼!"

"'소디스' 라니?! 신들의 숲이라는 에메룬드에서만 자란다는 전설 속의 나무 말입니까? 그 나무가 정말로 있었던 겁니까?"

노인과 세람이 믿을 수 없다는 반응을 보이자, 신관으로 보이는 사내는 어깨를 으쓱했다.

"저도 직접 본 적은 없습니다. 그저, 저렇게 고양이의 눈처럼 금빛의 줄이 절묘하게 들어간 나무 열매가 소디스 열매라는 얘기를 들었기 때문에 그렇지 않을까 추측해 봤을 뿐입니다. 어떻습니까? 물건의 주인이시라면 아실 것 같은데."

'주인의 대답을 들어보면 될 게 아니냐?' 라는 신관의 말에, 사람들의 시선은 일제히 라울에게 향했다. 시선 집중을 당한 라울은 조금 곤란한 표정으로 웃었다.

"소디스 열매가 맞습니다."

그가 수행을 떠나던 날, 고향의 어린 아가씨가 소디스 나뭇가지 하나를 꺾어 들고 그를 길목에서 기다리고 있었다.

"정말이지, 너는 걱정이야."

어린 아가씨는 물가에 내놓은 아이를 보는 것처럼 그를 걱정스럽게 바라봤다.

"쥴리아처럼 요령이 좋은 것도 아니고, 파엔처럼 약삭빠르지도 못하지. 그런가 하면, 레온처럼 목표 이외의 것은 끊어내는 냉정함도 없어. 게다가 쓸데없이 정의감은 왜 그렇게 강한지……. 나쁜 놈들에게 걸려서 이리저리 이용만 당하다가 객사할까 봐 마음이 놓이지 않아."

그렇게 말하더니, '이걸 가져가' 라며 금빛의 꽃과 열매가 함께 달린 소디스 나뭇가지를 내밀었다.

"소디스 나뭇가지는 액막이로도 쓰이거든. 그걸 가져가서 경계로 삼아."

라고 진담인지 농담인지 알 수 없는 말을 덧붙였다.

토라진 라울이 '제가 그렇게 못 미더우십니까?' 라고 묻자, 아가씨는 뭐라고 했더라?

"라울, 그것을 알아? 소디스의 꽃말은 말이지, '노력하는 지혜', '고집스러운 용기', 그리고 '긍지' 야. 너는 미련스러울 정도로 올곧지만, 그것이야말로 너의 긍지이자, 나의 자랑이지. 소디스 나뭇가지를 주는 또 다른 이유는, 너의 긍지를 지키라는 말이야."

그리고는 장난스럽게 웃으며, '나는 약삭빠르지 못한 네가 좋아' 라고 마치 칭찬이라는 듯이 한마디를 덧붙였다.

지금이라도 눈을 감으면, 그녀의 맑은 웃음소리가 귓전에서 들려올 것 같다.

'아스카님, 그리고 에렐―소디스의 여왕―님, 잘 쓰겠습니다!'

라울은 약사발에 털어 넣은 소디스 열매를 재빨리 갈아 모락모락 김이 피어오르고 있는 탕약 위에 뿌렸다.

신관을 비롯한 노인과 세람 등은 라울의 행동에 얼이 빠졌다.

"이, 이보게! 그게 정말로 소디스 열매라면, 얼마나 귀한 건 줄 알기나 하나?!"

안타까움이 절절히 묻어나는 비통한 어조였다. 눈물까지 머금은 노인을 보고 있자면, 라울이 아니라 노인이 소디스 열매의 주인인 것처럼 느껴질 정도였다. 라울은 쓴웃음을 지었다.

"제아무리 귀한 것이라고 해도 사람의 목숨만 하겠습니까? 이것을 제게 주셨던 분이 귀히 쓰길 바라셨고, 목숨을 구하는 데 쓰인다면 제대로 잘 쓰이는 것이지요."

이것이 그의 어린 여주인이 '자랑으로 여긴다'고 말해주었던 그의 '긍지'다.

"누가 쓰지 말라고 했나? 갈 때 갈더라도 가까이에서 제대로 보여주기나 하고 갈 일이지, 내가 죽기 전에 언제 또 그런 귀한 약재를 볼 일이 있겠느냔 말일세!"

라울은 어린애처럼 토라져 구시렁거리는 노인에게 쓴웃음을 금할 수 없었다.

그는 약그릇을 아직도 창백한 얼굴의 환자에게 건넸다. 환자는 토하고 난 뒤 어느 정도 정신을 차리기는 했지만, 뭐가 뭔지 모르겠다는 얼굴로 라울을 바라보고 있었다.

"오랫동안 가슴앓이로 고통받아 오셨지요? 이것을 드시고 나면, 아마 두 번 다시 그런 일이 없을 겁니다."

여인은 믿을 수 없다는 듯이 눈을 크게 떴다.

"저, 정말입니까?!"

"예. 그러니 쭉 드시지요."

여인은 반신반의하는 표정이었지만 받아 든 약을 쭉 들이켰다.

"제가 필요없었던 것 같은데 왜 부르신 겁니까?"

돌아보니, 에메이드의 표식이 달린 신관복을 입은 신관이 라울을 향해 미소 짓고 있었다.

"기왕 오신 것, 환자가 빨리 회복되도록 신성력이나 부어주고 가시면 어떻겠습니까?"

라울의 장난기 어린 말에도 신관은 기분 나빠하지 않고 하하하! 하고 웃었다.

"그거야 어려울 게 없지요."

신관이 앞으로 나서서 여인의 머리 위에 손을 얹고 신성한 신의 축복인 푸른 오라를 발하자, 그렇지 않아도 지쳐 있었던 데다가 약 기운도 돌기 시작한 환자는 스르르 하고 쓰러지듯이 잠이 들었다.

"엄마!"

토마스가 깜짝 놀라 어머니의 어깨를 붙들고 흔들려 했지만, 라울이 나서서 제지했다.

"잠이 드신 것뿐이다. 잠에서 깨면 괜찮아지실 거야. 어머니께서 깨어나시면, 밖에 있는 약탕기에 물을 반 정도 부어 1/3 정도 되게 줄여서 하루에 2번, 식사하시기 전에 드려라. 아마, 한 일주일 정도만 드시면 완전히 회복되실 거라고 생각한다."

눈물이 그렁그렁한 눈으로 라울을 바라보던 토마스는 갑자기 털썩 하고 그의 앞에 무릎을 꿇었다.

"감사합니다! 엄마를 살려주셔서 정말 감사합니다!!"

"감사는 내가 아니라 다른 분들에게 해야지. 네 어머니를 구한 약재는 노인장께서 주신 것이었고, 이 청년이 신관을 부르기 위해 달려갔으며, 이 신관님이 회복이 빠르도록 신성력을 써주시지 않았느냐?"

라울의 말에 그는 일어나 다른 사람들에게도 감사의 인사를 했다. 노인과 신관은 인사를 받는 것이 쑥스러운지 겸연쩍은 얼굴로 헛기침을 해댔다.

한편, 세람은 인사를 하는 소년의 얼굴이 어쩐지 낯이 익다는 생각이 들었다. 처음 봤을 때는 경황 중이라 미처 깨닫지 못했지만 어디선가 본 듯한 기분이 드는 것이다. 게다가 소년이 자신의 눈을 피하는 것처럼 느껴지는 것은 그의 착각일까?

라울이 고개를 갸웃거리고 있는 세람에게 다가왔다.

"이것도 인연이라면 인연인데, 녀석을 네 전속 마부로 거두고 싶은 생각은 없나?"

"예? 인연이라니요?"

세람이 영문을 모르겠다는 얼굴로 묻자, 라울은 장난스럽게 그의 품을 손가락으로 가리켜 보였다. 반사적으로 손으로 품을 더듬던 세람은 손에 딱딱한 상자가 잡히자, 그제야 '아!' 하고 탄성을 질렀다. 소년은 저녁 무렵에 그의 상자를 소매치기해 갔던 그 인력거꾼이었던 것이다.

토마스는 점점 더 고개를 들지 못하고, 침울해진 얼굴로 바닥만 노려보고 있었다. 그런 그를 빤히 바라보고 있던 세람은 진지한 얼굴로 말을 걸었다.

"이름은?"

"예?"

"이름이 뭐냐고? 고용하려는 자의 이름 정도는 들어둬야 되지 않겠느냐?"

"토, 토마스입니다. 토마스 존슨."

"그래, 토마스. 혹시 4두 마차 몰아본 적 있어?"

"예? 예, 가끔……. 저, 저기 신전의 마구간지기와 친해서 제가 가끔 말을 훈련시켜 줄 때가 있습니다. 마부가 바쁘면 제가 대신 손님을 마중 갈 때도 있고요."

"그거 잘됐네. 혹시, 내 마부가 될 생각 있어? 부자가 아니라서 급료를 많이 주겠다고는 못하겠지만, 인력거꾼으로 벌어들이는 수입보다는 많을 거야. 그리고 그러고 싶은 생각이 있다면 어머니나 다른 가족들과 함께 와도 좋고."

토마스는 눈만 말똥말똥 뜬 채 세람을 바라보고 있었다. 자신이 방금 들은 말이 무슨 의민지 이해하지 못하는 것 같았다.

"너만 좋다면, 이 청년이 널 고용하고 싶다는 것 같다. 네가 되고 싶다고 했던 마부로. 그것도 네 어머니와 함께."

라울이 미소를 지으며 풀어서 설명해 주자, 토마스는 믿을 수 없다는 듯이 눈을 크게 떴다.

"하, 하지만 전……."

'이분의 물건을 훔쳤는데요?' 라고 말하고 싶은 것 같았다. 라울은 그런 그를 보며 웃었다.

"내가 아는 분이, 버리는 손이 있으면 줍는 손도 있다고 하셨지. 마찬가지로 네가 뻗은 손을 뿌리친 손이 있으면, 잡아주는 손도 있는 거다."

토마스는 세람을 돌아보았다.

"정말입니까? 정말로 저를 마부로 고용해 주시는 건가요?"

"나는 애트린 3번가에 살거든. 생각이 있으면 내일 오후 6시까지 저택으로 와서 세람 에메… 아니, '세람'을 찾아라. 집사에게 말해둘 테니까."

토마스는 눈물로 흥건해진 얼굴로 몇 번이나 고개를 숙이면서, 꼭 가겠다고 말했다.

그는 잠이 든 어머니를 원래 싣고 왔던 수레에 싣고 난 뒤, 라울을 돌아보았다.

"아저씨는 사다하인이 아니죠?"

라울은 고개를 끄덕였다.

"그래, 나는 북쪽에서 왔다."

"나에게 왜 이렇게 잘해주시나요?"

라울은 잠시 생각에 잠겼다.

"글쎄, 나도 너처럼 도움을 청하기 위해서 뻗은 손을 호되게 얻어맞은 기억이 있어서일지도 모르지."

"아저씨에게도 아무도 도움을 주는 사람이 없었나요?"

"아니. 나에게는 아주… 아름다운 분이 계셨다. 쓰러진 날 일으켜 세우고, 세상을 향한 문을 열어주셨지."

셀리아님. 언젠가 그녀에게 무엇으로 은혜에 보답하면 좋을지 물었던 적이 있었다.

"호호, 보답이오? 저는 그것을 은혜라고 생각지 않는답니다. 당신은 이미 나의 아들이지요. 부모자식 간에 그런 사소한 일로 은혜와 보답을 따지나요? 나는 당신이 행복해지기만 하면 아무것도 바라지 않는답니다."

그런 대답을 들었어도 그때는 언젠가 그녀에게 보답해야겠다는 생각이 가득했다. 그때는 아직 그녀의 마음을 이해하지 못했다. 하지만 지금이라면 이해할 것 같다.
"나에게 은혜를 갚고 싶다고 생각하거든, 언젠가 너를 향해서 내민 누군가의 손을 외면하지 말고 잡아주어라. 그것이면 족하다."
토마스는 라울을 빤히 바라보다가 천천히 고개를 끄덕였다.
라울은 허리에 찬 검을 풀어, 검대 채로 그에게 던져 주었다. 엉겁결에 그것을 받은 토마스는 그 행동의 의미를 알 수 없는 듯 어리둥절한 표정으로 그를 바라보았다. 그러자 라울은 웃었다.
"가져라."
토마스는 믿을 수 없다는 듯이 눈을 부릅떴다. 이 검이 어떤 검인지는 봐서 알고 있지 않은가. 준다고 덥석 받을 수 있는 물건이 아니다. 토마스는 절대로 받을 수 없다는 듯이 고개를 저었다.
라울은 미소 지으며 토마스의 머리를 쓰다듬어 주었다. 어쩐지 자신을 거두어준 양부, 그랜트의 심경을 이해할 듯도 하다.
"이 녀석의 이름은 키르아이나. 고대어로 '아이를 지키는 검'이라는 뜻이다. 주인으로 인정을 받았어도 성년을 넘기면 안면 몰수하는 박정한 녀석이지. 네가 보다시피 난 성년을 넘긴 지 한참 됐다. 사정이 있어서 데리고 다니긴 했지만, 다른 주인을 찾아줄 때가 됐어. 너라면 이 까다로운 녀석도 마음에 든다 하고, 광기의 요정이 언제 다시 찾아올지 모르니 너도 이 녀석과 친해져 보는 게 좋을 것 같은데?"

라울의 말이나 표정에서 그가 진심이라는 것을 읽은 토마스는 당황했다.

"하, 하지만 저는 검을 쓸 줄 모르는데요?"

또래 중에서는 강한 편이지만 검을 배운 적은 없다. 어머니는 그를 아버지와 같은 기사로 키우고 싶어 하지만, 가진 것 없는 뒷골목 소년이 가르침을 주는 스승이나 배경도 없이 기사가 될 수 있을 거라고 믿을 정도로 그는 순진하지 않았다. 게다가 기사 따위 시켜준다고 해도 되고 싶지도 않다. 저 로페스 남작도 소위 명예로운 친위대 기사가 아니던가.

"사람의 앞일이란 모르는 것이지. 쓸 일이 없다면, 그것은 그것대로 좋은 일이고."

라울은 소년의 눈에 깃든 기사에 대한 반감을 읽고 그렇게만 말했다. 그도 언젠가는 알게 될 날이 올 것이다. 검사와 기사가 동일한 의미를 가진 말이 아니라는 것을.

라울은 소년의 골격이 검을 익히기에 적합하다는 것을 알고 있었다. 노력 여하에 따라 다르겠지만, 미래에는 상당한 수준의 검사로 성장할지도 모른다.

"알겠습니다. 감사히 받겠습니다. 그런데 나중에 제가 성년이 되면 이 검을 어디로 돌려 드려야 하나요?"

그 말에 라울은 소년이 자신이 성년이 되면 검을 다시 돌려줄 생각이라는 것을 알았다. 그는 피식 웃으며 소년의 까치집 같은 머리를 장난스럽게 흐트러뜨렸다.

"서대륙, 북쪽 끝으로 와라. 네가 거기까지 오면 선물을 주지."

소년은 진지한 얼굴로 고개를 끄덕였지만, '라울 에이온느에게 검을 돌려주러 카린 성을 찾아간다' 라는 것이 어떤 의미인지는 알 리가 없었다.

"검을 쓸 일이 없다면 그것으로 좋다. 하지만 만약 그 녀석을 쓰게 된다면, 이것 하나만 약속해라. 그 검은 지금껏 나의 '긍지'였다. 자존심이 강한 놈이니까 상처 입히지 말아줬으면 좋겠구나."

긍지를 더럽힐 만한 추잡한 일에는 사용하지 말아달라는 말이었다. 토마스는 검을 꼭 끌어안고 반드시 그러겠노라고 굳게 약속했다.

라울의 검을 이별 선물 대신으로 받은 토마스는 검을 등에 단단히 끌어매고, 어머니를 태운 수레를 끌고 어둠 속으로 사라져 갔다.

"아참, 그러고 보니, 나도 돌려줄 물건이 있었지."

소년의 뒷모습을 보고 있던 신관이 문득 기억이 났다는 듯이 품속에서 검은색의 단검 한 자루를 꺼내 라울에게 내밀었다. 그것은 세람이 신관을 부르러 갈 때, 라울이 그에게 빌려준 물건이었다.

"실례가 안 된다면, '엘로이드의 마녀(魔女)'와 무슨 사이인지 물어도 되겠습니까?"

신관의 질문에 라울은 오늘 몇 번째인지 알 수 없는 쓴웃음을 다시 지어야 했다.

"결혼을 약속한 사이입니다."

"그, 그렇다면, 당신이… 그 '여우'?"

자신의 통칭을 듣고, 라울은 조금 겸연쩍은 얼굴로 고개를 끄덕였다.

"예, 그렇습니다."

"아! 이런, 이런……! 정말 놀랐습니다. 그 마녀가 성질은 지랄 같아도 보는 눈은 있다는… 아! 실례했습니다! 그러니까, 약혼녀 분의 눈이 높다는 말을 드리고 싶었던 것입니다만……."
 자신의 실언을 깨달은 신관이 횡설수설하자, 라울은 쓴웃음을 지었다.
 "괜찮습니다. 약혼녀의 성격은 제가 제일 잘 알고 있으니까요."
 두 사람이 그렇게 어색한 분위기를 연출하고 있을 때, 가게 안에서 노인이 달려나왔다.
 "이봐! 뭣들 하는 거야? 가게의 저 난장판을 이 늙은이 혼자서 치우라는 것은 아니겠지?! 사람을 살리는 일이니, 가게가 좀 더러워졌다고 불평이야 하지 않겠지만, 적어도 치우는 걸 도와주기는 해야 할 것 아냐!"
 결국 라울을 비롯한 세 사람은 가게에 돌아와 다들 팔자에도 없는 가게 청소를 해야 했다.
 라울은 막대 걸레를 빨아 바닥에 물걸레질을 하다가 카운터 테이블 위에 아무렇게나 놓여져 있는 파이마스 씨앗의 빈 껍질을 보았다.
 "노인장, 저 빈 껍질은 어떻게 하실 생각이십니까?"
 라울의 손이 가리키는 곳을 힐끔 본 노인은 '버려야지' 하고 말했다.
 "빈 껍질만 남은 것을 줄 수는 없지 않은가. 어차피 잘됐어. 윌포드 놈이 저걸 처먹고 패악질을 하는 꼴을 보느니, 죽어가는 존슨 부인을 살렸으니 훨씬 제대로 잘 쓰였지."
 "하지만 아까도 말씀드렸지만, 그렇게 되면 그 남작이란 작자가 가만히 있지 않을 겁니다."
 "제 놈이 발광을 하든 난리 브루스를 추든, 물건이 없는데 어쩔 텐가?"

"그러지 마시고, 저걸 쓰시지요."

라울의 말에, 노인은 '뭐?!' 하고 눈을 크게 떴다.

"어차피 파이마스의 씨앗이 원형 그대로 쓰이는 것은 아니지 않습니까. 씨앗을 특수 약품으로 녹여서 액체로 만든다고 들었습니다만? 껍질뿐이라고는 하나, 액체로 만들면 알아차릴 수 없을 겁니다."

"그럼 뭘 하나? 내용물이 가짜인데. 써보고 효과가 없으면 그놈이 길길이 날뛰며 와서 사람을 더 귀찮게 들볶을 텐데, 차라리 도둑맞았다고 하는 편이 나아."

"어째서 효과가 없을 거라고 생각하신 겁니까?"

"뭐?! 그럼, 중요한 알맹이가 빠진 껍질뿐인데도 정력제로서 효과가 있단 말인가?"

"알맹이가 빠진 껍질뿐인 파이마스의 씨앗은 아주 특별한 효능이 있습니다."

라울은 '씨이이—익' 하고 웃었다. 그의 그런 미소는 어쩐지 매우 음흉하게 느껴졌다.

"대체 무슨 효능이 있단 말인가?"

"그러니까, 귀 좀……."

라울이 노인의 귀에 뭐라고 뭐라고 속닥거리자 노인의 눈은 점점 커지더니, 급기야 '푸하하하핫!' 하는 요란한 웃음소리가 터져 나왔다.

"크핫! 크하하하핫! 그것참, 명안이로세! 그렇다면, 지금 당장이라도 저걸 녹여서 약으로 만들어야지. 암, 약으로 만들어야 하고 말고."

노인은 들고 있던 빗자루와 쓰레받기도 집어 던지고 테이블 위의 파이마스의 씨앗 껍질을 낚아채 가지고 안쪽의 약 제조실로 사라져 버렸다.

노인이 사라지고 나자, 세람과 신관의 궁금해하는 시선이 라울에게 집중되었다.

"대체 무슨 말을 했기에, 저 노인장께서 저렇게 좋아하시며 저 파이마스의 씨앗인가 하는 물건을 들고 가신 겁니까?"

"파이마스의 씨앗을 약으로 정제한다고 해도, 노인장께서 걱정하시는 일 같은 것은 일어나지 않을 거라고 말씀드렸지."

세람은 라울의 말이 이해가 되지 않는다는 듯 미간을 살짝 찌푸렸다.

"어떻게요?"

라울은 뜻 모를 미소만 지었다.

"시간이 별로 없으니, 자세한 얘기는 다음에 하기로 하지. 그보다 두 사람의 도움이 필요한데?"

"도움이라니?"

"무슨 도움을 바라십니까?"

라울은 세람에게 시선을 주었다. 사정을 알고 있는 만큼 세람부터 설득하는 것이 쉬울 거라고 생각한 것이다.

"노인장은 파이마스의 씨앗만 없어지면 모든 일이 해결될 거라고 생각하시는 것 같지만, 나는 그렇지 않아. 자신의 야심을 위해서 영지의 처자들을 늙은 후작에게 바칠 수 있는 자라면 정력제가 있든 없든 희생자가 끊이지 않을 거야. 파이마스의 씨앗이 없어지더라도 다른 정력제를 구하면 그뿐이고, 후작의 비위를 맞춘답시고 더 많은 처자들을 끌고 갈지도 모르지. 게다가 남작이라는 인사가 그렇게 관대한 성격 같지는 않으니, 노인장을 살려둘 것 같지 않아. 내가 생각한 것은 단순히 물건만 사라져서는 아무것도 해결되지 않는다는 거야."

세람은 말이 없었다. 그 역시 같은 것을 생각했기 때문이다.

"목적은 두 가지야. 하나는 노인장이 원하는 것처럼 파이마스의 씨앗이 윌포드 후작이나 로페스 남작의 손에 들어가지 않게 하는 것. 다른 하나는 노인장에게 그 어떤 피해도 가지 않게 하는 거야. 그것을 위해서 두 사람의 도움이 필요해."

세람은 미심쩍은 얼굴로 라울을 바라보았다.

"뭘 할 생각입니까?"

라울은 장난스럽게 씩 웃었다.

"사기를 칠 생각이야."

라울은 두 사람을 불러 모아 낮은 목소리로 뭔가를 설명했고, 그 말을 들은 세람과 신관은 눈을 크게 떴다.

"이것 보세요! 청렴과 청빈, 순결과 정직을 지키기로 맹세한 신관인 나에게 지금 거짓말을 하라고 꼬드기는 겁니까?"

"뭐, 어떻습니까? 그렇게 큰 거짓말도 아닌데."

신관은 어이없다는 표정으로 라울을 바라보았다.

"거짓말에 큰 거짓말, 작은 거짓말이 어디 있습니까?"

"죄도 경중을 가리듯이, 거짓말도 그래야 한다고 생각합니다만. 그리고 신관께서는 노인장께서 그 빌어먹을 남작에게 목이 잘려도 좋단 말입니까? 생명을 소중히 여기신다는 에메이드의 아들께서는 사람의 목숨을 구하기 위해서 작은 거짓말 한마디도 할 수 없다는 말입니까?"

라울이 몰아세우듯이 말하자, 신관은 곤란한 표정을 지었다.

"그, 그런 것은 아닙니다만……."

"에메이드께서 이 일로 꾸지람을 내리시면, '좋은 술'을 준비해 가서 같이 변명해 드리겠습니다."

그 말에 신관은 놀랐다는 듯이 눈을 크게 떴다.

"에메이드께서 좋은 술을 좋아하시는 것은 어떻게 아셨습니까?"

"내가 아는 대부분의 신들이 술을 좋아하시더군요. 게다가 모시는 신들께서 술을 즐기시지 않는다면, 신전에서 굳이 포도밭을 가꾸고 양조장을 운영할 까닭이 없지 않습니까."

신관은 라울의 얼굴을 멍하니 바라보다가 키득키득 웃었다.

"제가 졌습니다. 겉보기와는 많이 다른 분이시군요. 이렇게 채찍과 사탕을 병행한 교묘한 설득은 참으로 오랜만에 당해봅니다."

신관의 악의 없는 야유에 라울은 조금 머쓱한 표정을 지었다.

'설득을 잘한다라? 이 얘기를 고향에 있는 양부나 아스카님께서 들으시면 어떤 얼굴을 하실까?'

동기들 중에서 가장 요령이 없다는 소리를 들었던 라울이다. 고향을 떠나온 뒤로 전혀 고생하지 않은 것은 아니지만, 그래도 각오했던 것에 비하면 비교적 순탄한 수행 생활이었다. 금전적으로도 크게 어려움을 겪지 않았고, 좋은 인연도 많이 따랐다.

그래서 스스로는 별로 변한 게 없다고 생각했다. 하지만 곰곰이 따져 보면 꼭 그렇지만도 않은 것 같다.

타향살이를 하는 동안 조심성이 많아지고, 조금은 약아졌다. 보석이나 돈 되는 물건의 가치에 대해서 해박해졌고, 거래나 계약을 할 때는 전과 달리 손익을 따지게 되었다.

그의 그런 변화에 대해서 가족들과 그가 사랑하는 사람들은 어떤 얼굴을 할까?

'그래도 조금은 진보했구나, 하고 말씀해 주실까?'

분명한 것은, 그가 진보를 했든 퇴보를 했든, 그들은 넉넉하고 환한 웃음을 맞아줄 것이라는 것이다. 그것을 의심한 적은 단 한 번도 없다.

Chapter 4
정력제와 강도, 그리고 사기꾼

로페스 남작은 한밤중이 다 되어서야 나타났다. 이런 약재상 뒷골목까지 정력제를 사러 다니는 것은 그다지 수치로도 여기지 않는지, 가문의 문장이 그려진 호화스러운 마차에서 한껏 거들먹거리면서 내렸다.

남작은 숱 많은 갈색 머리에 조금 마른 듯한 체구를 가진 30대 후반쯤으로 보이는 사내였다. 유행에 민감한 시다하의 남자답게 센스있는 옷차림과 멋으로 기른 듯한 콧수염이 매력적이었다. 가는 선을 가진 얼굴은 남자치고는 곱상한 얼굴이었는데, 날카로운 눈과 얇은 입술 탓인지 어딘지 모르게 신경질적인 인상을 주었다.

남작을 처음 본 라울은 가볍게 미간을 찌푸렸다. 실물을 직접 보게 되자, 자신이 예상했던 '피도 눈물도 없는 악당'의 이미지와 상당히 차이가 있었기 때문이다.

"제법이군. 사다하의 친위대 소속 기사라고 했던가? 저 정도면 상당히 괜찮은 검사일 것 같은데."

마검사인 파엔처럼 정확하지는 않지만, 라울도 상대에게서 전해져 오는 미묘한 마나의 파동 같은 것으로 상대의 수준을 구분해 낼 수 있었다.

남작은 라울이 세람과 노인의 말을 듣고 상상했던 것보다 훨씬 높은 수준의 검사였다.

"말했잖아요. 한때는 신동이라 불리웠다고. 한눈팔지 않고 그대로 검술을 갈고 닦았으면, 지금쯤 마스터까지는 아니더라도 소드 엑스퍼트(Sword Expert) 상급 정도는 무난하게 되었을 것이라고 하죠. 지금은 엑스퍼트 중급이라고 하더군요."

라울은 이해할 수 없다는 듯이 세람을 바라보다가 피식 웃었다.

'소드 엑스퍼트 상급이라?'

라울이 보기에 상대는 이미 소드 엑스퍼트 상급 이상이다.

검사의 경지를 엑스퍼트니 마스터니 하는 단계로 나누는 것은 어리석은 일이다. 검사의 경지는 그런 단어로는 설명되지 않는다.

사람들이 이해할 수 있는 검사의 최고 수준은 '그랜드 마스터'다. 그렇다면 그 이상의 검사는 뭐라고 불러야 할까?

라울은 표현이 불가능할 정도로 무지막지하게 강한 사람들을 알고 있다. 자신의 양부인 그랜트, 파엔의 아버지인 라미엘과 사부인 킬렌. 아스카에게 '마구간지기 폴'로 불리는 폴로웬 나비르. 텐 론 로사드와 그를 지키는 세 명의 섀도우도 빼놓을 수 없다.

라울은 사람들이 마스터라고만 알고 있는 파엔도 이미 그 수준은 뛰어넘었다는 것을 지난번 대련을 통해 알았다.

'중요한 것은 그런 게 아니지.'

라울이 보기에 남작은 엑스퍼트 상급으로 접어든 지 꽤 된 것으로 보이는데, 세람은 그가 중급 이상은 아닐 거라고 한다. 평소에 자신의 본 실력을 숨기고 있다는 말이다.

'뭐가 목적일까?'

남작은 난폭하게 문을 걷어차며 들어왔다.

"영감! 이 내가 왔으면 마땅히 마중을 나와야 할 게 아닌가?! 날 이렇게 소홀히 대접하고도 네가 여기서 계속 장사를 할 수 있을 성싶으냐?"

그러자 노인은 재빨리 카운터에서 달려나갔다.

"죄송합니다, 나리! 다른 손님이 계셔서 나리께서 도착하시는 것을 미처 보지 못한 이 늙은이의 불찰입니다요! 용서해 주십시오!"

굽실거리는 노인은 본 척도 않고 카운터까지 걸어간 남작은 가게를 한 번 휙 둘러보더니, 비웃는 것처럼 입술을 뒤틀었다.

"이렇게 좁아터지고 지저분한 가게에 내가 직접 걸음을 하게 만들어야 되겠느냐? 오늘도 네놈이 게으름을 피우고 아직도 약이 되지 않았다는 잡소릴 늘어놓는다면, 네놈 늙은이를 단칼에 베어버리고 이 지저분한 가게에 불을 질러 버리겠다!"

으름장을 놓는 남작의 기세에 질렸는지, 노인이 뒷걸음질쳤다.

"약이 되었느냐?"

"그, 그게 말입니다요, 나리……."

"약이 되었느냐고 묻고 있다, 이 망할 늙은이야!!"

"약은 다 되었소."

남작이 노인의 멱살을 움켜쥐자, 세람이 참지 못하고 끼어들었다.

소리가 나는 쪽으로 고개를 돌린 남작은 나란히 서 있는 세 사람의 존재를 그제야 깨달았다는 듯이 눈을 크게 떴다.

가게 안에 자신만 있는 것이 아니라는 것을 알고 쥐고 있던 노인의 멱살을 놓기는 했지만, 그들이 끼어든 것이 못마땅한지 노골적으로 인상을 찌푸렸다.

하지만 그 얼굴은 남작의 시선이 라울에게서 신관으로, 세람에까지 이르자 믿을 수 없다는 것으로 바뀌었다.

"세람 에메시스 2왕자 전하?!"

뜨악한 얼굴로 남작이 외치자, 놀란 것은 라울이다. 세람 에메시스 2왕자라니, 대체 누가 2왕자란 말인가?

라울이 설마, 설마 하고 있는 가운데, 남작이 오늘 처음 만난 애송이에게 공손하게 허리를 숙이는 모습이 눈에 들어왔다.

'하! 이런! 정말로 제대로 뒤통수를 한 방 맞았군.'

라울은 이제는 제법 근엄하게 '왕자의 얼굴'을 하고 있는 세람을 보고 쓴웃음을 지으며 고개를 설레설레 저었다.

"왕자 전하께서 이런 누추하신 곳까지 어쩐 일로……?"

"볼일이 있어 에메이드 신전에 갔다가 신관께서 약재를 구입하시는데 동행하게 된 것이오. 생각지도 못했던 곳에서 우연히 그대를 만났다고 생각했더니, 뜻밖의 구경을 하게 되는군."

세람이 방금 전에 본 그의 난폭한 행동에 대해서 빈정거리듯 말하자, 남작은 피식 웃었다.

"저 영감이 계약을 해놓고서도 차일피일 미루며 약속한 물건을 내놓지 않기에 벌어진 일이었습니다. 왕자 전하께서는 언제부터 개인적인 거래까지 신경을 쓰시게 되었습니까?"

'거래는 나와 저 영감의 일이니, 네가 간섭할 일이 아니다. 신경 꺼라' 라는 말을 완곡하게 한 것이었다. 덧붙여, '언제부터 그렇게 한가했냐?' 는 빈정거림까지.

국왕이 쓰러진 이후 실제적인 권력을 장악한 왕비의 총애를 받고 있으며, 황태자의 측근이기도 한 남작에게 있어 고작 2왕자 따위는 그리 대수롭게 보이지도 않았다. 단지, 왕족 모독죄 같은 것으로 시끄러워지면 귀찮기 때문에 적당히 예의를 지켜주는 것뿐이다.

"나도 가능하면 그대의 개인적인 거래에 간섭할 생각은 없지만, 그대가 찾는 '약' 에 용건이 있어서 말일세……."

"그게 무슨 말입니까? 내가 무슨 약을 주문했는지 어떻게 알고……?"

남작은 노인이 입을 열었다고 짐작했는지, 그를 잡아 죽일 듯이 노려보았다.

"아, 그를 너무 탓하지 말게. 그는 어쩔 수 없었다네. 우리가 자네가 주문한 약을 회수해가겠다고 하자, 실랑이 끝에 자네 이름이 튀어나온 거야."

노인을 노려보던 남작은 그 말에 고개를 홱 돌려 세람을 바라보았다.

"그게 무슨 말입니까? 약은 회수해 가다니?! 당신, 아니, 왕자 전하께서 대체 무슨 권리로 이미 계약이 끝난 약을 회수해 간다는 말입니까?!"

당장이라도 달려들 듯이 험악한 기세로 외치는 남작에게, 세람은 옆에 서 있는 신관을 가리켜 보였다.

"아, 그러니까 약을 회수해 가려는 쪽은 내가 아니라 이쪽, 에메이드 신전에서 나온 신관님이라네."

신관은 앞으로 나와 가볍게 고개를 숙여 보였다.

"에메이드를 모시는 카신이라고 합니다. 남작님의 어깨 위에 에메이드의 축복이 충만하시길."

신관의 의례적인 인사에 일단 고개를 끄덕이기는 했지만, 신관을 보는 남작의 이마는 한껏 찌푸려져 있었다.

"에메이드의 신관이라고 했나? 그렇다면 말해보게. 에메이드의 신전에서 대체 무슨 권리로 남의 약을, 그것도 이미 계약이 끝난 약을 회수해 간다는 것인지."

"그것이 남작님께서 주문하신 약인 줄은 몰랐으니, 일단 사과드리겠습니다. 저희 신전에서 거두어들이기로 결정한 것은 '파이마스의 씨앗'으로 불리는 환상결석의 원석, 혹은 가공품입니다. 이것은 세간에서는 '정력제'라고 잘못 알려져 높은 가격에 거래되고 있지만, 본래 몬스터의 씨앗인 만큼 인체에 유해하다고 판단되어 내려진 결정입니다. 부디 협조해 주십시오."

남작은 신관의 말이 뜻밖인지 미간을 살짝 찌푸렸다.

"잘못 알려져 있다는 것은, 그 환상결석인가 하는 돌이 정력제로서 효과가 없단 말인가?"

"그런 것은 아닙니다만, 경우에 따라서 심각한 부작용을 초래할 수 있습니다."

"부작용이라면, 죽기라도 한단 말인가?"

"그 정도는 아닙니다만, 잘못될 경우 정력이 고갈되어 버리는 경우가 있습니다."

남작의 이마의 주름은 한층 골이 깊어졌다.

그는 월포드 후작의 비위를 맞추기 위해서 그 약을 구입하려는 것이다. 풍문으로 들은 환상결석의 효과 정도라면 까다롭기 그지없는 후작이라도 흡족해할 거라 생각했던 것이다.

그런데 정력 고갈이라니? 그것이 사실이라면 후작에게는 절대로 선물할 수 없다. 수년간 공을 들인 일이 이제야 빛을 발하기 시작했는데, 사소한 실수로 그 모든 것을 물거품으로 만들 뻔했다.

남작이 더 생각할 것도 없이 환상결석을 포기하겠다고 말하려는 찰나였다.

가게의 주인인 노인과 신관이 묘한 시선을 주고받고 있는 것이 그의 눈에 들어왔다. 순간, 그의 머리 속으로 뭔가가 스쳐 지나갔다.

'이놈들이 설마 작당을 해서 날 속이려는 것은……?'

있을 수 없는 일은 아니었다. 가게의 주인 영감은 그가 약속한 사례금에도 불구하고 차일피일 환상결석의 가공을 늦추기만 했다. 결국 돈이 욕심나서가 아니라 권력을 앞세운 그의 횡포가 두려워서 환상결석을 내놓기는 했지만, 그것이 그의 손에 들어가는 것은 마땅치 않았을 것이다.

남작은 노인이 왜 자신에게 환상결석을 팔기를 꺼려했는지 알고 있었다. 그는 바보가 아니었다. 이곳 수도 다린에서 사람들이 자신을 뭐라고 말하는지 정도는 알고 있었다.

'물건은 내주기 싫은데, 내주지 않을 수도 없고. 어쩔 수 없으니까 신전에 손을 내밀었다는 건가? 신전 쪽에서는 신관 하나 보내봐야 나를 상대로 말발이 설 것 같지 않으니까 반대파에 도움을 요청했고, 생각지도 못하게 2왕자라는 거물이 나왔다?'

그럴듯했다. 아니, 그럴듯한 정도가 아니라 자신의 추측이 틀림없을 거라고 남작은 생각했다. 그렇지 않으면, 엘리스 리벨 공작으로 대변되는 사다하의 다른 권력의 축—세람—이 이런 지저분한 뒷골목의 약재상까지 올 일이 뭐가 있단 말인가.

남작은 한쪽에 서 있는 신관에게 힐끗 시선을 주었다.

누구의 발상인지는 모르지만 제법 정확하게 그의 심리를 꿰뚫었다. 남작이 아무리 저 정력제가 가지고 싶어도, '신전'이라는 이름과 정당한 명분을 가진 신관의 손에서 그것을 뺏을 수는 없는 일이었다. 무엇보다, 반대파의 실질적인 수장이랄 수 있는 세람 2왕자가 지켜보고 있는 앞에서는.

'오냐. 여기서는 내가 그냥 당해주마. 하지만 이대로 호락호락하게 끝날 거라고는 생각하지 말아라! 이놈들!!'

속으로는 자신을 물먹이려고 한 자들에 대해서 이를 갈았지만, 겉으로는 아무것도 모른다는 표정을 유지했다.

"좋소. 어차피 호기심이었고 그런 위험 부담까지 감수할 생각은 없으니, 환상결석은 포기하기로 하지."

남작은 '부작용'에 대한 부분은 자신이 환상결석을 포기하도록 만들기 위해서 지어낸 말이 아닌가 하고 의심했다. 그동안 환상결석에 대한 이런저런 소문을 들었지만, 부작용이 있다는 말은 들은 적이 없기 때문이다. 그의 포기 선언을 기다렸다는 듯이 고개를 끄덕이는 신관의 태도도 그런 의심을 부추겼다.

"잘 생각하셨습니다. 그럼 이 환상결석의 가공물은 제가 신전으로 가지고 돌아가서, 성분을 보다 정확히 분석한 후에 처리를 결정하도록 하겠습니다."

신관의 손에 손바닥 크기만 한 작은 병을 넘겨주는 주인 영감은 한

시름 던 듯한 얼굴이다.

남작은 자신이 찾았을 때는 별별 핑계를 다 대면서 가공을 할 수 없다던 환상결석이 버젓하게 약으로 만들어져 있는 것을 보고 입술을 비틀며 웃었다.

'눈앞에서는 굽실거리는 주제에, 돌아서면 약은 수를 부리는 쥐새끼 같은 놈!'

그 얄미운 쥐새끼가 때려죽이고 싶을 정도로 미운 것은 말할 것도 없다. 하지만 남작은 그런 감정이 드러나지 않는 무표정한 얼굴로 돌아섰다.

"그럼 2왕자 전하, 이만 실례하겠습니다."

"아, 돌아가시게?"

놀랐다는 듯이 반문하는 어조가 속을 긁었지만, 뒷일을 생각하고 대범하게 웃어주었다.

"여기에 온 용건이 사라졌으니, 돌아가는 게 당연하지 않겠습니까? 소신에게 뭐 다른 용건이시라도……?"

"아니, 그런 것은 아니네만, 경은 풍문으로 들었던 것보다 상당히 대범하고 뒤끝이 없는 사람이었군? 나는 오늘 경을 다시 보게 되었네. 사람들이 떠드는 소리만 무턱대로 믿고, 경을 오해했던 것 같군."

선량한 얼굴로 웃으며 내미는 손을 액면 그대로 믿을 정도로 남작은 바보가 아니었다. 이것은 그에 대한 빈정거림이며, 동시에 이 일로 해서 이 집 주인 영감을 건드리면 재미없을 줄 알라는 경고였다.

빙긋빙긋 웃는 얼굴이 죽이고 싶도록 얄미웠지만, 왕족인 그는 남작이 어떻게 해볼 수 없는 존재였다.

'네놈의 그 오만한 미소가 언제까지 가는지 지켜보겠다. 에드워드

황태자 전하께서 왕위에 오르는 날에도 네놈이 그 밥맛없는 미소를 계속 짓고 있을 수 있을지!'

그런 내심과는 달리, 세람이 내민 손을 잡는 남작의 입에서는 호탕한 웃음소리가 터졌다.

"하하하, 오해받을 만한 행동을 한 저의 잘못도 있으니 개의치 않습니다. 신경 쓰지 마시길. 곧 있을 시슬리안 축일(祝日)에는 왕궁으로 드실 예정이십니까?"

"일 년에 몇 번 없는 큰 명절이니, 왕비 전하와 황태자 전하를 뵙고 인사라도 드려야 되지 않나 생각하고 있소만."

"그렇다면 조만간 다시 뵙게 되겠군요. 왕궁에서 뵙겠습니다."

"그러지. 왕궁에서."

절친한 사이인 것처럼 다시 만날 약속까지 해가며 헤어졌지만, 가식적인 미소는 남작이 약재상 문을 통과하기가 무섭게 흔적도 없이 사라졌다. 남작은 문밖에 세워둔 마차에 오르면서 마차 문을 열고 대기하고 있던 종자에게만 들릴 정도의 낮은 목소리로 말했다.

"약은 신관의 손에 넘어갔다. 의심받지 않게 되찾아 와라. 신관을 제외한 놈들은 뜨거운 맛을 보여줘라. 죽이는 것도 좋겠지."

종자가 아무것도 듣지 못한 사람처럼 탁 하고 마차 문을 닫자, 마차는 그 한 사람만을 남기고 출발했다. 마차는 유유히 어둠 속으로 사라졌고, 종자는 건물 뒤에 몸을 숨긴 채 남작이 나온 약재상의 동태를 관찰했다.

남작의 마차가 떠나고 잠시 뒤, 약재상에서는 주인 영감의 배웅을 받으며 3명의 사내가 나왔다. 라울과 세람, 에메이드의 신관인 카신이었다.

"그럼 노인장, 다음에 뵙겠습니다."

"그래, 오늘은 수고가 많았네. 신관님과 왕자 전하께서도 음, 음… 어이, 이보게. 왕자 전하께 감사하다는 인사를 드리려면 어떻게 해야 하는 겐가? 이렇게 높으신 분을 뵙기는 처음이라 도통 어떻게 해야 하는 것인지 모르겠네."

노인이 라울에게 낮게 속삭이는 소리를 들은 세람은 킥 하고 웃었다.

"그냥 고맙다고 말하시면 됩니다."

세람의 말에 노인은 화들짝 놀랐다.

"마, 말씀 낮추시지요. 왕자 전하께서 저 같은 무지렁이 백성에게 존대를 하셔서는 안 됩니다."

노인의 완고한 얼굴을 빤히 들여다보던 세람은 미소를 지었다.

"저는 아무에게나 존대를 하지 않습니다. 존중받을 만하다고 인정한 사람에게만 경어를 쓰지요. 보셨으면 알 것 아닙니까? 제가 귀족이라도 로페스 남작에게 경어를 쓰던가요? 노인장께서는 충분히 저의 존중을 받을 만한 분입니다. 이래 봬도 고집이 있어서 한 번 결정한 것을 물리거나 하지는 않습니다. 그러니까 노인장께서 저의 경어에 그냥 익숙해지시는 편이 좋을 것 같군요."

노인은 입을 헤벌리고 있다가 억지로 정신을 차리려는 것처럼 고개를 저었다.

"그, 그러면 저, 저도 같이 존대를 하겠습니다. 예의에 어긋나는 일이 있어도……."

세람은 노인이 말을 채 마치기도 전에 잽싸게 말을 끊었다.

"그건 안 됩니다. 노인장께서는 지금까지처럼 저를 대해주십시오."

그러자 옆에서 지켜보고 있던 라울이 끼어들었다.
"이봐, 그건 너무 무리한 요구 아닌가? 노인장의 심장도 생각해야지. 지금 이게 꿈인지 생시인지도 분간이 안 가시는 것 같은데."
"이런 식으로 대해주시면 됩니다."
세람이 견본이라도 보여주는 것처럼 라울을 가리키자 카신은 풋, 하고 웃음을 터뜨렸다. 노인의 얼굴도 점차로 풀어지더니 허허, 하는 웃음소리가 흘러나왔다.
"왕자 전하야말로 존중받을 만한 분이시군요. 여기서 잠시만 기다려주시겠습니까?"
안 된다고 했는데도 꼬박꼬박 존대를 한 노인은 세람의 대답도 듣지 않고 서둘러 가게 안으로 사라져 버렸다.
셋이 남자, 라울은 세람을 바라보며 피식 웃었다.
"내가 왕자 대접을 안 해줘서 불만인 모양인데, 나에게서 존대를 받으려면 '왕자' 정도로는 어림없어. 샴에게도 존대를 해본 적이 없으니까."
샴은 제블린에서 황제를 지칭할 때 쓰는 말이다.
"샴이라니, 제블린의 그 '샴'을 말하는 겁니까?"
라울은 재미있다는 듯이 웃었다.
"그 샴 말고, 다른 샴도 있던가?"
세람은 전혀 재미있지 않았다.
"제블린의 샴을 만난 적이 있습니까?"
라울이 가볍게 고개를 끄덕이자, 세람은 믿을 수 없다는 듯이 눈을 크게 떴다.
제블린의 샴은 외부인이 그렇게 쉽게 만날 수 있는 존재가 아니다.

국왕이나 황제와는 다른 의미의 단어인 샴. 샴은 말 그대로 '신을 대리하는 자' 라는 의미다.

제블린에서 샴은 단순한 황제가 아니라, 신의 대리인이며 국가 그 자체였다.

사다하의 왕족인 세람이 가도 만날 수 있다고 장담할 수 없는 인물을 만났다고 한다. 세람은 새삼스러운 눈으로 라울을 바라보았다.

'이 남자, 대체 정체가 뭘까?'

가게 안으로 들어갔던 노인은 제법 커다란 술병을 들고 나왔다.

"제가 담은 술입니다. 맛은 별로 없지만, 약초가 들어가서 몸에는 좋을 겁니다."

노인은 술병을 세람에게 건넸다. 세람이 받아야 할지 말아야 할지 망설이며 서 있자, 노인이 덧붙였다.

"제가 왕자님께 드리는 감사의 표시입니다. 이걸 받아주신다면 더 이상 존대를 하지 않지요."

세람은 놀란 듯이 눈을 크게 떴다가 빙그레 웃으며 술병을 받아 들었다.

"잘 받겠습니다. 마침 내일이 시슬리안 전야제이니, 축하주로 쓰면 좋겠군요. 가족들과 나눠 마셔도 되겠습니까?"

"허허, 좋고말고!"

두 사람을 지켜보고 있던 라울이 세람에게서 술병을 건네 받았다. 그리고는 노인에게 다시 돌려주었다.

"깨질 염려가 있으니까 잠시만 맡아 가지고 계세요. 나중에 다시 찾으러 올 테니까."

세람은 라울의 행동에 황당하다는 듯이 눈을 크게 떴지만, 노인은 그의 말을 알아들은 것처럼 술병을 받았다.
"자네, 괜찮겠는가?"
노인의 걱정스러운 표정에 라울은 씩 웃었다.
"별일이야 있겠습니까? 아, 참. 그리고 이것도 맡아주십시오."
라울이 내민 것은 세이프리아 모양으로 진주가 장식된 작은 상자. 다름 아닌 세람이 엘리스리벨 공작에게서 받았던 예의 그 상자였다.
라울이 그것을 노인에게 건넬 때까지 사라졌다는 사실조차 눈치채지 못했던 세람은 자신의 품속을 확인해 보고 당황한 표정을 지었다.
'이봐요!' 하고 소리치자, 자신보다 훨씬 짙은 녹색 눈동자가 세람을 돌아보았다. 진지한 녹색 눈동자를 노려보다가 자신은 아직 그의 이름도 모른다는 사실을 문득 깨달았다.
"날 믿어. 지금은 노인장에게 맡겨두는 것이 안전해."
세람은 기이한 눈으로 라울을 바라보았다.
나라의 운명을 좌우하게 될지도 모르는 상자다. 아무리 신뢰하는 사람이라도 그런 것을 선뜻 맡길 수는 없는데, 오늘 처음 만난 사내가 '나를 믿어.'라고 한 말에 마음이 움직였다.
"이름이나 가르쳐 주시죠. 다른 사람에게 믿어달라고 하려면 자신의 이름 정도는 밝혀야 하는 것 아닙니까?"
세람이 톡 쏘아붙이자, 라울은 피식 웃었다.
"라울 에이온느."
세람은 '어라?' 하고 생각했다. 분명히 어디선가 들어본 적이 있는 이름이었기 때문이다.
하지만 라울은 그에게 길게 생각할 여유를 주지 않고 등을 돌렸다.
"그럼, 노인장 다음에 뵙도록 하지요."

"그래, 조심해서들 가게. 신관님께서도 안녕히 가시지요. 오늘 수고 많으셨습니다."

"에메이드의 축복을 받으시길."

노인과 작별 인사를 주고받은 세 사람은 어두워진 약재상 골목을 걸었다.

캄캄한 밤하늘에는 아직 달이 없다. 모레나 되어야 겨울 달인 아노아가 완전한 만월의 모습으로 밤하늘에 첫선을 보일 것이다.

"그렇군. 벌써 내일이 시슬리안—아노아를 축하하는 명절— 전야제군. 선물도 아직 준비 못했는데, 큰일이군."

밤하늘을 올려다보던 라울이 혼잣말처럼 중얼거리다가 세람을 돌아보았다.

"전하, 혹시 밤늦게까지 하는 보석상이나 장신구 가게 모르나?"

세람은 존대는 안 하면서 '전하'라고 부르면 빈정거리는 것처럼 들린다며 투덜거렸다.

"그냥 세람이라고 불러요. 밤늦게까지 하는 보석상이나 장신구 가게는 왜요?"

"사야 할 물건이 있는데, 아무래도 이 시간에는 다들 문을 닫았을 것 같아서 말이야. 곤란하군. 내가 왜 시슬리안을 잊어버리고 있었을까?"

세람은 라울 같은 사내가 보석상이나 장신구 가게에서 필요로 할 만한 물건을 떠올려 보았다.

사다하에서 치장이란 여자의 전유물이 아니고, 남자의 장신구 중에도 여자 것 이상으로 화려한 게 많다. 그런 것을 제대로 소화해 낼 수 있는 남자들을 '멋쟁이'라고 부르는 나라니까.

하지만 눈앞의 사내를 대상으로는 그 어떤 것도 떠오르지 않았다.

미남인데, 그것도 보기 드문 미남인데, 그런 장식이 이토록 어울리지 않는 사람은 드물 것이다.

완벽하게 균형 잡힌 몸과 조각 같은 얼굴에는 적금빛 머리카락과 보석처럼 아름다운 짙은 녹색 눈동자만으로 수식은 충분하다고 누군가 정해놓은 것 같다.

"약혼녀에게 선물이라도 하시게요?"

결국 세람이 상상할 수 있는 것은 그 정도였다.

"아, 그렇군. 쥴리아도 있었지. 그렇지 않아도 삐쳐 있을 텐데, 시슬리안에도 그냥 넘어가면 후환이 두렵지. 쥴리아 것도 챙겨야겠군."

약혼녀의 선물도 아니면, 이 밤에 보석상에서 사야 할 물건이란 게 뭘까?

호기심이 생긴 세람이 묻자, 의외의 대답이 돌아왔다.

"어린 여자 아이들이 좋아할 만한 소소한 장신구야. 귀걸이, 팔찌, 목걸이. 아, 반지는 별로 안 좋아하시니까 빼고, 리본이나 모자 같은 것도 좋지."

라울의 말에 감을 잡은 것은 세람이 아니라 신관이 카신이었다.

"혹시, 그것 때문입니까? '아노아의 축복'이라고 해서 시슬리안 아침에 어린 여자 아이에게 소소한 장신구를 선물하면 건강하고 행복한 아이로 자란다든가 하는……."

"예? 건강하고 행복해지기까지 하는 겁니까? 나는 그냥 길하다고만 알고 있었는데. 이런, 그러면 절대 빼먹으면 안 되겠는걸?"

"딸… 은 아직 아닐 테고, 여동생입니까?"

신관의 질문에 라울은 빙긋 웃으며 '나의 보물'이라고만 대답했다. 흐뭇하게 미소 짓는 라울을 세람은 의외라는 얼굴로 바라보고 있었다.

저런 미소를 지을 수 있는 사람인 줄은 몰랐는데.

 냉정한 것 같으면서도 따뜻하고, 엄격한 가운데서도 상대를 생각하는 배려가 있다. 종잡을 수 없고, 신분이나 권력의 힘 같은 것으로는 움직일 수 없는 사람. 사심없는 미소가 누군가와 많이 비슷하다.

 '어라? 누구와 비슷하다는 거지?'

 생각해 봤지만 알 수 없었다. 세람은 포기하기로 했다. 지금은 그것보다 더 중요한 일이 있었다. 세람은 갈림길에서 오른쪽으로 방향을 잡은 라울의 어깨를 잡아 제지했다.

 "틀렸어요. 이쪽으로 가야 합니다."

 세람이 왼쪽 길을 가리키며 말하자, 라울은 그쪽을 한 번 힐끗 보더니 고개를 저었다.

 "아니, 이쪽이 맞아."

 세람은 황당해져서 눈을 크게 떴다. 여기엔 오늘 처음 와보는 사람이, 그것도 세람이 보기엔 방향치가 분명해 보이는 사람이 뭘 믿고 이렇게 큰소리인 걸까?

 "그쪽으로 가도 길이야 나오겠지만, 이쪽이 지름길이야. 나는 더 이상 시간을 허비하고 싶지 않아. 밤은 늦었는데 할 일은 아직도 많아. 보석상에도 들러야 하고, 시들어가고 있는 자비초의 법제도 오늘 안으로 끝내야 해. 약혼녀에게 기나긴 사죄의 편지도 써야 하지. 자, 그러니까 이쪽으로 가자."

 '그게 이쪽으로 가는 것과 무슨 상관인데?'

 세람과 신관은 어이없는 얼굴로 라울을 바라보았다.

 길에 관한 얘기를 하고 있는 것이 아니라는 느낌이 들긴 했지만, 뭔가 생각이 있겠지 싶어 라울의 주장대로 오른쪽 길로 향했다.

약재상 거리의 뒷골목은 마차 한 대도 제대로 지나다닐 수 없을 정도로 좁고 지저분하다. 밤늦은 시각, 인적이 끊긴 거리는 음산한 느낌마저 들었다.

"저기, 좀 으슥한 것 같지 않습니까?"

달도 없는 밤에 가게의 불빛마저 꺼지자 길은 한 치 앞도 구분하기 힘든 암흑천지였다. 발밑에 온 신경을 곤두세우고 걷고 있던 세람이 참지 못하고 한마디 하자, 곁에서 쿡 하고 웃는 소리가 들려왔다.

"모르는군. 그렇기 때문에 의미가 있는 거야."

세람은 미간을 찌푸렸다. 약재상을 나온 이후 라울의 행동은 도무지 종잡을 수가 없다.

"의미요? 무슨 의미?"

"말했잖나, 나는 시간이 없다고. 이왕 해야 할 일이라면 빨리 끝내는 편이 좋지. 놈들도 바보가 아닌 이상, 이렇게 자리까지 깔아줬는데 모르는 척 그냥 가지는 않겠지."

장난기 어린 목소리가 오싹할 정도로 위험하게 들린다.

"뭘 하려는 건지는 모르겠지만, 이 길을 계속 갈 생각이면 횃불이라도 밝히는 것이 좋을 것 같은데요? 나는 바로 옆에 있는 당신과 신관님의 얼굴도 잘 안 보입니다. 이러다 넘어지기라도 하면 다치겠어요."

"그럴 필요는 없을 것 같은데?"

세람이 '그게 무슨 소리냐?' 고 물으려는 순간, 어디선가 멈춰라!! 하는 굵은 외침이 들려왔다.

"우리의 수고를 안타깝게 여긴 누군가가 친절하게도 횃불을 준비해 줬으니까 말이야."

라울이 가리키는 방향에는 그의 말대로 수많은 오렌지 빛 불꽃이 타오르고 있었다. 불꽃은 하나둘이 아니다. 횃불을 들고 있을 사람 수만 헤아려 봐도 스물은 넘는다.

당황한 세람은 뒤를 돌아보았다. 그들이 왔던 길 쪽에도 수많은 불꽃이 어둠을 밝히고 있었다. 길 중간에는 숨어들 수 있는 다른 샛길이 없다. 전방과 후방이 가로막힌 이상, 그들은 포위된 것이다.

"이런, 이런. 먹이가 제 발로 기어들어 와주셨군. 너희들이 발을 들인 이 길에는 통행세라는 것이 있다. 말로 할 때 순순히 가진 것을 다 내놓겠느냐, 아니면 뜨거운 맛을 보겠느냐?"

세람은 전방에서 들린 목소리에 황당하다는 듯이 라울을 바라보았다.

"뭡니까, 이거?"

"못 들었어? 저쪽의 점잖은 양반들께서 말씀하시길, 이 길에는 통행세가 있다는 거야. 이 지저분한 길을 유지하고 관리하는 데 의외로 돈이 많이 드는 모양이지? 그래서 우리가 가진 물건 모두를 자신들에게 헌납하는 게 어떻겠냐는 아주 정중한 요청이었어."

이런 상황에서도 라울의 목소리는 전혀 심각하게 들리지 않았다.

세람은 정면에 횃불을 든 사내들이 일제히 검은 복면으로 얼굴을 가리고 있는 것을 눈치챘다. 복면을 쓴 사내가 하나둘도 아니고 서른 명 이상. 이쯤 되면 제아무리 세상 물정 모르는 어린아이라고 해도, 저들이 단순한 불량배나 복면 강도가 아니라는 사실을 알아차릴 것이다.

"변장이 서툴군요. 저러고도 들키지 않을 거라고 생각하는 걸까요?"

세람의 말에, 라울은 킥 하고 웃었다.

"복면 강도 놀이라도 하고 싶었던 모양이지."

복잡한 얼굴로 라울을 올려다보던 세람은 한숨을 내쉬었다.

"…로페스 남작입니까?"
 이제야 종잡을 수 없던 라울의 행동이 이해가 가기 시작한다. 약재상 주인 영감에게 받았던 술을 깨질 위험이 있다며 되돌려 주었던 것이며, 세람의 상자를 맡겨놓고 온 것은 이런 상황을 예측했기 때문이다. 게다가 한술 더 떠 이런 막다른 골목을 굳이 선택해 들어온 것은 저들을 끌어들이기 위함일 것이다.
 "좋게 생각해. 자네도 남작이 그렇게 쉽게 물건을 포기할 거라고는 믿지 않았을 텐데?"
 "그건 그렇지만, 이런 상황을 만들 것까지는 없었을 텐데요? 우리는 단 셋인 데 반해 저들은 우리의 열 배는 넘는 숫자예요. 칼부림 소리만 듣고 이런 외진 곳까지 달려와 도와줄 사람이 있을 것 같지 않으니, 우리들만으로 이 상황을 헤쳐 나가야 한다구요."
 "자신없나? 지켜줄까?"
 놀리는 듯한 울림을 가진 그 말에 세람은 발끈했다.
 "내 한 몸 지킬 정도는 되니, 당신 목이나 잘 보존하시죠!"
 "고맙군. 그렇게 하지."
 라울은 하하하, 하고 낮게 웃었다. 세람은 기이한 얼굴로 그를 바라보았다.
 '이자, 열 배가 넘는 적에게 둘러싸여도 전혀 동요함이 없다. 허세일까? 아니면……?'
 라울은 주의를 신관에게 돌렸다.
 "싸움이 벌어지면, 카신 신관님은 옆으로 피해 계시는 게 좋을 것 같군요."
 치유력 외에 별달리 자신을 방어할 능력이 없는 에메이드의 신관은 라울의 말에 순순히 고개를 끄덕였다.

"저도 돕고 싶지만, 방해만 될 테니 그렇게 하지요."

라울은 카신을 골목 한쪽으로 피해 있게 한 후, 정면을 바라보았다. 모두 복면을 쓰고 있어 구분은 잘 가지 않지만, 정면에 팔짱을 끼고 서 있는 제법 우람한 체구의 사내가 보였다.

그자가 이들을 이끌고 있는 우두머리가 아닐까 하고 짐작했다.

상대 쪽에서는 아무런 움직임이 없다. 달아날 샛길도 없고, 전방과 후방을 모두 막아섰으니 독 안에 든 쥐라고 여기는지 한눈에 보기에도 여유가 넘친다.

라울은 정면에 서 있는 사내를 향해, 어이! 하고 말을 걸었다.

"왜? 통행세를 낼 생각이 들었나?"

사내의 굵은 목소리에, 라울은 피식 웃었다.

"미안하지만, 이쪽도 착취당하고 있는 입장이라서 말이야. 헛되이 쓸 돈 같은 것은 단 한 푼도 없다고. 통행세라는 것을 받고 싶으면 직접 가져가 보시지."

라울은 작은 자루 형태의 전낭을 보란 듯이 던졌다 받고 있었다.

"…가져갈 수 있다면 말이야."

라울은 자신의 도발에 팔짱을 끼고 있는 사내의 눈이 순간적으로 빛을 발하는 것을 보았다. 하지만 사내는 움직이지 않았다.

"아니면 아침까지 이러고 있을 텐가? 날이 훤하게 밝아서 자네들을 발견한 사람들이 그 옷차림이 새로운 유행이라 생각하고 '꺅꺅' 소리를 질러줄 때까지? 그러기엔 조금 독창성이 부족한 게 아닐까 싶네만."

라울의 이죽거림에 복면 사내들은 발끈했다.

"저런 쳐 죽일……!"

"저 빌어먹을 XX가 죽을 줄도 모르고 짖어대기는!"
"XX가 XXX할 놈이!"
일제히 터져 나온 욕설에도 라울은 빙긋 웃을 뿐이었다.
"아, 그렇게 화내지 말게나. 내가 뭐라고 했나? 그냥 독창성이 조금 부족하다고 했을 뿐이지. 세상일은 모르는 거니까, 자네들의 그 반들반들한 머리가 사랑스럽다고 생각하는 처자도 있을지 모른다네. 그런 것에서 쾌감을 찾는 자네들은 변태가 틀림없지만."
세람은 이 자리를 모면할 방도를 모색해도 시원찮을 판에 사내들을 도발하고 있는 라울을 기가 찬다는 듯이 바라보았다. 하지만 라울은 좀 다른 이유로 당혹스러워하고 있었다. 자신의 말투가 싸가지없는 그 누군가를 생각나게 했던 것이다.
'젠장, 내 말투가 왜 이래? 파엔 놈이랑 좀 붙어 있었다고 그새 그놈의 말투가 옮았잖아?'
어쨌거나 라울은 소기의 목적을 달성했다. 발끈한 사내들이 일제히 달려들었기 때문이다.
"쳐라!"
"저 빌어먹을 잡놈의 입을 찢어버려!!"
세람은 허리의 검을 챙 하고 뽑았다. 자신의 몸 정도는 지킬 수 있다고 한 말은 거짓이 아니었지만, 이렇게 많은 숫자를 어떻게 하란 말인가?
세람은 부딪쳐 오는 검을 막으며 소리쳤다.
"대체 무슨 생각입니까, 예?!"
달려드는 복면 사내의 어깨를 베어버리고 라울을 돌아보던 세람은 눈을 크게 떴다. 달려드는 사내들에게 둘러싸인 라울의 손에 당연히 있어야 할 것, 검이 없었기 때문이다.

허전한 허리춤을 보고서야 그가 검대 채로 인력거 소년에게 줘버린 것이 기억났다.

"당신, 검이 없잖아?!"

황당했다. 검사가 검도 없이 무슨 수로 상대의 공격을 막는다는 말인가?

세람은 라울 본인도 자신에게 검이 없다는 것을 깜빡한 것이라고 생각했다.

하지만 세람의 생각과는 달리 라울은 자신에게 검이 없다는 것을 잊지 않았다. 그가 그렇게 허술했다면 그토록 수많은 전장에서 살아남을 수 없었을 것이다.

그에게 검은 있으면 편리하지만 없어도 그만인 것이었다. 그동안 그 검을 소중히 여겼던 것은 자신의 몸을 보호하는 무기여서가 아니라, 가족의 유대를 상징하는 물건이었기 때문이다. 무엇보다 그는 검사도 아니다.

그에게 달리 무기가 없다는 것을 알았는지, 접힌 형태로 가슴 안쪽에 숨겨진 애병(愛兵)이 자신의 존재를 주장하듯 웡, 하고 울렸다.

[도와줄까?]

나른하고 장난기 어린 목소리가 직접 머릿속을 울려왔다.

"어이, 어이. 나를 너무 우습게 보는 것 아냐? 무기가 없다고 저 정도를 해결하지 못한다면, 파엔 녀석에게 놀림감이 되기 십상이지. 그것만은 사양하고 싶어."

[쓸데없는 자존심을 세우긴.]

코웃음을 쳤지만 더 이상 간섭할 생각은 없어 보인다. 라울이 자신

정력제와 강도, 그리고 사기꾼

을 상징하는 것이나 다름없는 파르티잔(Partisan:넓은 양날의 창. 좌우 대칭으로 작은 돌기가 나 있는 것이 특징)을 공개할 수 없는 이유를 알기 때문이다. 게다가 본인의 말처럼 저 정도의 적을 상대로는 무기가 없다는 것이 별로 문제가 되지도 않는다.

"이야아아아! 죽어라!!"

거구의 사내가 달려와 라울의 머리를 깨부술 듯한 기세로 배틀 엑스를 내려쳤다.

"조심……!!"

자신을 향해 달려드는 사내 하나를 밀어붙인 뒤, 세람은 다급하게 소리쳤다. 하지만 무방비하게 서 있던 라울은 떨어져 내리는 도끼 날을 살짝 피하며 사내의 무릎 오금을 걷어찼다.

사내가 순간적으로 균형을 잃는 것을 노려, 옆구리와 목을 감듯이 돌려 찼다.

거구의 사내가 도끼를 내려치고, '컥!' 하는 소리와 함께 앞으로 나뒹굴기까지 소요된 시간은 불과 수초. 가까이에서 지켜본 사람들은 물론, 바닥에 엎어진 당사자까지도 무슨 일이 벌어졌는지 알 수 없을 정도로 라울의 몸놀림은 쾌속 그 자체였다.

그 광경을 눈을 부릅뜨고 지켜보고 있던 세람은 피식 웃었다. 무기가 없다는 것은 저 사내에게 별로 문제가 아닌 듯하다는 것을 뒤늦게 깨달은 것이다. 왠지 손해본 느낌이다.

라울은 쉴 새 없이 움직이고 있었다.

다른 사내가 이번에는 검을 휘두르자, 피하는 동시에 품으로 파고들어 검을 쥔 손목을 잡았다. 왼발로 상대의 무릎을 치자 균형을 잃은 사내를 강하게 끌어당겨 수도로 사내의 뒤통수를 쳤다. 사내는 풀썩 앞으로 엎어졌다.

횡, 하는 바람 소리를 내며 모닝스타가 그의 뒤통수를 노리자, 라울은 아슬아슬한 타이밍으로 주저앉았다. 모닝스타가 목표를 맞추지 못하고 그의 머리 위를 스쳐 가는 찰나, 재빨리 돌아서 모닝스타의 자루 부분을 잡았다. 모닝스타를 자신을 향해 당기면서 발로 당황하고 있는 상대의 배를 찼다. 이어 손을 휙 채찍처럼 휘두르자 거구의 사내는 포물선을 그리며 쿵! 하는 요란한 소음과 함께 바닥으로 나동그라졌다.

워 해머가 내려쳐 오자 공격 범위 밖으로 피한 뒤 복면 사내의 발을 밟고 뛰어올라 무릎으로 턱을 가격했다.

한동안 골목에는 경쾌한 구타음과 비명 소리가 연이어 들렸다. 이십 수명의 사내가 라울을 에워싸고 공격했지만, 그의 주변에는 걷어차이고 던져진 사내들이 연이어 바닥을 뒹굴고 있었고, 세람도 제법 사내들의 공격을 잘 막아내고 있었다.

그 광경을 뒤에서 지켜보고 있던 사내는 눈을 가늘게 떴다. 저들을 제압하는 데 수분도 걸리지 않을 거라고 생각했는데, 도리어 점점 밀리고 있다.

"남작께서 고작 이런 일에 친히 나를 부르셨다고 생각했더니, 제법 한가락 하는 녀석들이었군."

아무래도 자신이 마무리를 지어야겠다고 생각하며 옆에 서 있는 사내를 바라보자, 그는 가볍게 고개를 끄덕였다.

"보통이 아닙니다. 방심하지 마십시오."

대답 대신 훗, 웃은 그는 허리의 바스타드 소드(Bastard Sword: 한 손, 양손으로 모두 쓸 수 있는 자루가 긴 검)를 뽑아 들고 어슬렁어슬렁 산책이라도 가는 사람처럼 라울을 향해 다가갔다.

남겨진 사내는 그런 그의 뒷모습을 바라보다가 골목 한쪽의 움푹 들어간 곳으로 피해 있는 신관에게 시선을 주었다.

라울과 세람이 그 앞을 막아서며 신관을 보호하는 형태였지만, 싸움이 난전으로 치닫자 두 사람과 신관의 거리는 조금 떨어진 상태였다.

복면 사내는 미간을 찌푸렸다. 그는 자신들의 대장이 저 빨간 머리 사내에게 질 거라고는 생각하지 않았다. 하지만 남작은 실패에 관대하지 못한 사람이니만큼, 만일을 대비해 두는 것도 나쁠 게 없었다.

한편, 자신에게 달려든 복면 사내의 턱을 걷어차고 있던 라울은 등 뒤에서 서늘한 예기가 느껴지자 재빨리 허리를 숙였다. 날카로운 검이 간발의 차이로 그의 옷자락을 스치고 지나갔다. 뒤를 돌아보고 상대를 확인한 라울은 피식 웃었다.

"삥 뜯기, 다구리, 방심한 상대 뒤통수 후려치기까지. 골고루 하시는군. 민망하지 않으신가? 바닥에서 막 굴리기에는 과분한 검을 가지고 있는 듯싶은데."

복면 사내는 라울이 말하는 검이 자신이 들고 있는 바스타드 소드를 지칭하는 게 아니라는 것을 알아차렸다. 그는 흥미 깊은 눈으로 라울을 바라보았다.

"나의 검이 어떤 것인지 부딪쳐 보지 않고도 안단 말인가?"

"내가 아는 분이, 불이 뜨거운지 손을 데어봐야 아는 거냐고 하시더군. 자네의 검은 제법 무거울 것 같군."

라울은 바닥에 굴러다니는 검 하나를 집어 들고 일어섰다. 발경(發勁)을 쓸 각오를 한다면 맨손으로도 제압이 가능하겠지만, 저 정도의 검사에게는 역시 검으로 맞서주는 것이 예의일 것이다.

복면 사내는 눈을 가늘게 뜨고 라울을 바라보고 있었다.

"그렇고 그런 용병 나부랭이는 아닌 것 같은데, 정체가 뭐지?"
사내의 말에 라울은 재미있다는 듯이 웃었다.
"자신의 정체도 밝히지 않으면서 남의 정체를 묻는가? 안됐지만, 그렇고 그런 용병 나부랭이라네. 자네는 로페스 남작 밑에 있나?"
사내에게선 대답이 없다. 라울도 별로 대답을 기대한 것은 아니다.
"그렇다면 바라는 것은 '약'이겠지. 뭐, 나에게는 별로 쓸모도 없는 물건이니 못 줄 것도 없지. 물론 나를 이겼을 경우에."
캉!
두 사람의 검이 부딪쳤다. 라울을 노려보는 복면 사내의 눈이 차갑게 빛났다.
"좋겠지. 순순히 줄 수 없다면 힘으로 가져가는 것도."
캉, 캉!
검이 연속해서 부딪쳤다. 주위에 있던 복면 사내들이 뒤로 물러서며 두 사람이 맞붙을 수 있는 여유 공간을 확보했다. 하지만 인력거 정도만이 간신히 드나들 수 있는 약재상 뒷골목은 터무니없을 정도로 좁다.
'뭐, 불만은 없지만.'
검을 부딪쳐 상대의 실력을 가늠해 보던 라울은 자신의 눈이 틀리지 않았음을 확인했다.
'로페스인가 하는 남작보다 위야. 이 나라, 생각했던 것보다 괜찮은 검사들이 많군. 그래서 변덕쟁이 파엔 놈이 지금까지 눌러앉아 있었던 건가?'
서로 실력을 확인하는 과정이 끝나자, 두 사람은 본격적으로 상대의 급소를 노리며 검을 휘둘렀다. 복면 사내의 검이 라울의 미간을 노리면 라울은 심장을 노렸고, 라울의 검이 사내의 눈을 노리면 사내의 검은 라울의 목을 노렸다.

 피하고, 막고, 어둠 속에서도 하얀 스파크가 일어날 정도로 격렬한 검격이 이어졌다.

 라울은 검을 부딪치는 횟수가 늘어갈수록 상대방의 검끝에서 하얀 빛무리 같은 광채가 나타났다 사라지곤 하는 것을 눈치채고 있었다.

 카강! 캉! 카앙!

 강하게 맞부딪치던 검이 서로를 밀어내며 떨어져 나갔고, 복면 사내는 그 틈을 타 뒤로 물러서며 호흡을 가다듬었다. 그는 쓴웃음을 금할 수가 없었다.

 그는 이 붉은 머리 사내가 부하들과 맞붙어 싸우는 것을 봤을 때만 해도 자신이 질 것이라는 생각은 전혀 해보지 않았다. 그래서 맨손 격투가라고만 생각했던 사내가 어쭙잖게 검을 집어 들고 일어섰을 때에는 내심 비웃었다.

 맨손 격투가인 동시에 수준급 검사? 소드 마스터인 마검사만큼이나 말이 되지 않는다. 하지만 그 말이 되지 않는 존재가 눈앞에 있음에야.

 붉은 머리 사내는 그 격렬한 검격 끝에 호흡 하나 흐트러지지 않았다. 나이도 얼마 들어 보이지 않는 사내가 어떤 수련을 거쳤기에 저런 검을 손에 넣은 것일까?

 '설마하니 저놈도 파엔 엘라시스 같은 천재란 말인가?'

 복면 사내는 고개를 저었다. 파엔 엘라시스를 표현하는 함에 '천재'라는 말은 적합지 않다. 놈은 '괴물'이다.

 눈앞의 사내도 재능만 따지자면 그 파엔 엘라시스에 뒤질 것 같지 않다. 그물에 걸린 것처럼 틈을 찾을 수 없는 정묘한 검법에는 명가(名

家)의 사사(師事)를 한 흔적이 엿보였다.

누가 길러냈는지 알 수 없지만, 검술만 놓고 따진다면 그가 자신보다 위였다.

계속해서 검을 부딪쳤으나 틈을 찾을 수 없자 복면 사내는 씁쓸하게 그 사실을 인정하기로 했다.

"너의 검술이 나보다 낫다는 것을 인정하지. 하지만 이 싸움은 내가 이겼다."

복면 사내는 자신의 바스타드 소드를 위로 곧추세웠다.

이런 실력자를 만나는 것은 흔치 않으니 힘이 아니라 기량으로 꺾어 보고 싶었는데. 아쉽지만 할 수 없다. 자신은 마음 편하게 비무를 하고 있는 게 아니고, 상대의 손에 있는 물건을 무슨 일이 있더라도 받아 가야 하는 입장이다.

복면 사내의 바스타드 소드에서 하얀 실 같은 빛이 한 올, 두 올 뻗어 나와 검신을 새하얗게 물들이자 세람은 헉! 하고 숨을 들이켰다.

믿을 수 없었다. 복면 강도로 가장하고 있는 저 사내가 소드 엑스퍼트 최상급이란 말인가? 저자의 정체가 뭐기에?!

복면 사내는 하얗게 변한 검을 들고 붉은 머리 사내를 바라보았다. 기분 탓인지, 본래 자기관리가 철저한 것인지 그는 검사(劍絲)로 뒤덮인 검을 보고도 별로 놀란 것 같지 않았다.

"이것을 보면 네가 왜 나를 이길 수 없다는 것인지 알 테지? 무의미한 피를 보는 것은 바라는 바가 아니니 그만 물건을 넘겨주지 않겠나?"

뛰어난 기량을 가진 인재를 아끼는 마음에 그가 그렇게까지 말했는데도 붉은 머리 사내는 피식 웃을 뿐이었다.

"머리가 나빠선지, 왜 이길 수 없다는 건지 아직도 잘 모르겠는걸?"

복면 사내는 미간을 찌푸리며 혀를 찼다.

'어리석은……! 너의 그 기량으로 이 검을 막을 수 있을 거라고 생각한단 말이냐?'

그렇다면 보여주겠다고 생각했다, 자신의 검이 두부처럼 잘리는 광경을.

복면 사내가 라울을 향해 검을 내려쳤고, 검과 검이 부딪쳤다. 이번에는 그 어떤 금속성도 들리지 않았다.

예정된 수순처럼 반으로 잘린 검의 토막이 '쨍그랑' 소리를 내며 바닥으로 떨어져 내렸고, 사람들은 모두 숨을 쉬는 것도 잊은 채 뜨악한 얼굴로 그 광경을 지켜보고 있었다.

"미, 믿을 수가 없어! 소드 마스터(Sword Master)라니……!!"

세람의 입에서 경악성이 터져 나왔다. 그는 지금 자신의 눈을 의심하고 있었다.

부러져 떨어져 내린 것은 라울의 검이 아니라 복면 사내의 바스타드 소드였다. 라울의 검에서는 선명한 붉은색의 검기가 불꽃처럼 일렁이고 있었다.

라울은 망연자실한 얼굴로 반 토막 난 자신의 바스타드 소드를 바라보고 있는 복면 사내에게 미안한 표정을 지었다.

"토막 낼 생각까지는 없었는데, 내 검이 검기를 오래 견딜 수 있을 정도로 강도가 좋지 못해서 말이야. 아끼는 검이라면 미안하게 됐군."

약 올리는 것 같은 말이었지만, 상대가 진심이라는 것을 알아챈 복면 사내는 허탈한 듯이 어깨를 축 늘어뜨렸다.

"졌네. 설마 소드 마스터가 나타나 앞을 가로막을 줄이야. 물건은 포기하도록 하지."

"그렇게는 안 돼!!"

소리가 들려온 쪽으로 고개를 돌린 라울은 눈을 크게 떴다.

"신관님!!"

복면 사내 하나가 카신의 목에 칼을 들이대고 있었다. 모두가 라울과 복면 사내의 싸움에 정신이 팔려 있는 사이 골목 한쪽으로 피해 있던 신관을 붙잡은 모양이다. 싸움 구경에 정신이 팔려 신관을 제대로 보호하지 못한 세람이 미안하다는 듯이 라울에게 고개를 숙였다.

"무슨 짓이냐?! 그분은 에메이드의 아들이다! 감히 신의 아들에게 손을 대겠다는 말이냐?!"

"미안하지만 신앙심은 별로 없는 편이라서. 저항할 힘도 없는 신관의 목 하나 따는 것쯤은 일도 아니지. 신관의 목이 날아가는 것을 보고 싶지 않거든 물건을 주실까?"

망설이는 라울에게 붙잡혀 있는 신관이 다급하게 외쳤다.

"안 됩니다!! 그 물건을 이자들에게 넘기셔서는 무고한 희생자가 생길 뿐… 컥!"

복면 사내가 위협하듯 목에 댄 예리한 칼날을 누르자, 신관의 목에 가는 붉은색 선이 그어졌다.

"그만둬!!"

세람이 참지 못하고 소리쳤고, 라울은 실망했다는 듯이 자신과 싸웠던 복면 사내를 바라보았다.

"정당하게 이길 수 없을 것 같으면 인질을 잡아 위협하기인가? 서툴게 생겨 가지고 레퍼토리 한번 다양하군."

라울의 냉소적인 말에 복면 사내는 고개를 약간 숙였다.

"…미안하게 됐군. 하지만 이쪽도 사정이라는 것이 있어서 말이야."

라울은 한숨을 내쉬고, 품속에 손을 넣어 작은 약병처럼 보이는 것을 꺼내 들었다.

"원하는 게 이것이지? 좋다. 주지."

"라울……."

세람이 약재상 노인과의 약속을 지키지 못하게 된 것이 자못 안타까운 듯 그의 이름을 불렀지만, 라울은 미소를 지어 보였다.

"할 수 없잖아. 일단 신관님부터 구하고 봐야지. 이 약병 때문에 카신 신관님이 돌아가시기라도 한다면, 노인장은 더 슬퍼하실 거야."

세람은 말없이 고개를 끄덕였다.

"신관님을 무사히 놓아준다면 약을 주지. 그렇지 않는다면, 이 자리에서 약병을 부숴 버리겠다."

라울이 한 손에 검을, 다른 한 손에 약병을 들고 외치자, 신관을 인질로 삼고 있는 복면 사내는 신중하게 그와의 거리를 벌렸다. 상대가 소드 마스터라는 것을 안 이상, 검기를 발출할 수 있는 거리 안에 드는 것은 위험했기 때문이다.

"물건을 넘겨준다면 신관을 풀어주지. 검기를 쓸 생각은 안 하는 게 좋을 거야. 네놈의 검기가 제아무리 빠르다고 해도 내가 죽는 순간, 신관도 같이 죽게 될 테니까 말이야."

라울은 미간을 찌푸렸다.

"나는 네놈들을 믿을 수 없고, 네놈들은 나를 믿지 않겠지. 동시 교환하는 것이 어떠냐?"

라울은 신뢰를 주기 위해 들고 있던 검을 바닥에 버렸다. 복면인은 고개를 끄덕였다.

"좋겠지. 하나, 둘, 셋에 교환하지."

복면인과 라울은 약간 떨어진 거리에서 마주 보고 섰다.

"하나, 두울… 셋!"

라울의 손에서 약병이 떨어지는 것을 본 복면인이 잡고 있던 신관을 앞으로 밀었고, 다른 복면인이 그것을 잡아채 반대편으로 달렸다. 그것이 신호라도 된 것처럼 수많은 복면인들이 일제히 골목 밖으로 달렸다.

라울과 세람은 카신이 무사하다는 것을 확인하고 안도의 한숨을 내쉬었다.

"다음에는 부디 만나지 않았으면 좋겠군."

마지막으로 골목 안에 남아 있던 복면인들의 우두머리가 마지막 인사를 하듯 말했다.

"남작을 기다리는 것은 파멸뿐이야. 같이 있다가 괜히 쪽박 차지 말고 배를 갈아타는 것이 좋을걸?"

라울의 말을 악담으로 들었는지, 사내는 하하하! 하고 웃었다.

"충고 고맙군. 고려해 보지."

그 말을 끝으로 그는 일행들이 사라져 간 쪽으로 달려가 버렸다. 분한 듯이 그 뒷모습을 바라보다가 고개를 돌린 세람은 눈을 크게 떴다. 라울이 방금 전과 전혀 다른 표정을 짓고 있었기 때문이다.

차갑게 빛나는 녹색 눈은 그렇다 치고, 묘하게 비틀린 입술은 위험한 느낌의 미소를 머금고 있었다.

"권주를 마다하고 굳이 벌주를 마시겠다는데 누가 말리겠나. 사이좋게 나락으로 떨어져 보는 것도 좋겠지."

"사이좋게 나락으로 떨어지다니, 그게 무슨 말이에요?"

세람을 향해 고개를 돌린 라울이 씩 웃었다. 그를 만난 이후로 한 번도 본 적이 없는 기묘한 색기가 도는 미소였다. 그 미소를 본 순간, 영문도 알 수 없이 가슴이 철렁 내려앉았다.

"후작이 희희낙락해서 저 약을 들이키는 순간, 로페스인가 하는 작자의 출세가도는 그걸로 끝이야."

"예?! 어째서?"

"너라면 자신을 불능으로 만든 놈의 뒷배를 계속 봐주고 싶겠나? 나는 후작인가 하는 인물을 잘 모르지만, 거기까지 관대한 인물일 거라는 생각은 안 드는데?"

"불능?!"

세람이 무슨 말인지 모르겠다는 얼굴로 되묻고 있는데, 옆에서 한숨을 쉬는 소리가 들려왔다. 카신 신관이었다.

"설마 했는데, 역시 그랬군요."

"아, 눈치채고 계셨습니까?"

라울의 천연덕스러운 얼굴을 노려보던 신관은 다시 한숨을 내쉬었다.

"부족한 몸이지만, 그래도 에메이드의 아들입니다. 파이마스의 씨앗에서 알맹이만 빼내고 정제를 하면 어떤 물건이 나오는지 정도는 알고 있습니다."

라울과 신관을 번갈아 바라보던 세람이 물었다.

"어떤 물건이 나오는데요?"

"정력제."

라울이 아무렇지도 않게 대답하자, 신관은 그를 찌릿하고 노려보았다.

"그냥 정력제가 아니지 않습니까! 그것은 정력을 모조리 태워서 고

갈시키는 독약이나 마찬가지라구요!!"

세람은 헉! 하고 숨을 들이켰지만, 라울은 미소를 지을 뿐이었다. 뭐랄까, 아주 짓궂고 위험해 보이는 미소였다.

"평생에 한 번 겪을까 말까 한 뜨거운 밤을 보내게 될 텐데, 그 정도라면 나쁘지 않지요. 게다가 후작이 불능이 되면 모든 근심거리가 절로 해결되니, 이야말로 누이 좋고 매부 좋은 게 아니겠습니까?"

"어허, 어허! 멀쩡한 사람을 그렇게 만들어놓고, 잘도 그런 말을 하시는군요! 믿을 수가 없습니다!"

"그건 저도 마찬가집니다. 신관님, 인질 연기를 아주 멋들어지게 하시던 걸요?"

라울을 노려보던 카신이 갑자기 푸후후후! 웃음을 터뜨렸다. 라울도 같이 웃음을 터뜨렸다.

"아버지, 에메이드시여. 이 부족한 아들을 용서해 주십시오. 하지만 뭐, 어떻습니까? 산목숨 끊는 것도 아니고, 그냥 정력이 사라질 뿐인데요. 그 나이쯤 되면 쇠할 때도 되었다고 봅니다. 푸흡!"

도저히 의술의 신, 에메이드의 신관 입에서 나왔다고 믿기 힘든 말이었다. 하지만 라울은 함께 킬킬거리고 웃으며 '그럼요, 그럼요' 하고 맞장구를 치고 있었다.

여전히 영문을 알 수 없는 세람은 혼자만 따돌림을 당한 듯해 기분이 나빠졌다.

"저기, 누구라도 좋으니 설명을 좀 해주셨으면 좋겠는데요? 월포드 후작이 불능이 된다는 게 대체 무슨 말입니까?"

세람의 토라진 얼굴을 본 라울은 빙긋 웃었다.

"말 그대로야. 저 녀석들이 인질까지 잡아서 필사적으로 갈취해 간

약은 하룻밤 뜨거운 밤을 보내게 해주는 대가로 평생 불능을 만들어 버리는 약이거든."

"파이마스의 씨앗… 이라고 했던 가요? 그것이 정말로 그렇게 위험한 것이었습니까?"

"본래는 아니야. 하지만 저건 내가 알맹이는 써버리고, 남은 겉껍질로만 정제를 한 것이거든. 겉보기엔 별 차이가 없지만."

문득 뭔가를 깨달았다는 듯이 세람은 눈을 크게 떴다.

"그, 그럼 약재상에서 로페스 남작에게 했던 말이 대부분 사실이라는 말입니까?"

"그렇지. 사실을 말했지만 믿지 않았으니 제 무덤을 판 거지. 거기서 그냥 얌전히 포기했더라면 구원의 여지가 있었을 텐데."

"그럼, 그럼… 복면인들에게 약을 내주지 않으려고 한 것도?"

"인체에 해로운 약이니 안 주겠다는데도 놈들이 굳이 빼앗아가니 난들 어쩌겠어?"

마지막까지 멋들어지게 속여놓고, 능청스럽게 말하는 라울을 보고 세람은 할 말을 잃었다.

'악당……!!'

하지만 세람의 입에서도 풋, 하는 웃음소리가 새어 나왔다. 세 사람은 눈이 마주치자 동시에 웃음을 터뜨렸다.

"윌포드가 불능이 되는 건 확실한 겁니까?"

"약을 마시기만 한다면 백발백중. 잘은 모르지만 후작과 전하는 파벌이 다르다는 것 같던데?"

세람은 쓴웃음을 지었다.

"후작은 저의 형님이신 황태자, 에드워드 진 전하께서 보위에 오르시길 바라고 있으니, 저는 눈엣가시 같은 존재죠."

"그렇다면 마침 잘됐군."

"예?"

잘돼? 뭐가?

"후작이 불능이 된 쇼크로 두문불출하고 있을 때를 이용해서, 후작이 반대할 만한 안건들을 재빨리 통과시켜 버리면 일거양득이 아닌가?"

세람은 놀란 듯이 눈을 크게 떴다가 파안했다.

"정말 악당이군요."

"사소한 심술이지. 내가 아는 분이라면, 세상을 살아가는 지혜라고 말씀해 주셨을 거야."

짓궂게 씩 웃는 모습에 누군가의 얼굴이 겹쳐 보였다. 순간, 세람은 뒤통수를 한 방 맞은 기분이었다.

파엔 엘라시스!!

라울 에이온느라는 정체불명의 사내는 근위대장 파엔 엘라시스와 닮았던 것이다!

Chapter 5
시슬리안 아침의 풍경

추운 날이었다. 대륙 최북단에 자리잡고 있는 카린 성은 춥지 않은 날이 드문 편이기는 하지만, 오늘 바람은 특별히 더 매운 것 같다.

"시슬리안을 타는 것인가? 눈이라도 왔으면 좀 포근하기라도 했을 것을."

뺨을 스치고 지나가는 칼날 같은 바람에 고개를 들어 하늘을 올려다본 라미엘은 끌끌하고 혀를 찼다.

"이래서야 달맞이 행사를 준비하고 있는 녀석들이 고생을 좀 하겠군."

대륙의 겨울은 겨울 달인 아노아가 주도권을 잡기 시작하면서 시작된다. 특히 아노아가 처음으로 만월이 되어 모습을 드러내는 시슬리안 전후로는 날씨가 따뜻했다가도 기온이 뚝 떨어지곤 했는데, 그것을 가리켜 '시슬리안을 탄다'라고 한다.

시슬리안 아침의 풍경 187

라미엘은 바람에 파닥파닥 소리를 내며 날리는 트니에—카린 족의 전통 예복—자락을 여미며 저택으로 향했다.

언제나 간편한 무복(武服) 차림이던 그가 오늘은 예복에 해당하는 검은색 트니에를 입었다. 오늘이 시슬리안인데다가 일족의 수장인 아스카에게 축원 인사를 하러 가는 길이었기 때문이다.

호리호리한 몸을 낙낙하게 감싸고 있는 검은색 트니에 외투 자락이 잘 어울린다. 검은색 비단으로 만들어진 외투는 어떤 수나 장식도 없어 일견 밋밋해 보이지만, 움직일 때마다 천 자체에 새겨진 무늬가 언뜻언뜻 나타났다.

보통 때는 대충 질끈 묶고 있던 머리도 하나로 묶어 가지런하게 정리했다.

본래 상당한 미남이기는 했지만, 트니에를 입은 라미엘은 독특한 우아함과 기품 같은 것이 흘렀다. 그런 그를 보고 아스카는 '트니에만 입으면 색기를 풍긴다' 며 놀리곤 했다.

표표한 걸음으로 내성(內城) 문까지 온 라미엘은 눈앞을 가로막고 있는 거대한 검은색의 석문에 가볍게 한 손을 갖다 댔다.

그의 신원을 확인한 루틴 석의 성문은 그르릉 하는 소리를 내며 천천히 양쪽으로 열렸다. 그가 혼자라는 것을 알기라도 하는 것처럼 딱 한 사람이 지나갈 수 있을 정도의 공간만 열렸다.

성벽 위에는 성문을 지키는 자가 있지만, 이 문은 수동으로는 열리지 않는다. 또한 강제로는 열리지도 않는 이 문을 굳이 지키는 것은 만약의 변고를 대비해서다.

성벽 위의 문지기는 내성 안으로 들어오는 라미엘을 알아보고 인사를 건네왔다.

"아노아의 축복을 받으십시오! 엘라시스님, 아스카님께 인사가시는 길이십니까?"

"그렇다네. 추운 날에 수고가 많군. 한스, 자네도 오늘 하루 복받으시게나."

"저택으로 가시는 길이시면 저랑 동행하시지요. 저도 지금 막 임무 교대를 하고 돌아가려던 참이었습니다."

그렇게 소리친 한스는 동료 문지기에게 인수인계를 하고, 성문 위에서 훌쩍 뛰어내렸다. 10티렘이 거뜬히 넘는 높이였지만 다리가 부러지기는커녕, 퍽! 하는 마찰음도 들리지 않았다. 그는 마치 날개라도 달린 것처럼 중력을 무시하며 사뿐히 바닥으로 내려섰다.

그 모습을 보고 있던 라미엘은 미간을 찌푸리며 끌끌하고 혀를 찼다.

"웬만하면 계단으로 내려올 것이지, 철없는 10대도 아니고 웬 힘 자랑인가?"

라미엘의 면박에 덥수룩하게 산적 수염을 기른 우락부락한 체구의 사내는 멋쩍다는 듯이 머리를 긁었다.

"엘라시스님께서 먼저 가버리실까 봐요."

"먼저 가면 또 어떤가? 아리따운 아가씨도 아니고, 털이 부숭부숭한 사내놈과 동행해 봐야 즐거울 게 뭐가 있다고."

"대단하십니다. 그 연세가 되어서도 아리따운 아가씨 타령이십니까?"

한스가 질렸다는 듯이 고개를 설레설레 내젓자 라미엘은 발끈했다.

"허, 이놈 보게! 내 나이가 어때서?"

두 사람은 티격태격하며 저택으로 가는 소로에 접어들었다.

"드래곤 계곡 쪽이 심상치 않습니다."

방금 전까지의 장난기 어린 말투가 거짓말처럼 가신 목소리는 귀를 기울여야 겨우 들을 수 있을 정도로 낮고 진지했다.

"침입자인가?"

라미엘의 얼굴에서도 표정이 사라졌다. 싸늘하게 굳어진 얼굴은 감정이 없는 대리석 조각 같았다.

"몬스터 길목 쪽의 몇몇 진입로와 드래곤 계곡의 엘프 마을이 당한 것 같습니다. 지금 현재 동남쪽으로 이동하고 있습니다. 진행 방향 쪽에는 유니콘 서식지, 수인족 서식지, 드워프 마을 등이 있습니다. 제재를 가할까요?"

라미엘은 잠시 침묵했다.

"아스카님께서는……?"

"아직 모르십니다. 하지만 집사님께서는 눈치를 채고 계신 듯합니다."

"그래, 누가 쫓고 있나?"

"아이언 탑이 동원되었습니다."

카린 성의 외성(外城)에는 11개의 특수한 탑이 있고, 각각 공격과 수비, 추적 등으로 임무가 나누어져 있다. 아이언 탑은 '수비'에 속하는 '카모마일' 소속의 탑이었다.

침입자들 추적이 전담 부서인 로즈마리에 맡겨지지 않고, 수비 전문인 카모마일이 나섰다는 것이 이상하다는 듯 라미엘이 미간을 찌푸리자, 한스가 변명하듯 말했다.

"침입자들의 존재를 가장 먼저 눈치챈 것이 성문 쪽이라서 그랬던 모양입니다."

"아이언 탑의 아이들은 불러들이고, 로즈마리에 지시해서 뒤를 쫓으라고 해."

"지시는 어떻게……? 생포입니까, 죽음입니까?"

"그것을 결정하는 것은 티아 에스텔께서 하실 일이다. 시슬리안의 분위기에 찬물을 끼얹을 수는 없는 일이니, 모든 일은 시슬리안이 끝나고 난 다음이다. 그 어떤 제재도 가하지 말고, 지켜보기만 하라고 해라. 한 놈도 놓치면 안 된다는 건 말하지 않아도 그놈들이 더 잘 알고 있겠지."

예, 하고 짧게 대답한 한스는 다음 골목에서 자연스럽게 샛길로 빠졌다.

라미엘은 아무 일도 없었던 것처럼 느긋한 발걸음으로 저택으로 향했다. 하지만 그의 머리 속은 복잡했다.

'금기를 범하면 어떻게 되는 줄 알고 있으면서도 금기를 범한 자들. 루브 협곡에서 성을 거치지 않고 드래곤 계곡으로 넘어갔다는 말은 협조자가 있다는 것이겠지. 뭐가 목적이지?

저택의 정문이 보이는 위치까지 왔을 때 그는 갑자기 걸음을 멈추었다. 생각지도 못한 인물이 누군가를 기다리는 것처럼 문 앞에 서 있는 것을 발견했던 것이다.

아노아의 달빛처럼 투명한 긴 은발 머리가 바람에 어지럽게 날렸다. 레온은 라미엘을 보고도 별로 놀라지 않고 꾸벅 허리를 숙여 인사했다.

라미엘은 인상을 썼다. 본래 말이 없고 무표정한 녀석인 것은 알고 있었지만, 그렇게 걱정을 시켜놓고 아무 일도 없었다는 듯 초연한 얼굴이 밉살스러웠다.

"빌어먹을 놈!"

내뱉듯 말하자, 보랏빛 눈동자에 온기 같은 것이 살짝 스쳤다. 순식간에 나타났다 사라지긴 했지만, 그것은 이 녀석식으로 하면, '미소'라고 불릴 만한 것이었다.

레온은 다시 정중하게 꾸벅 허리를 숙였다. '그동안 심려를 끼쳐 죄송하다' 라는 의미인 듯하다. 라미엘은 한숨을 내쉬었다.

"네놈의 도깨비 같은 짓에서 일일이 의미를 읽어 내려는 헛짓거리는 예전에 포기했다. 네놈은 네가 원하는 일을 하면서밖에 살 수 없는 인간이지. …살아 있으면 됐다."

'명색이 막내 제자라는 놈이 어떻게 저렇게 애교도 없고, 붙임성도 없을까' 하고 투덜거리면서 라미엘은 그를 스쳐 저택 정문으로 다가섰다.

"…드래곤 계곡이 소란스럽습니다."

등 뒤에서 들려온 목소리에 잡았던 문고리를 놓고 뒤를 돌아보았다. 진지한 보랏빛 눈동자가 그를 바라보고 있었다.

벙어리가 아닐까 하고 의심할 정도로 말하는 것을 싫어하는 녀석이다. 어렸을 때부터 꼭 필요한 말밖에 안 했고, 관심이 없는 부분에는 무정하다 싶을 정도로 무신경한 녀석이었다. 그런 녀석이 라미엘을 불러 세워 하기 싫어하는 말까지 할 정도니, 신경이 쓰이긴 했던가 보다.

"알고 있다. 시슬리안 끝나고 보자고 했다."

그 말로 충분했는지, 녀석은 살짝 고개를 숙여 보이고는 사라졌다. 라미엘은 그 뒷모습을 바라보다가 저택의 문고리를 가볍게 두드렸다.

"어머나, 엘라시스님! 어서오세요!"

문을 열고 나온 사람은 집사인 킬렌이 아니라, 가정부인 샤펜 부인이었다.

"시슬리안을 축하하오. 아노아의 축복이 그대에게 있기를."

라미엘은 시슬리안 아침의 축하 인사를 건넸다. 샤펜 부인은 온화하게 웃으며, 그가 안으로 들어올 수 있도록 옆으로 비켜주었다.

"축하드립니다. 엘라시스님께서도 이 겨울 내내 건강하시고, 원하는 바 이루시길."

그녀도 라미엘처럼 늘 입던 드레스가 아니라 짙은 풀색의 트니에를 차려입었다. 소매 깃과 목 깃에는 짙은 색의 매화가 수놓아져 있고, 치마에는 매화 가지를 막 떠난 참새가 날고 있다.

그녀와 잘 어울리는 사랑스럽고 단아한 트니에다.

"잘 어울리는군."

라미엘이 자신의 감상을 말하자, 그녀는 '훗' 하고 웃었다.

"감사합니다. 엘라시스님도 트니에가 잘 어울리세요. 자, 들어가 보세요. 아스카님은 벽난로 쪽 지정석에 계신답니다."

좁다란 현관을 지나 아치형 문을 통해 홀로 들어서자, 방금 전까지와는 확연히 구분되는 따뜻한 공기가 그를 감쌌다. 저택의 홀은 본래 훈훈한 편이지만, 날씨가 추운 탓인지 평소보다 수배 이상 따뜻한 것처럼 느껴졌다.

아스카는 샤펜 부인이 말했던 것처럼, 그녀의 '지정석'에 있었다.

로사드의 아내였던 셀리아의 초상화가 걸려 있는 벽난로 바로 옆, 은은하게 진주 빛으로 빛나는 대합조개 형태의 세티가 아스카의 지정석이다.

아스카도 트니에를 입고 있었다.

드러난 샤림의 깃은 은색, 트니에는 청아한 느낌의 바다색이다. 옷감 전체에 걸쳐 은색의 소디스 잎과 앙증맞은 금색의 소디스 꽃이 흐드러지게 피어 있다.

머리도 높이 틀어 올려 소디스 꽃가지 모양의 긴 비녀를 꽂았다. 비녀 끝에 연결된 세 줄의 금 사슬이 흔들릴 때마다 찰랑찰랑 하는 소리가 났다.

그녀 자체가 한 송이 화사한 봄꽃 같다. 밖에는 매서운 겨울바람이 불고 있는데, 이곳 홀에는 한발 먼저 봄이 온 듯한 느낌이다.

"밖은 겨울인데, 여기는 봄이군요."

라미엘의 말에 고개를 든 아스카는 쓴웃음을 지으며, '어서 와' 하고 말했다.

"어쩐 일이십니까? 그렇게 화려한 차림을 다 하시고?"

아스카가 보다 간소하고 활동적인 옷차림을 좋아한다는 것을 알고 있는 라미엘은 그렇게 묻지 않을 수 없었다.

지금의 옷차림은 화사하고 예쁘긴 하지만, 도저히 아스카가 좋아하는 타입은 아니었다. 자잘한 진주 끈과 함께 가닥가닥 땋아서 틀어 올린 머리만 해도, 서너 시간 정도로 만들어진 작품이 아니었다. 꼼짝 않고 앉아 있는 일을 무엇보다 싫어하는 아스카가 자발적으로 저렇게 손이 많이 가는 머리를 해달라고 한다는 것은 상상하기 어려웠다.

"벌받고 있는 거야."

"예?"

라미엘이 무슨 말인지 모르겠다는 표정이자, 아스카는 자신의 발밑을 손가락으로 가리켰다. 그녀가 가리키는 대로 시선을 위쪽에서 아래쪽으로 내린 라미엘은 눈을 크게 떴다.

화려하게 치장한 아스카의 차림새와는 도무지 어울리지 않는 양동이가 그녀의 발치에 있었고, 그녀는 옷을 무릎까지 걷어 올리고 그 속에 발을 담그고 있었다. 김이 모락모락 피어오르는 것으로 봐서 양동이 속에 들어 있는 것은 뜨거운 물인 것 같았다.

"요 며칠 좀 과하게 움직였더니, 새벽에 다리가 경련을 일으켰어. 샤펜 부인이 옷이 너무 편해서 그런 거라면서 앞으로는 쭉 이 옷을 입고 있으래."

그제야 어떻게 된 영문인지 알아차린 라미엘은 웃음을 터뜨렸다.

"레나일다운 현명한 처사로군요."

"현명하긴 뭐가 현명해?! 이 머리를 하는 데 시간이 얼마나 걸린 줄 알아? 자그마치 여섯 시간 반이야. 나는 그동안 침대에 한 번 누워보지도 못하고, 여기에 묶인 것처럼 앉아서 꾸벅꾸벅 졸아야 했다고!"

"그렇게 하신 보람이 있군요. 머리가 아주 예쁘게 잘되었습니다."

아스카는 자신의 하소연에도 라미엘이 동정해 주기는커녕 계속 딴소리만 하자, 그를 찌릿하고 노려보았다.

"머리 자체만 해도 무거운데, 이렇게 보석이랑 장신구를 주렁주렁 달아놓으면 얼마나 무거운 줄 알아? 목이 다 휘어질 것 같다고."

"아, 저런."

아스카가 아무리 하소연을 해도 라미엘은 웃기만 할 뿐, 그녀의 처지를 동정해 주지 않았다. 아스카는 '칫' 하고 혀를 찼다.

"내 편은 아무도 없다니까."

"그거야 아스카님이 잘못하셨으니까 그렇죠. 산책을 리샤스 폭포까지 다녀오시는 법이 어디 있어요?"

은 쟁반에 술 주전자와 잔을 들고 들어오던 샤펜 부인이 톡 쏘듯 말했다.

"날씨가 추워지니까 조심하셔야 된다고 그렇게 말씀을 드렸는데도, 그 얼음 같은 폭포수 물에 발을 담그기까지 하셨으니 다리가 안 저리고 배겨요? 동상이 안 걸린 게 이상할 지경이에요."

아스카와 샤펜 부인을 번갈아 바라보던 라미엘이 고개를 끄덕였다.

"그건 아스카님이 잘못하셨군요. 텐 론께서도 그 폭포수 근처에서는 놀지 말라고 그렇게 당부하시지 않았습니까?"

"그러니까, 사정이 있었다고! 그리고 맨발로 물에 들어갔던 것도 아니고, 제대로 장화를 신고 있었단 말이야. 깊은 곳으로 가는 바람에 장화 속에 물이 들어간 것은 어쩔 수 없잖아."

"처음부터 그 폭포에 들어가시지 말았어야 한다고 말씀드리고 있는 거예요."

샤펜 부인이 엄하게 말하자, 아스카는 변명하는 것을 그만두고 한숨을 내쉬었다.

"그래, 그래. 내가 잘못했어. 그러니까 이 양동이만이라도 어떻게 안 될까? 이제 다리도 안 저리고, 다들 나만 보면 웃는단 말이야."

아스카의 애원에 샤펜 부인은 양동이를 힐끔 보았다.

"글쎄요. 그건 제가 결정할 수 있는 일이 아니라서요. 조금 있으면 쥴리아가 올 테니, 그때까지만이라도 그러고 계세요. 물은 아직 식지 않았지요?"

"식기는커녕, 점점 뜨거워지는 것 같아. 찜질 좋아하다가 다리가 익어버리는 것은 아닌지 모르겠어."

아스카가 우는 소리를 하자, 샤펜 부인은 미간을 살짝 찌푸리며 양동이 속에 손을 넣어보았다.

"아직 따뜻하기는 하지만, 살이 익을 정도는 아닌데요? 엄살 피우지 말고, 잠시만 더 이렇게 하고 계세요."

샤펜 부인이 그녀의 잔꾀쯤은 다 파악하고 있다는 얼굴로 말하자, 아스카는 '첫' 하고 혀를 찼다. 그녀는 발밑의 양동이를 한시바삐 치워 버리려는 계획을 포기하고, 샤펜 부인이 체스트 위에 내려놓은 술 주전자를 들었다.

"이런 상태라서 별로 폼은 안 나지만, 한잔 받아."

그녀의 말에 라미엘은 웃으며 은제 잔을 들었다. 쪼르륵 소리가 나며, 주전자에서 흘러나온 맑고 투명한 술이 잔을 채웠다.

카린 성에서는 시슬리안이 시작되는 날 아침에 찾아온 방문객에게 술을 대접하는 풍습이 있었다. 이것을 '기원(祈願)의 잔'이라고 하며, 방문객의 건강과 행복을 빌어주는 것이다.

술은 포도주나 과실주가 아닌 맑은 곡주만을 대접하며, 첫 잔에는 액막이의 의미를 겸해서 말린 소디스 꽃을 띄운다.

오렌지 빛이었던 마른 꽃이 술의 습기를 빨아들이면서 한 장 한 장 꽃잎이 풀리기 시작했다. 은은한 향기가 술잔 위를 떠돌고, 잔 속에 황금빛 꽃이 핀 것 같았다.

"라미엘, 오래오래 건강하길."

"올해도 '오래오래 건강하길'입니까? 대륙의 평균 연령으로 따져 보면 저는 충분히 오래오래 건강하게 살았습니다만? 이 나이가 되어서도 오래오래 살고 싶다고 소원을 빌면 아노아도 염치도 없는 놈이라고 하시지 않을까요?"

"무슨 소리를 하는 거야? 엘프는 천 년 가까이 살고, 드래곤은 만 년 가까이 산다잖아? 그런 것에 비하면, 라미엘은 아직 나이를 먹었다고도 할 수 없지. 걱정하지 마. 나의 소원은 효과가 있는 편이거든. 한 번

빌 때마다 10년씩 라미엘의 수명이 늘어나고 있는 중일 거야."

라미엘은 쿡쿡 웃었다.

"올해로 다섯 번째 받는 기원의 잔이니, 저의 수명은 앞으로 50년은 무사안태로군요."

옆에서 샤펜 부인이 킥킥 웃는 소리를 들으며, 그는 잔을 양손으로 받아 쭈욱 들이켰다.

곡주는 포도주처럼 후각을 자극하는 강렬한 향기는 없지만, 맑고 깊은 맛이 있다. 술이 식도를 타고 넘어간 다음에 남는 잔향이랄까, 아련한 감칠맛이 이루 말할 수 없을 정도로 좋다.

"정말 좋은 술이군요."

잔을 내려놓으며 솔직하게 감탄하자 아스카는 기분 좋게 웃었다.

"특별히 텔메르 42년산―텔메르 신전에서 제조된 42년 된 술―을 땄지. 한 잔 더 할 테야?"

"아닙니다. 그전에 저도 드릴 물건이 있지 않습니까?"

그 말에 아스카의 얼굴은 갑자기 굳어졌다.

"서, 설마, 올해도 또……?!"

라미엘은 기다렸다는 듯 품 안에서 준비해 왔던 뭔가를 꺼내 내밀었다. 아스카는 싫은 기색으로 미간을 찌푸렸지만, 받지 않을 수도 없는 물건이라 억지로 손을 내밀어 받았다.

격식을 갖춘 검은색 비단에 붉은색 색실로 매듭이 지어져 있다. 매듭을 풀어보니, 은방울꽃 모양의 장신구가 나왔다.

"어머나! 정말 사랑스러운 보요(步搖:비녀 끝을 장식하는 장신구. 걸으면 흔들린다고 보요라고 한다)군요! 엘라시스님의 감각은 정말 나무랄 데가 없으세요. 그렇게 생각하지 않으세요, 아스카님?"

옆에서 보고 있던 샤펜 부인이 선물을 받은 장본인인 아스카보다 더욱 기뻐하며 감탄했다.

아스카는 잔뜩 일그러진 얼굴로 은방울꽃 모양의 보요를 노려보다가 한숨을 푹 내쉬었다.

"라미엘의 미적 감각이야 어디 내놔도 손색이 없지. '측은지심' 쪽은 문제가 있다고 생각하지만. 라미엘, 그렇지 않아도 무거워서 목이 휘어질 것 같다고 했잖아. 이 머리 어디에 저걸 꽂으란 말이야?"

아스카가 이미 한껏 화려하게 장식된 자신의 머리를 가리키며 항의하자, 옆에서 샤펜 부인이 '호호호' 하고 웃었다.

"아스카님도. 별 걱정을 다 하시는군요. 보요를 비녀 끝에다 달지, 어디다 달겠어요? 이리 줘보세요. 자, 여기 이렇게… 어머나! 딱 맞춘 것처럼 잘 어울리시는군요!"

샤펜 부인이 거절을 용납하지 않는 기세로 은방울꽃 모양의 보요를 기어코 머리 위에 달자, 아스카는 원망스러운 눈으로 라미엘을 바라보았다.

"그래도 가능한 한 가볍게 만든 것입니다. 시슬리안에는 트니에를 입으시기 때문에 착용하실 수 있는 장신구가 한정되어 있지 않습니까. 목걸이나 팔찌는 옷자락에 묻혀 버리고, 귀걸이나 머리 장신구 정도가 다지요. 나름대로 궁리 끝에 만든 물건입니다만, 마음에 안 드십니까?"

"쓸데없는 궁리 같은 거 하지 말고, 제발 이런 것 좀 만들어 오지 말라니까. 내가 그동안 시슬리안에 받은 자잘한 장신구만 해도 궤짝으로 여덟 궤짝이 넘어. 왜 다들 시슬리안만 되면 나한테 뭔가를 떠안길 생각만 하냔 말이야? 이런 건 다 미신이라니까!"

바라얀에서는 시슬리안에 어린 여아가 리본이나 소소한 장신구 등을 받으면 길하다고 하여, 가족이나 친지가 선물하는 풍습이 있었다.

덕분에 아스카는 매년 시슬리안의 첫날 아침마다 엄청난 양의 장신구를 받곤 했다. 킬렌이나 라미엘은 말할 것도 없고, 멀리 외화벌이 나가 있는 이들조차 앙증맞은 장신구를 부쳐 온다. 그나마 선물을 하는 것은 '남자 어른'으로 정해져 있었기에 망정이지, 그렇지 않으면 시슬리안에 아스카가 받는 장신구의 양은 지금의 두 배가 되었을 것이다.

지금은 없는 아스카의 아버지, 로사드도 딸에게 장신구를 선물하는 것을 좋아했다. 자타가 공인하는 팔불출인 그는 시슬리안만 되면, 딸의 취향을 꿰뚫고 있는 집사에게 경쟁심을 불태우며 보다 예쁜 장신구를 찾아 헤매기도 했다.

'그나마 아빠가 줄 장신구는 줄었군.'

그 사실이 전혀 기쁘지 않다는 것을 깨닫고, 아스카는 라미엘에게 미소를 지어 보였다.

"어쨌거나 고마워. 소중하게 쓸게. 어렵게 선물한 거 자주자주 쓰는 게 도리겠지만, 내 경우에는 아직 한 번도 못해본 장신구도 많아서……. 그래도 라미엘이 만들어다 준 것은 참 예뻐."

사랑스럽게 방긋 웃는 그녀의 미소야말로 꽃 같다고 생각하며 라미엘과 샤펜 부인은 흐뭇한 표정을 지었다.

'시슬리안에 선물을 받는 것은 15세 미만의 어린 여자 아이뿐이니까. 앞으로 2, 3년만 지나면 받고 싶다고 해도 주지 않는 날이 오겠지.'

아스카는 그렇게 생각하며 스스로를 달래기로 했다.

게다가 호의가 담긴 선물은 어떤 것이든 기쁜 법이다. 지금은 이렇게 귀찮아하고 있어도, 시슬리안에 아무도 선물을 주지 않는다면 그것은 그것대로 섭섭할 것 같았다.

"그런데 키리엔은 어디 갔습니까? 지금쯤이면 아스카님께서 자신이 선물한 장신구를 하고 계시는 것을 흐뭇하게 감상하고 있을 줄 알았는데요. 그 사람 성격에, 아무리 바빠도 이런 날을 그냥 보낼 리는 없는데……."

라미엘의 말에 아스카의 얼굴은 다시 한 번 일그러졌고, 샤펜 부인은 웃음을 참는 표정으로 고개를 돌렸다.

"친구 사이답게 참으로 잘 알고 있군. 이게 바로, 킬렌이 선물한 '올해의 장신구' 야."

아스카는 올림 머리를 떠받치고 있는 긴 비녀를 손으로 가리켰다.

비녀는 짙푸른 색 청옥(靑玉)으로 만든 나뭇가지 형태로, 양끝에 은색의 나뭇잎과 금색의 앙증맞은 꽃이 피어 있었다. 진짜 소디스 나뭇가지가 아닌가 의심할 정도로 섬세한 솜씨였다.

"이쪽의 진주가 박힌 리본은 폴이 선물한 거고, 귀걸이는 그랜트가 선물한 거야."

머리를 올리는 데 사용된 진주가 박힌 검은 비단은 단아하면서도 기품이 있었고, 핑크빛 산호로 만든 장미꽃 모양의 귀걸이는 작고 사랑스러웠다.

아스카에게 어떤 것이 어울리는지 충분히 잘 알고 있는 사람들다운 선택이다.

"다들 동작들은 재빠르군요. 그런데 다들 선물만 하고 어디로 간 겁니까?"

"시슬리안이라고 해서 할 일이 갑자기 사라지는 것은 아니잖아. 다들 바빠. 킬렌은 망루에, 폴은 마구간에, 그랜트는 온실에 있을걸?"

라미엘은 미간을 살짝 찌푸렸다.

마구간지기인 폴이 마구간에 있는 것과 정원사인 그랜트가 온실에 있는 것은 별로 이상할 게 없지만, 집사인 킬렌이 이렇게 바쁜 시슬리안 아침에 굳이 몸소 망루까지 간 것은 뭔가 느낌이 안 좋았다.

'설마 드래곤 계곡 문제로……?'

"오늘은 내가 아니라, 킬렌을 만나러 온 거야?"

라미엘은 아스카의 질문에 심각한 표정을 재빨리 수습하고 웃어 보였다.

"당연히 아닙니다. 아스카님께 인사를 드리러 온 거지요. 키리엔이 있었으면, 겸사겸사 성인식에 관한 것을 몇 가지 물어보려고 했던 것뿐입니다."

"그러고 보니 성인식이 얼마 남지 않았군. 라미엘, 고생이 많겠어? 생초짜 데리고 귀한 금속 버려가면서 작업하고 있으려니 속에서 천불이 올라오지?"

아스카가 술을 따라주며 짓궂게 묻자, 라미엘은 쓴웃음을 지었다.

카린 성에서 '성인'이 된다는 것은, 본격적으로 '수행'을 떠날 시기가 되었다는 말과 같았다. 사정이 있으면 약간 다를 수도 있지만, 대부분의 수행자들이 성인식을 마치고 얼마 되지 않아 성을 떠난다.

이렇게 성을 떠난 이들은 스승이 부과한 과제와 성주가 부과한 과제, 무엇보다 자신이 부과한 과제를 해결하기 전에는 고향으로 돌아올 수 없다.

하지만 세상 물정 모르는 이들을 무턱대고 밖으로 내몰았다간 무슨 일이 벌어질지 모르기 때문에 성을 떠날 때 최소한의 배려, 그러니까 약간의 돈과 말, 그리고 무기를 줘서 내보내는 것이다.

무기의 경우에는 특별한 경우가 아니면 손수 만드는 것이 원칙이다. 그렇기 때문에 지금 이 시기의 대장간에는 프로의 도움을 절실히 필요로 하는 햇병아리 대장장이들이 넘쳐 나고 있을 터였다.

"재료도 대충 갖추어졌고, 원하는 기능에 대해서도 대부분 타협을 본 것 같으니 한고비 넘긴 셈입니다. 물론 아직까지도 정신 못 차리고 허황된 소리를 해서 저나 한스의 속을 뒤집는 놈들도 있기는 있습니다만."

라미엘이 술잔을 건네며 술을 따라주려고 하자, 아스카는 샤펜 부인의 눈치를 보며 손을 저었다.

"아, 나는 됐어. 곧 약을 먹어야 되거든. 쥴리아가 지금 약을 달이고 있는 중이야."

"약이라니, 무슨 약입니까?"

"감기 약."

라미엘의 얼굴이 살짝 굳어졌다. 카린 성처럼 추운 북부에서는 감기라도 우습게 볼 수 없다. 아스카의 어머니였던 셀리아도 감기가 폐렴으로 악화되어서 죽지 않았던가.

"감기에 걸리셨습니까?"

"아냐. 나는 괜찮은데, 샤펜 부인과 쥴리아의 노파심이 발동한 거야. 감기는 예방이 중요하다며, 날씨도 추워지고 했으니 먹어두는 게 좋겠다고 해서."

라미엘은 감탄했다는 듯이 샤펜 부인을 바라보며 고개를 끄덕였다.

"과연 레나일이군요. 매사에 빈틈이 없습니다."

"이봐, 왜 거기서 그런 말이 나오는 거야? 물론 나도 샤펜 부인이 빈틈이 없다는 것에는 동감이지만. 그보다 샤펜 부인, 나, 뜨거운 우유라도 좀 주면 안 될까?"

아스카가 잔에 담긴 포카주를 보고 꼴깍꼴깍하고 침을 삼키자, 샤펜 부인은 '쯧쯧' 하고 혀를 찼다.

"또 우유에다 포카주를 타서 드시게요?"

"그 정도야 괜찮잖아. 아주 조금인데. 그리고 시슬리안 아침에 술 한잔 없이 넘어간다는 것도 너무 쓸쓸하잖아."

아스카가 애원하는 얼굴로 바라보자 가정부는 마음이 약해졌다.

"일단 쥴리아가 약을 가져올 때까지 조금만 기다려 보세요. 쥴리아가 약성에 별로 문제가 없다고 하면, 그때 데워 드릴 테니까."

아스카는 아쉽다는 듯이 입맛을 다셨지만, 순순히 고개를 끄덕였다.

"성인식 무기 제작 하니까 생각나는데, 무기를 만들면서 레온 녀석만큼 라미엘의 속을 뒤집은 녀석도 없었지? 뭐라고 했더라? 날만 잘 들면 된다고 했던가?"

아스카가 문득 생각났다는 듯이 말하자, 라미엘은 쓴웃음을 지었다.

"그런 말이나 했으면 다행이게요. '아무거나'라고 했습니다, 아무거나."

아스카는 까르르 웃음을 터뜨렸다. 바로 그때, 쥴리아가 홀 안으로 들어왔다.

"무슨 즐거운 얘기를 하고 계세요? 웃음소리가 현관까지… 어라? 엘라시스님께서 와 계셨군요. 엘라시스님, 시슬리안 축하드립니다. 아노아의 축복을 받으세요."

"그래, 너도 축하한다. 건강하고 원하는 바 이루기를."

축언을 주고받은 쥴리아는 김이 모락모락 피어오르는 약그릇을 아스카에게 건넸다.

"신년회가 끝나고 나면 되도록 빨리 날을 잡아 동대륙에 다녀와야겠어요. 자비초(紫翡草)의 비축량이 생각보다 많이 부족하네요. 이래서야 겨울을 넘기기 힘들겠어요."

약그릇 속에서 찰랑거리고 있는 검은 액체를 원수처럼 노려보던 아스카는 빨리 해치워 버리는 쪽이 고통도 적다고 생각했는지 벌컥벌컥, 단번에 들이켰다.

"아, 써~ 자비초를 구하러 동대륙까지 건너간단 말이야? 티오렌—서대륙 남부의 제국—쪽에 커다란 약재상이 서는 것으로 알고 있는데, 그냥 거기서 구하면 안 되나?"

"구할 수야 있지만 가격이 너무 비싸요. 자비초는 서대륙에서 자생하는 곳이 별로 없거든요. 게다가 상대적으로 잘 알려지지 않은 약초라서 수요도 적어서, 별로 좋은 물건이 없어요. 시다하에서는 2, 30년 자비초 같은 것은 말 그대로 굴러다니는데."

"시다하에는 파엔이 있잖아. 직접 갈 것 없이 파엔에게 연락해서 사서 부치라고 하면 안 돼?"

"음, 그건 좀……. 파엔 녀석은 흥정은 나무랄 데가 없지만, 약초를 보는 눈이 없어서요. 그래도 속아서 사는 일은 없을 거라고 생각하지만, 이번에 가면 2, 30년짜리가 아니라 좀 좋은 걸 사오고 싶거든요."

아스카는 좋을 대로 하라는 듯이 고개를 끄덕였다.

"그보다 저기, 시키는 대로 약도 먹고 했으니까 나, 포카주 한 잔만 마시면 안 될까? 우유에 타서 조금만 마실 건데."

바라는 게 있는 아스카는 눈을 반짝반짝 빛내며 간절한 표정으로 줄리아를 올려다보았다. 그 사랑스러운 표정에 맛이 가버린 줄리아는 못 참겠다는 듯이 아스카를 덥석 끌어안았다.

"아우, 귀여워!! 누굴 닮아서 이렇게 귀여울까!!"

라며, 뺨을 비벼대고 있는 쥴리아는 겉은 멀쩡한 처자라도 속은 영락없는 아저씨다.

로사드와 킬렌에 이어 '아스카 팔불출' 로 불릴 만하다고 생각하며, 라미엘과 샤펜 부인은 쓴웃음을 지었다.

"참, 두 사람, 오늘 아침에 다른 예정은 없지? 조금 있으면 떡이 다 쪄질 거라고 하니까, 떡도 먹고 아침도 들고 가."

우유에 포카주를 섞어 마시는 것을 허락받은 아스카는 희희낙락해서 말했다.

"아, 달맞이 떡입니까? 왠지 시슬리안 기분이 나는데요?"

시슬리안에 15세 미만의 어린아이가 있는 집에서는 달맞이 떡을 했다. 떡 속에 들어가는 재료는 각기 다르지만, 기본적으로 곱게 빻은 쌀가루와 세이프리아 꽃, 아모이에스 열매로 만든 조림 등은 빠지지 않고 들어간다.

아스카가 아무리 좋아한다고 해도 시슬리안 아침에 매운탕을 할 리가 없다는 것을 잘 알고 있는 라미엘은 식사 초대에 기쁘게 응했지만, 쥴리아는 고개를 저었다.

"달맞이 떡은 맛보고 갈 수 있을 것 같지만, 아침 식사는 무리일 것 같아요. 몇 가지 부족한 약재들이 있어서 더 늦기 전에 구하러 가야 할 것 같거든요."

포카주와 꿀이 들어간 뜨거운 우유를 '후후' 불어 마시던 아스카는 그 말에 고개를 들었다.

"뭐가 없기에 그래? 그래도 웬만하면 아침은 들고 가지?"

"저도 그러고 싶지만, 파요트 나무는 찾기가 어려워서요. 겨울 해는

짧고, 드래곤 계곡은 지나치게 넓잖아요. 빈손으로 돌아오지 않으려면 좀 서둘러서 출발하는 게 좋을 것 같아요."

파요트 나무는 잎이 지는 떨기나무로 5월에 꽃이 피고, 7, 8월에 열매를 맺는다. 약으로 쓰는 것은 줄기와 잔가지인데 골절이나 관절염, 아스카처럼 갑자기 다리가 저릴 때에도 탁월한 효능을 발휘했다.

"쥴리아, 파요트 나무라면 당장은 찾으러 가지 않아도 될 것 같아."

샤펜 부인이 문득 생각났다는 듯이 허리에 두른 하얀 앞치마 주머니 속에서 뭔가를 꺼내 들었다. 검은 천을 풀자 갈색의 나뭇가지 같은 것이 나왔다.

"이거, 파요트 나무 맞지?"

샤펜 부인의 손에서 갑자기 나타난 약재를 보고 쥴리아는 눈을 크게 떴다.

"이거 어디서 나셨어요?"

파요트 나무는 근처에서는 자라지 않는 나무다. 새벽부터 시슬리안 준비에 정신없이 바빴을 샤펜 부인이 무슨 수로 이걸 구해온 걸까?

"떡을 만들려고 땅에 묻어둔 아모이에스 조림통을 가지러 가봤더니, 그 위에 있었어."

가정부의 설명에 쥴리아는 이해할 수 없다는 표정을 지었다.

"이게 왜 거기에 있죠?"

"누군가가 가져다 놓은 것 같아. 아스카님이 다리가 저릴 것을 아는 '누군가' 겠지."

빙긋이 미소 짓는 샤펜 부인은 그 '누군가' 의 정체를 이미 아는 듯한 얼굴이었다.

쥴리아 역시 짐작 가는 사람이 있었다. 파요트 나뭇가지를 싸고 있는 검은 천이 낯설지 않았던 것이다. 그녀는 '첫' 하고 혀를 찼다.
"여하튼 아스카님에 한해서라면 귀신같은 감을 가졌다니까."
감탄인지, 불평인지 알 수 없는 그 말에 라미엘은 슬그머니 미소가 삐져 나왔다.
무뚝뚝한 막내 제자 녀석이 시슬리안 아침에 저택 주변을 어슬렁거리고 있었던 이유를 알았기 때문이다. 문득 아스카도 알까 하는 생각이 들어 돌아보다가 짙푸른 눈동자와 눈이 마주쳤다.
차분하게 가라앉은 보석 같은 푸른 눈은 '다 알고 있다'고 말하며 미소 짓고 있었다. 그 넉넉함은 텐 론, 로사드의 그것과 닮아 있었다. 그것은 가족을 위해 거친 바람을 마주할 각오가 된 가장의 눈이었다.
아주 짧은 한순간이었지만 라미엘은 아스카의 변화를, 그녀가 성주로서 그들 모두를 포용할 각오를 다졌다는 것을 알아차렸다.
오랜 수련으로 단련된 평정심을 흐트러뜨리고 가슴속에 기쁨의 파문이 일었다. 왠지 모르게 눈시울이 뜨거워졌다.
이날은 그의 생에서 가장 특별한 시슬리안 아침이었다.

카린 성에서 바다를 건너 멀리 떨어진 사다하의 수도, 다린에도 시슬리안의 아침 해가 밝았다. 팔론 거리에 있는 파엔의 집에서도 파엔과 라울이 시슬리안을 축하하는 '기원의 잔'을 주고받고 있었다.
"네놈의 경우에는 이런 축복을 해주는 것이 과연 옳은 일인가를 생각하게 된다마는, 어쨌거나 네놈이 원하는 대로 바라얀의 국경수비대에 자리를 구하길 빌어주마."
제블린에서 직수입한 고급 포카주를 따라주며 라울이 말하자, 파엔은 '카카카' 하고 웃었다.

"뭔 사설이 그리 길어? 내가 원하는 일이 옳은 일이지. 어쨌거나 고 맙군. 네놈도 줄리아, 그 마녀랑 어서어서 결혼해서 자유로운 인생 종 치기를 빌어주마."

덕담을 가장한 악담에 라울은 '흥' 하고 코웃음을 치며 잔을 기울였 다. 술 위에 떠우는 황금빛 소디스 꽃이 없다는 것이 조금 아쉽지만, 질 좋은 포카주는 기분 좋게 혀에 감긴다.

"집사의 말을 들으니 새벽이 지나서야 들어왔다고 하던데, 그 시간 까지 뭘 했냐? 다른 놈 같으면 어련히 여자를 만나고 있겠거니 생각하 겠지만, 다름 아닌 네놈이 그럴 리도 없고. 설마, 그때까지 길을 몰라 서 헤매고 있었던 것은 아닐 테지?"

라울이 방향치라는 것을 잘 알고 있는 파엔은 놀리듯 물었다. 라울 은 쓴웃음을 지었다.

"그럴 뻔했지만, 좋은 안내인을 만나서 다행히 그 신세는 면했지."

"흠? 그거, 유감이군."

파엔이 라울의 잔에 다시 술을 채워주고 있을 때, 정중한 노크 소리 와 함께 집사가 들어왔다.

"주인님, 떡이 다 쪄졌다고 하는데, 이곳으로 가져오게 할까요?"

"아, 그래. 마침 배가 고팠는데 잘됐군."

집사가 파엔 앞으로 온 우편물을 테이블 위에 올려놓고 나가자, 라 울은 미간을 찌푸렸다.

"떡이라니, 설마 달맞이 떡은 아니겠지?"

"시슬리안에 달맞이 떡 말고 다른 떡을 하는 것 봤어?"

대수롭지 않게 대꾸하는 파엔을 보고 라울은 어이가 없었다.

"달맞이 떡은 집안에 15세 미만의 어린아이가 있을 경우에나 하는 거야! 네가 나이 어린 동생이 있냐, 아니면 자식이 있냐?"

"그게 무슨 상관이야? 내가 먹고 싶으면 하는 거지. 성에 있을 때는 시슬리안만 되면 달맞이 떡을 먹었잖아. 그래서인지 달맞이 떡이 없으면 시슬리안인 것 같지 않단 말이야."

독신인 근위대장이 시슬리안에 달맞이 떡을 한다는 것을 알려지면 이런저런 억측과 소문들이 난무할 텐데, 남들 눈을 신경 쓰지 않는 것은 여전하다.

파엔은 집사가 가져온 우편물들을 대충 뜯어서 훑어보는 중이었다. 신경을 쓰지 않고 내버려 둔 탓인지, 그동안 밀린 우편물의 양이 상당하다. 시기가 시기인 탓인지, 우편물은 시슬리안에 열리는 파티 초대장이 대부분이었다. 파엔은 짜증이 났다.

"젠장! 오라는 연락은 안 오고! 할 짓 없는 사람들도 쎘군. 근위대장 짓도 그만둔 마당에, 내가 이런 쓸데없는 파티에 참석할 것 같아? 얼씨구? 엘리스 리벨 공작까지?"

라울은 파엔이 내팽개친 초대장 중의 하나를 집어 들어 읽어보았다. 공작가의 문장이 찍힌 그것은 황궁에서 시슬리안 축하 파티가 열리니 참석하라는 내용이었다.

"그래도 일단은 가보는 게 좋을 것 같은데?"

라울의 말에 파엔은 코웃음도 안 쳤다.

"내가 미쳤냐?"

"공작도 하고 싶은 말이 있을 테고, 우리 사정이 어쨌든 간에 설명도 없이 일방적으로 사표를 던지고 나오는 것은 그간의 정리를 생각해 봐도 도리가 아니잖아?"

"공작에게는 고용 전에, 내가 언제든지 그만둘 수 있다고 분명히 경고했어. 공작이 내 말을 믿지 않았던 것은 내 탓이 아니야. 그리고 나는 돈을 받는 만큼의 일을 했어. 더 이상 남겨진 정리는 없다고 생각하는데?"

라울이 뭔가 말하려고 했을 때, 달맞이 떡이 운반되어 왔다.

갓 쪄낸 달맞이 떡에서는 뜨거운 김이 피어올랐다. 부슬부슬한 떡 사이사이로 잘게 부스러진 세이프리아 꽃 조각과 아모이에스 조림, 말린 견과류 등이 삐죽이 고개를 내밀고 있었다.

"배고프다. 일단 먹고 해."

파엔의 제안에 동의한 라울은 자신 앞에 놓여진 떡을 한 입 크기로 썰어 입에 넣었다.

부슬부슬한 떡의 촉감, 미묘하게 전해지는 쌀 특유의 단맛, 아모이에스와 견과류의 쫄깃쫄깃한 상쾌함과 아련한 꽃향기.

라울은 파엔이 아니기 때문에, 고향을 떠난 이후엔 달맞이 떡을 먹어보지 못했다. 그래서일까? 달맞이 떡을 먹고 있으려니 이전과 비교할 수 없을 정도로 향수가 밀려왔다.

"아스카님도 지금쯤 떡을 드시고 계시겠지?"

"아마도. 지금쯤이면 내가 보낸 모자와 브로치 세트도 받으셨겠지. 텐 론과 킬렌 사이에서는 스파크가 튀고 있겠군. 올해는 누가 선물한 장신구가 아스카님 마음에 드셨을 것 같냐?"

카린 성에서는 매년 이때가 되면 '누가 선물한 장신구가 아스카의 마음에 드는가?'를 두고 킬렌과 텐 론 사이에 보이지 않는 신경전이 벌어지곤 했다.

"앗! 깜빡했다!!"

"뭘?"

"밥 먹기 전에 아스카님과 줄리아 앞으로 선물을 보내야 해."

라울의 말에 파엔은 의외라는 듯이 눈썹을 치켜 올렸다.

"뭐야? 아직 안 보냈어?"

라울은 어깨를 으쓱했다.

"시슬리안이라는 것을 깜빡했거든. 부랴부랴 선물을 사 들고 뛰어와 보니, 운반을 부탁할 마법사가 없더군."

마법진을 통해 카린 성으로 물건을 보내는 것은 반드시 카린 일족의 마법사를 통해서라야만 한다. 왕국 단위도 아니고, 대륙을 잇고 있는 마법진 자체가 극비에 속하기 때문이다.

"알았어. 이것만 먹고 해주지. 그런데 뭘 샀냐?"

"보면 알아. 난 그보다 신경 쓰이는 것이 있는데……."

"뭐가?"

"아니, 어제 '명부(名簿)'를 확인해 봤거든. 기한을 맞춰서 돌아갈 수 있을지는 알 수 없지만, 어쨌든 신년회에 돌아가게 되면 아스카님이 보자고 하실 것 같아서 말이야. 넌 얼마나 채웠냐? 난 반도 못 채워서 걱정이야."

라울이 한숨을 내쉬며 말하자, 파엔은 미간을 찌푸렸다. 그가 무슨 말을 하고 있는지 알아들을 수가 없었기 때문이다. 그는 씹고 있던 떡을 꿀꺽 삼키고 물었다.

"명부라니, 무슨 명부?"

"아스카님 신랑감 명단이 적힌 명부."

설명을 해주었는데도 도저히 알아들은 얼굴이 아니자, 라울은 자신의 방에서 제법 두꺼워 보이는 검은색 책자 하나를 들고 와 보여주었다. 표지에는 '아스카님 신랑감 명단'이라는 제목이 쓰여 있고, 아래

쪽에는 '라울 에이온느 추천'이라고 쓰여 있다.

"애향회 놈들에게 이런 거 안 받았어?"

"받기야 받았지만, 그거 꼭 채울 필요가 있나? 너도 알다시피, 신랑감을 구하는 것 자체가 무리인데. 텐 론이나 킬렌, 아버지의 눈에 들지도 않는 이름을 적어 갔다간 무슨 낭패를 어떻게 당하려고?"

"그래서 얼마나 채웠어?"

"채우기는 뭘 채워? 백지야."

라울은 입을 딱 벌렸다.

"간이 배 밖으로 나왔군! 아스카님이 아무 이유도 없이 이 비싼 종이를 낭비해 가며, 이런 책자를 돌렸다고 생각하나? 현실성이 있고 없고는 나중 문제야. 이 두꺼운 책을 텅텅 비워서 가봐라. 성의가 넘친다고 집사님부터가 아주 좋아하실걸?"

파엔은 움찔했다. 스승이자 저택의 집사인 킬렌의 꼬장꼬장한 얼굴을 떠올리자, 비로소 문제가 심각하게 느껴지기 시작했다.

아스카에 대해서라면 텐 론에 비견될 정도로 팔불출인 킬렌이 '백지 명단' 같은 것을 묵과할 리가 없다. 게다가 이번 신년회는 뭔가 이해하기 어려운 점이 많았다.

수행자들을 갑작스럽게 소집하는 이유가 뭘까? 3백 년 문제도 물론 있겠지만, 파엔이 아는 빈틈없는 성격의 텐 론이라면, 일족을 구속하고 있던 봉문이 풀리기 이전에 차대인 아스카의 섀도우 문제를 마무리 지을 확률이 높았다.

신년회는 축제 이전에 수행자들의 '중간 평가' 같은 것이 되는 것이다. 그런 상황에서 백지인 명단을 내민다는 것을 뭘 의미하는가?

'으아아악!! 아스카님의 섀도우가 되기 싫다고 발악하는 것과 마찬

가지잖아?!'

파엔의 얼굴에서 핏기가 가셨다.

그는 아스카의 섀도우가 되고 싶었다. 반드시, 무슨 일이 있어도.

하지만 그렇게 생각하고 있는 사람은 그 혼자만이 아니다. 주위에는 결코 만만히 볼 수 없는 경쟁자들이 득시글거린다.

휙 하고 떠오르는 얼굴만 꼽아봐도 사형인 에롬 웨스, 마녀 쥴리아, 지금 눈앞에 있는 라울도 경쟁자다. 무엇보다 그 빌어먹을 레온이 있다. 레온 헤렌다인……!

긴 은발에 조각처럼 무표정한 얼굴을 떠올리자 파엔은 저도 모르게 '빠드득' 하고 이를 갈았다.

"그것 좀 보여줘."

라울에게 뺏다시피 해서 명부를 건네 받은 파엔은 '촤라락' 하고 명부를 넘겨 보았다.

적당히 낡고 닳아 있는 명부는 서랍 안에서 먼지만 쌓여 있는 자신의 명부와는 달리 저 뒷페이지까지 추천한 인물과 그에 대한 설명이 꼼꼼하고, 자세하게 쓰여 있었다.

'이 자식이……! 적당한 인물이 없다고 할 때는 언제고, 이렇게 많은 이름을… 어, 어라? 이건……?!'

난폭하게 책장을 넘기던 파엔의 손이 어느 한 페이지에 가서 딱 멈췄다.

"너, 제블린의 샴 이름까지 썼잖아?!"

"그게 뭐 어때서?"

"나이 차가 스무 살 가까이나 나잖아!! 아니, 아니, 나이 차는 접어두고라도, 그런 피에 미친 악마 같은 놈이 아스카님과 어울린다고 생각하냐?"

제블린에 있을 때 제법 호감을 가졌던 인물이기에, '피에 미친 악마' 운운하며 매도하는 파엔의 말이 귀에 거슬렸다. 하지만 자신 역시 샴이 아스카의 신랑감으로 적합하다고 생각해 본 적은 없었기에 그 말을 반박할 수 없었다.

"그러니까 순위가 그렇게 안 높잖아."

무슨 문제냐는 식으로 태연하게 말하는 라울을 보자, 당사자도 아닌 파엔은 열이 뻗쳤다.

"이 자식아! 그런 문제가 아니잖아!! 이 명부에 이름이 올랐다는 것은, 일단 아스카님의 신랑 후보감으로 네놈이 추천을 한다는 말이야. 책임을 져야 할 것 아냐?!"

"나는 성실하게 사실만을 기록한 것으로 책임을 다했다고 봐. 판단은 내가 아니라 텐 론과 아스카님이 하실 일이지. 내가 흰 눈으로 노려보지 않아도, 후보들을 가차없이 떨궈낼 사람은 얼마든지 있잖아. 이 명부의 의의는 실현 가능성이 아니라, 성의에 있다고. 피에 미친 악마든 어쨌든 왕국의 왕이고, 미남에다 부자야. 내가 겪어본 바로 성격도 나쁘지 않았고. 조건 자체는 나쁠 게 없잖아?"

"유부남이잖아! 제블린은 일부다처제니까 부인이 벌써 열둘은 되겠네."

파엔의 빈정거림에 라울은 피식 웃었다.

"유부남 아니야."

"뭐?!"

"유부남이라면 내가 미쳤다고 거기 넣었겠냐? 텐 론에게 죽으려고? 제블린의 레오드샴, '아마르 카인 레 뤼카'는 현재 미혼이야. 황자 시절에 정략 결혼한 부인이 있기는 했는데, 왕위를 차지하는 과정에서 죽었어. 이후로는 부인이 없어. 물론 첩도 없고. 그래도 다른 샴들처럼 하렘을 거느리고 있고, 애인 정도야 있지만 어떤 여자하고든지 결혼하고 싶은 생각은 별로 없는 것 같더군. 그렇지 않겠냐? 자신과 나이 차도 별로 나지 않는 계모 때문에 죽을 뻔한 게 몇 번인데."

"흐음……."

'피를 뒤집어 쓴 황제'라고 불리는 제블린의 '레오드샴'에게는 파엔도 흥미가 있었다. 하지만 지금은 그런 것에 정신을 팔고 있을 때가 아니다.

"…나, 어떡하지?"

먼지를 뒤집어썼다는 것만 빼면, 처음 받았을 때와 전혀 다름이 없는 자신의 명부를 떠올리자 눈앞이 캄캄해진다.

파엔의 암담한 얼굴을 본 라울은 혀를 찼다.

"할 수 없잖아. 늦었지만 지금이라도 채우는 수밖에."

라울은 파엔이 내팽개친 초대장 중의 하나를 집어 들며 씩 웃었다.

"마침 적당한 기회도 생겼고."

라울이 집어 든 것은 엘리스 리벨 공작의 문장이 찍힌 황실의 시슬리안 전야제 파티 초대장이었다.

Chapter 6
이종족들의 방문

카린 성의 성벽에서 펄럭이고 있는 검은색의 깃발을 본 드워프는 검은 옷을 입고 오길 잘했다고 생각했다. 드워프들이 죽음을 애도하는 방식은 인간과 많이 다르지만, 그들이 가는 곳은 인간의 성이고 개인적으로 친분이 있기도 했기 때문에 인간 식으로 예의를 차린 것이다.

드워프와 그 일행을 맞이한 저택의 집사와 가정부는 내심 당혹감을 감추지 못하고 있었다.

집사인 킬렌은 검은색의 옷을 입고 있었지만, 그것은 상복이 아니라 일족의 예복인 트니에였다. 그들은 자신들의 주인인 어린 아가씨를 위해서 애도의 기간을 줄이기로 합의를 봤고, 더 이상 상복을 입지 않는다. 더군다나 오늘은 큰 명절인 시슬리안이다.

드워프의 어깨 너머로 검은 머리 엘프와 투명한 백발을 가진 소년의 존재를 확인한 샤펜 부인은 미미하게 얼굴을 굳혔지만, 노련한 집사인 킬렌은 자신의 감정을 조금도 드러내지 않았다.

"어서 오십시오. 오래간만에 오셨군요."

"큰일이 있었다더군. 소식은 들었으나 도리어 폐가 될까 발걸음을 자제했네."

드워프가 정중하게 말하자, 같이 온 엘프가 믿을 수 없다는 듯이 눈을 크게 떴다. 그런 반응에 드워프는 내심 '흥' 하고 코웃음을 쳤.

알게 뭐란 말인가. 자신도 해야겠다고 생각하면 그럴듯한 위로의 말 한마디 정도는 할 수 있다.

킬렌은 빙긋이 웃으며 그들을 집 안으로 안내했다.

"추운 날씨에 오시느라 수고 많으셨습니다. 공교롭게도 저희 티아에스텔께서는 자리에 안 계십니다만 그렇게 멀리 나가신 것은 아니니, 홀에서 포카주라도 한잔하시면서 기다리시겠습니까? 마침 텔메르 42년산이 있습니다만."

'텔메르 42년산'이라는 말에 드워프는 자신이 처한 상황도 잊고 침이 넘어갔다.

"그거, 좋지!"

킬렌이 그들을 홀로 안내하는 동안, 샤펜 부인은 니켈란 탑—카린 성의 11개 외탑(外塔) 중의 하나—소속의 애향회 요원을 만나고 있었다. 니켈란 탑에는 카린 성의 후문이 있고, 드워프와 그 일행들은 그 후문을 통해 성안으로 들어왔다.

"용서해 주십시오. 시간을 끌고자 했으나 여의치 않았습니다. 상황이 상황인지라 저들을 자극하지 않는 게 좋겠다고 판단했습니다."

드워프와 엘프의 심각한 얼굴을 봐서 시슬리안 축하 때문에 온 것은 아닌 것 같다고 생각하던 샤펜 부인은 그 말에 눈을 크게 떴다.

"그게 무슨 말인가요? 상황이 상황이라니?"

"드래곤 계곡에 침입자가 있습니다. 엘프 마을이 당했고, 유니콘 서식지도 당한 듯싶습니다. 로즈마리에 은밀하게 동원령이 떨어졌습니다."

샤펜 부인은 입을 딱 벌렸다.

"뭐예요?! 세상에……!! 그 사실을 누가 알고 있죠?"

"집사님과 엘라시스님께서 알고 계십니다."

샤펜 부인은 이런 중요한 사실을 자신에게만 말해주지 않은 두 남자에게 화가 났다.

"엘라시스님께서 시슬리안의 분위기에 찬물을 끼얹지 말라고 하셨습니다. 일단 저들이 빠져나갈 수 없도록 그물을 펼쳐 놓은 상태이니, 시슬리안이 끝난 다음에… 그렇게 생각하셨던 것 같습니다. 피해를 입은 저들, 이종족들이 이렇게 빨리 움직이리라고는 미처 생각지 못했습니다."

샤펜 부인은 한숨을 내쉬었다.

킬렌과 라미엘의 기분을 모르는 바는 아니다. 텐 론, 로사드가 죽고 처음 맞이하는 시슬리안이다. 겉보기에는 달라진 것이 없는 것처럼 보이지만, 다들 가슴속에는 시린 바람 소리가 나고 있으리라. 그렇기 때문에 더 더욱 시슬리안만큼은 근심, 걱정없이 명절답게 보내게 해주고 싶었을 것이다. 그들의 어린 티아 에스텔, 아스카를 위해서.

고개를 들어 내성 문 쪽으로 시선을 주었더니, 라미엘이 쏜살같이 달려오고 있는 모습이 보였다.

"이종족들이 후문을 통과한 직후, 엘라시스님께 전갈을 보냈습니다."

애향회 요원의 말에 샤펜 부인은 고개를 끄덕였다.

거의 눈에 보이지도 않는 빠르기로 달려온 라미엘은 딱딱하게 굳어진 얼굴로 샤펜 부인을 바라보았다.

"이종족들이 후문을 통해서 들어오다니, 이게 무슨 말이오?!"

"드래곤 계곡의 침입자 문제로 온 것 같아요. 지금 킬렌이 홀로 안내해서 들어갔어요."

"이런……!!"

당황한 표정으로 입술을 깨물던 라미엘은 뭔가를 뒤늦게 깨달은 표정으로 고개를 홱 돌렸다.

"침입자에 대한 것은 어떻게 알았소?"

"이종족들이 침입자에 대한 것을 따지러 온 마당에, 내가 아직도 그것을 몰라야 하나요?"

샤펜 부인이 뾰족하게 쏘아붙이자, 라미엘은 흠칫했다.

"아니, 내 말은 그런 것이 아니라……."

보기 드물게 라미엘이 당황하는 모습을 보고 샤펜 부인은 긴 한숨을 내쉬었다.

"당신들 남자들은 왜 그리도 바보 같아요? 적어도 마음의 준비는 하고 있을 수 있게 해줘야 하잖아요."

그 말이 완곡한 용서의 표현이라는 것을 알아차린 라미엘은 안도의 한숨을 내쉬었다. 상대가 라미엘이 아니라 킬렌이었다면 한참 더 당했을 테지만, 그는 지금 다른 이종족들과 홀 안에 있다.

"아스카님은 어디 계시오?"

"하웰님—그랜트를 말함—께 가셨어요."

라미엘은 그의 명을 기다리듯 서 있는 애향회 요원에게 아스카를 불러오도록 시켰다. 그러자 샤펜 부인이 덧붙였다.

"침입자에 관한 얘기는 일절 하지 말고, 드워프인 투르파께서 저택에 와 계신다고만 전하세요."

애향회 요원이 그랜트의 작업실을 향해 달려가자, 라미엘은 불안한 얼굴로 샤펜 부인을 바라보았다.

"괜찮겠소? 차라리 미리 언질을 드리는 편이 낫지 않을까?"

라미엘이 아스카의 심장에 관한 얘기를 하고 있다는 것을 알아차린 샤펜 부인은 내심 코웃음을 쳤다.

아스카는 어디 한구석 건강한 곳이 없긴 해도, 심장만은 튼튼하다. 그것도 웬만한 사내는 감히 따라올 수 없을 정도로 강심장이다.

샤펜 부인은 보지 않아도 알 수 있었다. 드래곤 계곡의 소식을 듣는다면 그들의 아가씨는 불같이 화를 낼지언정, 절대 힘없이 쓰러지거나 하지는 않을 것이란 것을.

그녀의 어머니인 셀리아도 그랬지만, 아스카도 화를 내는 모습이 특히 아름답다. 그런 구경거리를 놓치는 것은 손해였다. 하지만 샤펜 부인은 그런 속내를 밝히지 않았다.

"혹시 알 수 없으니 쥴리아를 불러두도록 하죠."

그런 중요한 사실을 숨긴 것에 대한 가벼운 심술이다. 어디 한번 실컷 가슴을 졸여보라지.

사정을 들으면 쥴리아는 희희낙락해서 달려올 것이다, 보기 드문 구경거리를 기대하며.

아스카는 마호가니(Mahogany : 멀구슬나뭇과의 상록교목. 목재는 붉은 갈색이나 검은 갈색이며, 단단하고 윤기가 있다)로 만들어진 혼례용 함(Bridal

Chest)을 보고 있었다.

　카쏘네(Cassone)라고도 불리는 혼례용 함은, 신부의 침구 용품을 보관하기 위한 용도로 쓰인다. 크기는 160에서 180티노트 정도의 길이에, 45티노트 정도의 높이. 별로 크지 않다.

　최근에는 훨씬 크고 편리한 하이보이(Highboy:침실용의 다리가 높은 옷장, 2층 장) 같은 것들이 유행한다. 그래서 동대륙에서는 이제 그다지 중요하게 여기지 않지만 서대륙, 특히 바라얀에서는 아직도 중요한 혼수 용품 가운데 하나다.

　혼례용 함은 마호가니 특유의 붉은빛이 도는 표면에 은은한 광택이 돌 정도로 매끈하게 손질되어 있었다. 직사각형 형태의 상자 사면에는 돌아가면서 인연, 풍요, 다복, 용기를 뜻하는 신들이 섬세한 솜씨로 상감되어 있고, 뚜껑인 윗부분에 사랑의 신과 더불어 겨울 달이자 신부를 의미하는 아노아가 새겨진 걸로 봐서 혼례함의 주인은 겨울 신부인가 보다.

　경첩 부분과 모서리, 손잡이 부분은 겨울을 대표하는 꽃인 세이프리아 모양이다.

　누가 받게 될 것인지는 알 수 없지만, 이 섬세한 함을 보고 좋아할 모습이 눈에 보여서 흐뭇한 미소가 지어졌다.

　함의 주인이 행복한 신부가 되길 기원하는 마음으로 함을 쓰다듬고 있는데, 누군가가 공방 안으로 들어왔다.

　"아스카님, 오셨습니까?"

　소탈한 작업복 차림의 사내를 보고 아스카는 웃었다.

　"오랜만이지, 이언? 시슬리안 축하해. 복 많이 받아."

　"아, 이런! 오늘이 벌써 시슬리안입니까? 깜빡했군. 마누라가 또 바가지 굵게 생겼… 아, 죄송합니다! 시슬리안 축하드립니다. 아스카님도 내내 건강하시길."

두서없는 축하 인사를 건네는 이언을 보고 아스카는 미소를 지었다.

"그래, 창작도 좋지만 오늘 같은 날에는 부인에게 바가지 긁히기 전에 들어가. 적어도 저녁 정도는 함께해야지. 시끌벅적한 것이 싫지 않으면 저택에 와도 좋고. 샤펜 부인이 야심찬 만찬을 준비 중이니까."

"샤펜님의 만찬입니까? 그거, 기대되는데요. 설마 매운탕의 그 '만찬'은 아니겠지요?"

아스카는 피식 웃었다.

"그랬으면 나는 좋았을 뻔했지만 말이야. 불행히도 안 된다고 하더군."

"아, 현명하신 샤펜님께 아노아의 축복 있으시길. 카쏘네를 보고 계시던 중이었습니까?"

"아무도 없기에 마음대로 구경했어. 내가 봤던 중에서 가장 아름다운 카쏘네인데, 누가 만들었어?"

"누가 만들었겠습니까?"

아스카는 고개를 갸웃했다. 카린 성에는 여러 가지 재주를 가진 사람들이 많지만, 나무를 가지고 드워프도 혀를 내두를 정도의 이런 작품을 만들어 낼 수 있는 사람은 한 사람뿐이다.

"그랜트?"

이언은 맞았다는 듯이 고개를 끄덕였다.

"주문품이 밀려서 바쁘다고 하더니, 그게 이거였구나. 카린 성에서 누가 결혼 날짜를 잡았다는 소식은 아직 들은 적이 없으니, 외부 주문인가?"

"바라얀에서 제법 세도있는 백작가의 아가씨가 아노아의 달이 지기 전에 혼인을 한다는 모양입니다."

"헤에? 그랬군."

아스카는 고개를 끄덕이며, 혼례용 함의 표면을 조심스럽게 손으로 쓸었다.

"'혼례' 하니까 생각났는데, 우리 집의 저 대책없는 말괄량이도 내년에는 시집을 보내 버려야 할 텐데 말이야."

아스카가 말하는 '대책없는 말괄량이' 가 다름 아닌 쥴리아 헤렌다인이라는 것을 알아챈 이언은 '큭' 하고 억눌린 웃음소리를 냈다.

"아스카님의 마음은 알겠습니다만, 내년은 아무래도 조금 무리가 아닐까요? 결혼 준비야 사람을 동원하면 안 될 것도 없지만, 막상 중요한 신랑이 없지 않습니까?"

"없긴 왜 없어? 그 말괄량이를 평생 떠맡기로 한 곰탱이—라울—가 있잖아."

"라울은 아직 수행을 마치기 전이지 않습니까."

이언의 말에 아스카는 '쯧쯧쯧' 하고 혀를 찼다.

"수행 중이라고 해도 신년회에는 올 것 아냐? 그때 날을 잡아서 잽싸게 해치워 버릴 생각이야."

"예?"

이언은 황당하다는 표정을 지었다. 그는 아스카의 말이 어디까지가 농담이고, 진담인지 알 수가 없었다.

"아스카님도 참. 인륜지대사인 혼사를 그런 식으로 진행하는 법이 어디 있습니까. 좀 더 신중하게 시간을 두고······."

"시간을 뒀다가 라울이 제정신을 차려서 결혼 못하겠다고 하면, 이언이 쥴리아를 책임져 줄 거야?"

이언은 진땀을 '삐질' 흘리며, '아하하하' 하고 마른 웃음을 흘렸다.

저 천하의 쥴리아 헤렌다인을 평생 책임지겠다고 할 만큼 배짱 좋은 남자가 라울 에이온느 외에 달리 누가 있겠는가. 쥴리아가 아무리 미인이라도, 그 역할만큼은 절대로 사양하고 싶은 이언이었다.

이언의 반응에 아스카는 그럴 줄 알았다는 듯이 고개를 끄덕였다.

"이런 일은 말이야, 라울의 눈에 콩깍지가 씌워져 있을 때 스피디하게 일을 진행하는 것이 최상인 법이야."

"뭔가 사기 같은 느낌이 나는데요?"

"뭐 어때? 당사자인 두 사람이 좋다는데."

"그렇다면 주문품 제작이 끝나는 대로, 이번에는 쥴리아의 혼수 용품 제작에 들어가야 할 판이군요."

문가에서 들려온 소리에 고개를 돌리자 그랜트가 웃는 얼굴로 서 있었다. 장화에 작업복 차림으로 삽을 들고 있는 것을 보니, 온실에서 오는 중인가 보다.

아스카는 그랜트의 말에 맞장구를 쳤다.

"그러는 게 좋을걸? 그랜트도 알다시피 라울이 좀 느릿느릿해? 수행 떠나기 전에 전격적으로 약혼을 한 것까지는 좋았지만, 수행에서 돌아오면 결혼을 하겠다니. 그 수행이 대체 언제 끝날 줄 알고? 녀석들에게만 맡겨놨다간 그랜트 살아생전에 손자보기는 글렀어."

라울이 비록 양자이긴 해도, 그랜트와 라울은 부자지간이다.

"그건 확실히 문제로군요."

"그렇지? 그러니까 이번 신년회 때 확실히 날을 잡는 게 좋겠어."

"그건 차차 의논하기로 하고, 트니에가 잘 어울리시는군요, 아스카 님."

아스카는 그랜트가 선물한 장미 모양의 산호 귀걸이가 잘 보이도록 고개를 살짝 돌렸다.

"그랜트가 선물한 귀걸이도 잘 어울리지? 비녀와 리본을 선물한 사람은 알 테고, 요기, 요 비녀 끝의 은방울꽃 보요가 라미엘의 선물이야. 시슬리안에는 아무도 그냥 넘어가려 드는 법이 없다니까. 덕분에 목이 휘어질 지경이야."

"아, 저런! 킬렌에게 내년에는 비녀에 경량화 룬을 새기는 게 좋겠다고 충고해 주겠습니다."

옆에서 듣고 있던 이언은 킬킬대고 웃었고, 아스카는 '칫!' 하고 혀를 찼다.

"다들 똑같다니까."

"친구란 본래 닮게 마련인 법이지요. 그것보다 무슨 일로 여기까지 절 만나러 오신 겁니까?"

그랜트의 말에, 아스카는 그제야 용건이 생각났다는 듯 짝! 손바닥을 마주쳤다.

"아, 맞다! 샤펜 부인이 홀에 있는 파이어 스크린(Fire Screen: 벽난로 불꽃의 빛이나 열로부터 사람을 보호하는 금속의 보호대)을 수리할 수 있는지 알아봐 달라고 하던데?"

그랜트는 미간을 찌푸렸다.

"홀에 있는 파이어 스크린이라면, 검은 가죽 판에 은실로 세이프리아가 수놓아진 그것 말씀이십니까? 어디가 부서지기라도?"

"응. 막이판을 고정하는 부분에 뭔가 문제가 생긴 것인지, 고정이 안 되고 자꾸만 흘러내려서."

"그렇습니까? 직접 봐야 알겠지만, 미끄럼대의 이상이 아니라면 고칠 수 없을지도 모르겠군요. 그렇게 보여도 백 년은 족히 넘은 물건이라……."

아스카는 눈을 크게 떴다.

"에? 그렇게 오래됐어? 나는 15년 전쯤에 만든 건 줄 알았는데?"

"창고에서 멋대로 굴러다니고 있던 것을 셀리아님께서 찾아내셔서 손질하시고, 수를 놓은 가죽을 덧대신 겁니다. 본체가 순도 높은 은으로 만들어진 것이 아니고, 셀리아님께서 그렇게 조심스럽게 쓰시지 않았다면, 벌써 오래전에 부서지고도 남았을 물건이지요."

"헤에, 그랬구나."

"만약 고칠 수 없으면 어떻게 할까요? 다른 것을 새로 만들어 드릴까요?"

아스카는 잠시 고민하다가 입을 열었다.

"똑같은 모양으로 만들어줄 수 있어? 가죽은 아직 그렇게 낡지 않았으니까 떼서 옮겨 달면 될 것 같으니까."

그랜트는 그녀의 말에 재미있다는 듯이 웃었다.

"똑같은 모양으로 말씀입니까?"

"똑같은 모양으로. 물건이 바뀌면 나는 상관없지만, 샤펜 부인이 당황하거든. 특히 그 파이어 스크린에는 내가 모르는 엄마와의 추억이 있는 모양이라, 없앤다고 하면 절대로 못하게 할걸?"

"예, 알겠습니다. 최대한 손질을 해보고, 안 되면 아스카님의 말씀대로 하기로 하지요."

그때 누군가가 헉헉대며 공방 문 앞으로 달려왔다. 외성의 수비 복장을 한 사내는 그들이 모두 잘 아는 사람이었다.

"어라? 빌 아냐? 오늘은 니켈란 탑 경비가 아니었어?"

"교, 교대… 헉헉… 교대했습니다. 아, 아스카님… 헉헉… 샤펜님이 찾으십니… 헉헉."

아스카는 고개를 갸웃했다.

"무슨 일로?"

"드워프, 투르파께서 찾아오셨습니다."

빌이 숨을 몰아쉬며 호흡을 가다듬고 하는 말에, 아스카는 눈을 크게 떴다.

투르파는 서대륙 북부에서는 대단한 영향력을 가진 드워프로, 아스카와는 어떤 일을 계기로 상당히 잘 알게 된 사이다. 친하다고 할 수도 있지만, 연락도 없이 이렇게 불쑥 찾아온 적은 없었다.

"별일일세. 자신의 세공품을 보여주기 위해서가 아니면 불러도 잘 오지 않는 녀석인데? 보여주고 싶은 세공품이라도 생겼나?"

무슨 이유건 시슬리안에 친구가 찾아온 것은 기쁜 일이다. 마침 그랜트에게 용건도 끝난 참이었기 때문에, 인사를 하고 저택으로 돌아가려고 했다.

"그랜트, 나 이만 가볼께. 저녁에 꼭 식사하러… 아, 참! 물어본다는 것을 깜빡했는데, 로즈마리 녀석들 단체로 야유회라도 갔어?"

"그게 무슨 말씀이십니까?"

"아니, 오늘 저택에서 시슬리안 만찬을 베풀 예정이니까 시간이 되면 식사하러 오라고 전하러 갔더니, 유독 로즈마리 녀석들만 없어서 말이야."

그랜트는 눈에 띄지 않게 미간을 살짝 찌푸렸다.

로즈마리는 카린 성의 외성 11개 탑 가운데 추격과 암살을 주로 담당하고 있는 3개의 탑, 니켈란, 렉사, 파티마를 묶어서 일컫는 것이다. 카린 성에서 로즈마리가 맡고 있는 역할을 '공격적인 수비'라고 한다.

'일반적인 수비'에 속하는 외성 문(外城門) 중심의 두 탑, 카모마일과는 달리 로즈마리는 특별한 일이 없는 한 거의 움직이지 않는 것이 보통이다.

'그런데 다른 곳도 아니고, 로즈마리가 움직였다?'

뭔가 문제가 생겼다는 말이다. 아스카 모르게 로즈마리를 동원할 수 있는 사람은 그랜트를 제외하면 단 한 사람.

'라미엘을 만나봐야 할 것 같군.'

내심 심각하게 얼굴을 굳히면서도 아스카를 향해서는 별것 아니라는 표정을 지어 보였다.

"아, 그 녀석들은 제가 따로 심부름을 좀 보냈습니다. 보시다시피 주문품 작업을 하다 보니 고급 목재가 좀 부족해서요."

아스카는 그의 말을 의심하지 않고 순순히 고개를 끄덕였다.

"아, 그랬어? 그럼, 로즈마리 녀석들이 돌아오는 대로 함께 저택으로 와. 같이 저녁 먹게. 아참, 이언도 부인과 함께 와."

아스카는 가볍게 손을 저으며 '그럼, 나중에' 하고 공방을 나갔다. 공방 문이 탁하고 닫히기 무섭게 그랜트의 얼굴에서는 미소가 사라졌다. 공방 안에 남은 것은 그랜트와 이언, 빌 세 사람뿐이다.

그랜트는 무섭도록 엄격한 얼굴로 빌을 돌아보았다.

"무슨 일로 라미엘이 내게 허락도 구하지 않고 로즈마리를 동원했는지 설명해 봐라."

"드래곤 계곡에 침입자가 나타났습니다."

그랜트의 표정이 한층 딱딱하게 굳어졌지만, 그는 계속해 보라는 듯이 빌을 바라보았다.

"사태가 심상치 않습니다. 엘프 마을이 당했고, 유니콘 서식지 쪽도 당한 것 같습니다."

"그동안 로즈마리 놈들은 뭘 하고?"

"엘라시스님께서 쫓기는 하되, 우선은 지켜보기만 하라는 명령을 내리셨습니다."

"왜?"

"그들의 처분은 아스카님께서 판단하실 문제라고 하셨습니다."

그랜트는 고개를 끄덕였다.

"알았다. 그만 가봐도 좋다."

"아직 아셔야 할 것이 남았습니다."

그랜트는 돌아서려다 말고 빌을 바라보았다. 그는 그랜트 못지않게 굳어진 얼굴이었다.

"엘라시스님께서는 침입자들의 처분에 관한 문제를 시슬리안 이후로 미룰 예정이셨습니다."

"그에 관해서라면 나도 별다른 이의가 없다."

"예, 하지만 문제가 생겼습니다. 피해 이종족들이 성으로 찾아왔습니다."

그랜트는 눈을 크게 떴다. 공방의 문이 닫힌 이후로 그가 처음으로 드러낸 감정의 동요였다.

"지금 어디 있나? 설마……?!"

"저택에서 아스카님을 기다리고 있습니다."

그랜트는 빌의 말이 채 끝나기도 전에 공방 문을 열고 달려나갔다.

일이 심상치 않음을 직감한 이언과 빌도 그 뒤를 따라 달렸다.

그랜트의 공방에서 지름길을 통해 곧장 집으로 온 아스카는 문 앞에서 누군가를 기다리는 것처럼 서성거리고 있는 그림자를 발견하고는 고개를 갸웃했다.

"샤펜 부인? 추운데 왜 여기서 이러고 있어?"

아스카를 발견한 샤펜 부인은 뭐라 형용하기 어려운 표정으로 그녀를 바라보았다. 불안과 안도, 난감함이 복합적으로 뒤섞인 표정이다.

"아스카님."

"응? 왜 그런 표정이야? 투르파가 왔다고 하더니, 그사이 술 먹고 주정이라도 부리고 있어?"

드워프는 술을 좋아하는 만큼, 주량도 센 편이다. 투르파가 그럴 리가 없다는 것을 알면서도 그런 식의 농담을 한 것은 샤펜 부인의 얼굴이 지나치게 심각했기 때문이다.

"아스카님, 놀라지 마시고 제 말을 들어주세요. 문제가 생겼습니다."

샤펜 부인의 진지한 어조에 아스카는 살짝 미간을 찌푸렸다.

아스카는 직감적으로 샤펜 부인이 말하는 '문제'라는 것이, 만찬에 쓰일 요리가 잘못되었거나 술이 부족하다는 수준의 문제가 아니라는 것을 알아차렸다.

아스카는 샤펜 부인이 당황하는 것을 거의 본 적이 없었다. 지나치게 유능한 가정부는 그 어떤 돌발 상황에도 대처할 수 있는 튼튼한 신경과 재치의 소유자였다.

로사드와 아스카가 우스갯소리로 하는 말처럼 샤펜 부인은 '주방의 지배자'였고, 그런 그녀가 주방에서 생긴 문제를 아스카에게까지 들고 오는 일은 한 번도 없었던 것이다.

"무슨 일이야? 준비됐으니까 말해봐."

샤펜 부인이 입을 떼려고 하는 순간, 라미엘이 현관문을 열고 집 밖으로 나왔다.

"레나일, 아스카님은 아직… 아, 아스카님!"

아스카는 라미엘을 보고 가볍게 고개를 끄덕였지만, 시선은 샤펜 부인에게 고정한 채였다.

"라미엘도 나에게 할 얘기가 있나 본데, 조금만 기다려 줘. 지금은 샤펜 부인의 얘기를 먼저 들어야 할 것 같으니까."

"레나일이 하려는 말이 곧 제가 하려는 말입니다."

아스카는 라미엘을 힐끔 보고는, 어서 얘기해 보라고 재촉하는 눈으로 샤펜 부인을 바라보았다. 샤펜 부인은 심호흡을 한 후, 아스카의 눈을 정면으로 마주 보며 입을 열었다.

"드래곤 계곡에 침입자가 있습니다."

순간, 아스카는 무슨 말을 들었는지 알 수가 없었다. 침입자? 드래곤 계곡에?

"엘프 마을과 유니콘의 서식지가 당했습니다. 그래서 북 드워프 족의 골테닌― '장인 중의 장인'을 일컫는 말로, 드워프의 수장을 의미―이신 투르파님을 위시한 피해 이종족들의 대표가 성으로 찾아온 듯합니다."

찬물을 사정없이 뒤집어쓴 기분이었다.

아스카가 미동도 없이 서 있자, 라미엘은 불안해졌다.

"아스카님?"

아스카의 짙푸른 눈동자가 라미엘을 향했다.

"우리는 어디까지 파악하고 있지? 그 '침입자'라는 작자들에 대해서 말이야."

산뜻한 느낌을 주던 암청색의 눈동자는 검게 변해 있었다. 기이한 광채가 일렁이는, 묘한 위압감을 가진 눈을 보고 라미엘은 꿀꺽 침을 삼켰다.

"보이지 않게 그물을 펼쳐 두었습니다. 티아 에스텔의 허락도 구하지 않고 독단으로 로즈마리를 동원한 것을 용서해 주십시오."

아스카는 피식 웃었다.

"이런. 로즈마리 소속의 아이들이 눈에 띄지 않는다고 했더니, 그런 이유였군."

고급 목재를 구하러 보냈다던 그랜트의 거짓말은 이런 식으로 들통이 나버렸다. 하지만 아스카는 거짓말을 한 그랜트나 사실을 숨긴 라미엘을 탓하고 싶은 마음이 없었다.

"라미엘이라면 '저도 금시초문입니다'라는 대답 같은 것은 할 리가 없다는 것을 잘 알고 있었지. 나야말로 고마워, 실망시키지 않아줘서."

아스카는 진지한 얼굴로 라미엘과 샤펜 부인을 바라보았다.

"내가 더 알아야 될 사항은 없나?"

"예."

"그렇다면 티아 에스텔로서 지시를 내리지. 라미엘, 외원(外圓:카린 성의 외성문과 외성 11개 탑을 말함) 총동원령을 내린다. 모두 홀에서 떨어진 회의실에 집합하라고 해!"

라미엘은 즉시 허리를 숙였다.

"명을 받들겠습니다! 티아 에스텔!"

라미엘이 사라지자, 아스카는 샤펜 부인을 돌아보았다.

"예상치 못한 일이긴 하지만, 일단은 내 집을 찾아온 손님이니 식사 정도는 대접하는 게 좋겠지?"

샤펜 부인은 고개를 끄덕였다.

"만찬 준비에는 차질이 없습니다."

아스카는 대답 대신 하늘을 올려다보았다. 캄캄한 겨울 하늘에는 벌써 별이 반짝이고 있다.

"식구들과 저녁 한 끼 할 수 없을 정도로 사람을 마구 몰아세우는군."

들릴 듯 말 듯한 씁쓸한 푸념이었다. 하지만 다시 샤펜 부인을 향한 아스카의 얼굴은 언제 그랬냐 싶게 '성주'의 얼굴로 돌아와 있었다.

"손님을 지나치게 기다리게 하는 것도 주인 된 도리가 아니니까, 나는 이만 들어가 보겠어. 킬렌은 안에 있나?"

"예, 손님을 접대하고 있습니다."

아스카는 고개를 끄덕이고 저택 안으로 들어갔다. 그녀의 모습이 사라지자 별채 쪽에 모습을 숨기고 있던 쥴리아가 걸어나왔다.

"아, 아스카님의 화난 모습 정말 오랜만에 봤다! 음, 언제 봐도 가슴이 두근거린다니까."

쥴리아의 장난기 어린 목소리에 샤펜 부인은 쓴웃음을 지었다.

"당하고 있는 입장에선 좀 다른 의미로 가슴이 두근거렸지만 말이야."

"아직 시작도 안 하셨어요. 그렇죠? 태연한 표정이셨지만 눈을 보면 알죠. 속은 부글부글 끓고 계실걸요?"

"피해 이종족들을 직접 보시게 되면 더 열을 받으시겠지. 합당한 변명거리를 찾아내지 못하면 망루엔 불벼락이 떨어지겠군. 부디 회의 내내

주신과 카린의 가호가 있으시길! 나는 그만 주방으로 가봐야 할 것 같아. 지시하신 만찬을 준비해야 하니까."

샤펜 부인이 주방 쪽으로 사라지자, 쥴리아는 저택의 현관문을 바라보며 잠시 고민했다. 마음 같아서는 아스카와 이종족들 사이의 대화를 엿듣고 싶었지만 상황이 좋지 않다.

'정식 섀도우이기만 했어도 숨어서 엿들을 수 있는데 말이야.'

쥴리아는 아쉬운 듯 입맛을 다셨다. 그녀가 제아무리 레이엘을 계승했어도 일족 앞에서 정식으로 선포하지 않은 한 아직 정식 섀도우가 아니다. 몰래 숨어서 엿보다가 들키면 아스카의 심기가 한층 불편해지리라.

쥴리아는 엿보기는 포기하기로 하고, 망루에 가보기로 했다. '드래곤 계곡에 침입자'라는 초유의 날벼락을 맞은 망루는 지금쯤 정신없을 것이다.

그녀는 망루의 주인인 엘렌 라우드를 무슨 말로 꾫려줄까 궁리하며 느긋하게 걸음을 옮겼다.

집사의 안내로 긴 현관 복도를 지나 아치형의 문설주를 통과하자, 곧바로 넓은 홀이 나타났다. 탁 트인 넓은 공간에서는 바깥 공기와 확연히 구분되는 훈훈한 공기가 방문객들을 맞았다.

커다란 벽난로에는 불이 활활 타오르고 있고, 그 옆에는 테이블로 쓰는 것 같은 체스트(Chest)와 특이하게 생긴 조개 모양의 의자가 놓여져 있었다.

드워프인 투르파는 집사가 가져다 준 1인용 의자를 체스트 맞은편에 놓고, 누가 권하기도 전에 털썩하고 앉아 벽난로의 불을 쬐었다.

"다른 분들도 앉으시지요."

집사가 미소를 지으며 권하자 백발의 소년은 말없이 고개를 저었다. 그는 홀의 한쪽 벽에 기대어 서 있었는데, 그편이 편한 것 같아 보여서 집사는 더 이상 권하지 않았다.

검은 머리의 엘프 쪽은 살짝 미간을 찌푸린 채 집사를 바라보고 있었다. 그는 저택 문 앞에서 집사를 처음 본 이래 내내 저런 표정을 짓고 있었다. 불신과 의혹, 묘한 호승심이 뒤섞인 눈이다.

"왜 그러십니까? 제가 무슨 실례되는 말이라도……?"

집사가 공손하게 묻자, 엘프는 눈을 가늘게 떴다.

"한 가지, 대답해 주겠습니까?"

"말씀하시지요."

"당신은 누굽니까?"

엘프의 질문에 집사의 표정이 묘하게 변했다. 광포한 투기가 일렁이는 검은 눈을 본 순간, 엘프는 자신의 눈이 틀리지 않았다고 생각했다. 하지만 곧 언제 그랬냐 싶게 투기는 사라지고 잔잔히 가라앉은, 깊이를 알 수 없는 검은 눈이 엘프를 바라보며 빙긋 웃었다.

"이 집의 집사일 뿐이지요."

킬렌은 엘프가 '검사'로서의 그를 간파했다는 것을 알아챘다. 기운을 완전히 갈무리한 상태의 그에게서 그것을 꿰뚫어 보기란 그리 쉬운 일이 아닐 텐데, 눈앞의 엘프는 그가 짐작했던 것보다 훨씬 괜찮은 검사인 모양이다.

그런 상대를 대하고 호승심이 일지 않는다고 하면 거짓말이겠지만, 킬렌은 '집사의 얼굴'을 무너뜨리지 않았다. 그 역시 젊은 시절에는 '무(武)'가 세상의 중심이라고 생각하는 대단한 무골이었지만, 지금은 검사로서의 자신보다 집사로서의 자신을 우선하고 있다.

솔직히 아직도 불쑥불쑥 호기가 솟구칠 때가 있지만, 검과 마법에 미쳐 있던 것은 지난 80년으로 충분했다.

자신의 대답에 불만스러운 표정을 짓는 엘프를 보고 킬렌은 소리없이 웃었다.

"간단한 음료를 준비해 올 테니 잠시만 기다려 주십시오."

집사의 뒷모습을 빤히 바라보던 엘프는 드워프 쪽으로 고개를 돌렸다.

"제가 마을에만 틀어박혀 인간 세상을 멀리한 사이, 인간들에게도 많은 변화가 있었던 모양이군요. 마스터급 검사가 집사 일이나 해야 할 정도로 흔한 것일 줄은 몰랐습니다. 아니면 '집사' 라는 말에 제가 아는 것 말고 다른 의미라도 있는 겁니까?"

엘프의 진지한 질문에 드워프는 '푸하하하!' 하고 웃음을 터뜨렸다.

이 순진한 엘프 청년은 아직 깨닫지 못한 것 같다. 이곳이야말로 드칸 산자락에서 '무슨 일이 벌어져도 이상하지 않은 곳' 그 자체라는 것을.

몸을 흔들며 웃고 있는 드워프에게서 시선을 들어 벽난로 위쪽을 바라보자 한 폭의 그림이 눈에 들어왔다. 에메랄드 빛 드레스를 입은 아름다운 여인의 초상화였다.

은은하게 푸른 빛이 도는 달빛 같은 은발 머리를 세이프리아 꽃 모양의 장신구로 고정시키고, 남은 머리는 어깨 위로 자연스럽게 흘러내렸다. 희다 못해 투명하기까지 한 피부, 섬세한 골격에 그린 것 같은 눈썹, 미소를 짓고 있는 핑크빛 입술에 이르기까지 감탄이 절로 나올 정도로 아름다운 미인이었다.

여인은 특이한 조개 모양의 의자에 단아한 자태로 앉아 방문자를 환영하는 것처럼 온화한 미소를 머금고 있었다.

아름다운 은회색 눈동자에 담긴 따뜻함을 본 엘프는 그 여인이 누군가의 '어머니'라는 것을 알아차렸다. 그림 속의 여인에게는 화사한 미모 이상으로 그녀를 빛나게 하는 햇살 같은 분위기가 있었던 것이다. 그것은 어머니 특유의 깊이 있는 다정함이었다.

"멋진 여자지?"

엘프가 뚫어지게 초상화를 바라보고 있는 것을 알아차렸는지, 드워프가 함께 초상화를 올려다보며 말을 걸었다.

"아름다운 것 이상으로 현명하고, 정이 깊은 여자였다더군. 살아 있을 때 만났더라면 좋았을 텐데. 나는 여자 복은 없는가 봐."

드워프의 말에서 여인이 이미 이 세상 사람이 아니라는 것을 알아차렸다.

"이곳 성주 중에 누군가의 부인입니까?"

"3대의 부인이지, 4대의 어머니고. 이름은 '셀리아 아이스란'이라고 하더군."

엘프는 고개를 끄덕였다. 셀리아 아이스란이라, 그녀에게 어울리는 아름다운 이름이다.

엘프는 시선을 내려 벽난로 가에 놓인 조개 모양의 의자를 바라보았다. 초상화 속의 여인이 앉아 있는 의자가 바로 이 의자인 듯했다.

커다란 대합조개가 입을 벌리고 있는 모양의 의자는 가죽이나 직물이 아닌, 그가 처음 보는 진주 빛 커버로 감싸여 있었다. 그 외엔 어떤 수나 장식도 없었지만, 불빛을 받아 은은하게 핑크빛으로 빛나는 의자는 그것만으로도 충분히 아름다웠다.

"아름다운 의자로군요."

엘프가 자신의 감상을 말하자 드워프는 히죽 웃었다.

"인간들 말로는 '세티(Settee:등받이가 있는 긴 의자)'라고 부르는 의자지. 앉고 싶으면 앉아 보든가?"

묘한 장난기가 서린 드워프의 눈을 말없이 응시하던 엘프는 고개를 저었다. 그도 저 드워프 정도는 아니지만 주인이 있는 물건은 알아볼 수 있다.

그는 처음 와보는 저택의 내부를 둘러보며 묘하다는 생각을 했다.

인간들의 성이나 집을 구경하는 것은 처음이 아니지만, 이 집만큼 기묘한 분위기가 감도는 곳은 처음이었다.

'돌도 아니고, 루틴 석으로 쌓아 올린 집의 내부가 이렇게 아늑하다니……'

그는 단조로운 검은색 벽돌로 쌓아 올린 저택을 처음 봤을 때부터 그것이 성벽을 구성하고 있는 것과 같은 마법력이 깃든 루틴 석이라는 것을 알아차렸다.

"여기 올 때마다 하는 생각이지만 말이야, 이 인간들은 이 많은 루틴 석을 대체 어디서 구한 걸까? 드래곤의 레어를 털기라도 했나?"

드워프가 집 안을 한 바퀴 휘 둘러보며 투덜거리자 엘프는 쓴웃음을 지었다.

그 역시 미스릴만큼이나 귀한 루틴 석으로 쌓아 올린 성벽을 봤을 때는 옆에서 욕설을 퍼붓고 있는 드워프만큼이나 어이가 없었다.

넓은 홀에는 가구다운 가구가 별로 없었다. 벽난로 쪽에 놓인 체스트와 의자 몇 개. 홀 한중간에는 아라베스크 문양의 짙은 색 양탄자가 깔려 있고, 그 위에 하얀 테이블보가 덮인 황갈색 호두나무 테이블이

가지런하게 열을 지은 의자와 함께 놓여 있었다.

식사 시간을 맞춰온 것인지 아니면 다른 행사가 있는 것인지, 테이블 위에는 접시와 나이프, 포크들이 질서정연하게 세팅되어 있다.

벽에는 드칸 산의 사계(四季)를 표현한 아름다운 태피스트리(Tapestry: 여러 가지 색실로 그림을 짜 넣은 직물. 벽걸이 등으로 이용)와 작은 그림이 걸려 있었다.

엘프는 그림을 자세히 들여다보았다. 하지만 아무리 봐도 그것이 무엇인지 알 수 없었다.

차가운 물빛 눈동자를 가진 흉포한 느낌의 짐승. 물결치듯 이어진 가로줄 무늬가 묘하게 생동감이 넘쳤다. 한 번도 본 적이 없지만, 이런 짐승이 정말로 있다면 틀림없이 육식수이리라.

엘프는 미간을 찌푸렸다.

'어째서 그림에서 바람의 냄새가 나는 걸까?'

그는 누가 그림을 그렸는지 물어볼까 하다가 고개를 젓고, 시선을 다른 곳으로 돌렸다.

그 외에 달리 가구라고 부를 만한 것은 벽쪽에 있는 작은 서가와 장식장을 겸한 코모드(Commode: 서랍이 있는 낮은 장식장)와 커다란 화병을 올려놓은 콘솔 테이블(Console Table: 벽에 딱 맞게 기대놓는 테이블. 테이블을 지탱하는 다리가 까치발―콘솔―처럼 생겼다고 해서 콘솔 테이블이라고 부른다)뿐이었다.

그런데도 조금도 썰렁하다는 느낌이 들지 않으니 이상한 일이었다.

'홀이 이렇게 따뜻하다는 것도 뭔가 이상해. 이 정도로 넓은 홀은 저런 벽난로 하나만으로는 이렇게 훈훈하도록 덥혀지지 않는데……'

정체불명의 열기가 어디서 나오는 것일까를 고민하다 무심코 바닥을 본 엘프는 뭔가를 깨닫고 눈을 크게 떴다.

'설마, 바닥……?! 바닥이 따뜻하다?!'

엘프의 놀란 표정을 본 드워프는 히죽 웃었다.

"바닥에 난방 마법진을 설치했다는 모양이야. 깊게 생각하려고 들지 마. 이곳에는 그런 것들이 쌔고 쌨으니까."

뭔가를 알고 있는 듯 의미심장한 드워프의 말에 엘프는 미간을 찌푸렸다. 무슨 의미인지 물어보려고 하다가 고개를 저었다. 자신은 여기에 놀러온 것이 아니다. 이곳에 아무리 특이하고, 이상한 것들이 넘쳐나도 자신과는 상관없다고 생각했다.

삶의 터전인 마을과 어머니의 나무가 불타고, 동족들이 잡혀 갔는데도 호기심을 끄는 것이 눈에 띄면 정신을 빼앗기고 마는 자신의 작태에 절로 쓴웃음이 지어졌다. 이전에 엘프 장로가 했던 말처럼, 그의 엘프답지 않은 호기심은 그의 검술을 발전시키는 원동력인 동시에 그를 궁지로 몰아넣는 트러블의 원인이기도 했다.

갑자기 우울하게 가라앉은 엘프의 표정을 보고 그의 속내를 짐작한 드워프는 혀를 찼다.

"또 쓸데없는 생각을 하는군."

"생각해 봐야 소용이 없다는 것은 알지만, 그리 마음 편한 처지가 못되어서요. 저는 당신처럼 여기 성주가 우리를 도울 거라는 확신이 없습니다."

엘프의 얼굴을 빤히 바라보던 드워프가 자신의 수염을 쓰다듬으며 다시 혀를 찼다.

"맥노윌(엘프 장로)의 말이 옳아. '의심하지 않는 엘프' 답지 않은 네 놈의 깊은 심기는 장점인 동시에 단점이다. 하지만 네가 하고 싶은 말은 그런 것이 아닐 텐데?"

엘프는 쓴웃음을 지으며 드워프의 눈을 마주 보았다.

"당신의 말처럼 저는 엘프답지 않은 엘프라서요. 마을과 어머니의 나무를 불태우고, 동족을 잡아간 인간들에게 언젠가 주신(主神)이 합당한 벌을 내리실 때까지 기다릴 수 있을 정도로 냉정하지 못합니다. 저는 복수를 하고 싶고, 그건 제 손으로가 아니면 의미가 없죠."

드워프는 한숨을 내쉬며, 한쪽 벽에 기대서 있는 백발의 소년을 바라보았다.

"유힐, 당신도 그렇게 생각하시오?"

유령처럼 서 있던 소년은 표정 없는 눈으로 드워프를 힐끗 보더니, 처음으로 입을 열었다.

[우리는 바람과 더불어 살아가는 자들이다. 바람이 하는 일에 의문을 가지지 않는다.]

귀여운 소년의 입에서 나왔다고는 생각하기 어려울 정도로 묘한 음향을 가진 목소리였다. 하지만 엘프와 드워프는 기이한 목소리보다 그가 한 말에 관심을 가졌다.

바람이 하는 일에 의문을 가지지 않는다니, 그게 대체 무슨 말일까? 운명을 순응하고 받아들이겠다는 말일까?

드워프가 생각에 잠긴 채 자신의 체구에는 조금 높은 의자에서 발을 달랑거리고 있을 때, 집사가 술 주전자와 음료 잔을 들고 돌아왔다.

"날씨가 추워져서 따뜻한 쪽이 나을 것 같아 데워왔습니다만, 어떠실지……?"

집사의 말처럼 술 주전자의 주둥이에서는 하얀 김이 피어오르고 있었다. 드워프는 그때까지 하고 있던 고민을 떨쳐 버리고 '좋지, 좋아!'

하고 소리쳤다.
"다른 분들은 어떻게 하시겠습니까? 술은 내키지 않으신 듯하여 '에프렐리스' 차를 준비했습니다만."
에프렐리스?
엘프는 고개를 갸웃했다. '차'라고 하는 것을 보니, 식물인 듯한데 엘프인 그로서도 처음 들어보는 이름이었던 것이다.
백발 소년과 집사의 눈이 마주쳤다. 그러자 소년은 표정 없는 얼굴에 처음으로 미소 비슷한 것을 지었다.
[바람을 통해 그대가 빈틈없다는 말을 들었다. 접대를 제법 잘하는군.]
"저택에 오는 손님은 환대한다는 게 티아 에스텔의 방침이시라서. 급하게 준비해서 변변치는 못하지만 부디 입에 맞으시면 좋겠습니다."
백발의 소년이 뜨거운 김이 피어오르는 찻잔을 받아 드는 것을 보고, 호기심이 생긴 엘프는 자신도 차를 건네 받았다.
꽃잎 모양으로 벌어진 얇은 다기 찻잔 속에서 투명한 연녹색의 물이 찰랑이고 있었다. 찻잔을 입가에 가져다 댈 때까지 차 특유의 향기가 거의 느껴지지 않았다.
별 생각 없이 차를 한 모금 삼킨 엘프는 눈을 크게 떴다. 화하고 입안을 가득 채우는 상쾌함. 꽃향기도 아니고, 허브의 향기도 아닌 것이 콧속을 맴돌았다. 이 청량함이라니……!
[…좋군.]
백발 소년이 엘프의 심경을 대변하듯 말했다.
[이 정도의 에프렐리스 차를 끓여낼 수 있는 이는 우리 일족 중에서

도 흔치 않은데, 좋은 솜씨군.]

"과찬이십니다."

집사는 빙긋 웃으며 술잔에 술을 따라 드워프에게 내밀었다.

백발 소년과 엘프가 마시는 차를 흥미 깊게 바라보던 드워프는 포카주 특유의 은은한 향을 음미하며 술을 들이키려다가 술 위에 떠워진 황금빛 꽃을 발견했다.

"어, 어라? 이게 웬 꽃이야? 이거, 소디스 꽃 아냐?"

술 위에 왜 이런 것을 띄웠냐고 묻는 듯한 시선을 받고, 집사는 쓴웃음을 지었다.

"역시나 잊고 계셨군요. 오늘은 시슬리안입니다. 아노아—겨울 달을 말함—는 내일 저녁이 되어야 모습을 드러내겠지만, 시슬리안은 오늘부터 시작이지요. 저희 일족에서는 시슬리안 중에 방문한 손님에게 소디스 꽃을 띄운 곡주를 대접합니다."

드워프는 그제야 자신이 받은 것이 시슬리안의 '기원의 잔'이라는 것을 깨달았다.

"그렇군. 오늘이 시슬리안이었어! 드워프 녀석들에게 둘러싸여 광산에만 틀어박혀 있다 보니 날이 가는지, 해가 저무는지 알 턱이 있나?"

고개를 끄덕이며 북슬북슬한 은빛 수염을 마디진 작은 손으로 쓰다듬던 드워프는 갑자기 뭔가 생각난 듯 '아차!' 하고 중얼거리며 집사를 올려다보았다.

"빈손으로 와서 미안하게 됐군."

다른 날도 아닌 시슬리안에, 이 집 주인에게 '아노아의 축복'을 빌어줄 소소한 장신구를 챙겨 오지 못해서 미안하다는 말이었다. 집사는 미소를 지었다.

"아닙니다. 저희 티아 에스텔이시라면, 입고 계신 그 검은 옷만으로도 충분히 기뻐하실 겁니다."

텐 론, 로사드의 죽음을 애도하는 의미의 검은 옷.

집사의 그 말에 로사드의 사망 사실을 떠올린 드워프는 떨리는 손으로 수염을 쓰다듬었다.

그 강건한 사내가, 그토록 유쾌하고 매력적이던 친구가 이제 더 이상 이 세상 사람이 아니라니 믿을 수가 없다. 허물없이 얘기를 주고받으며 술잔을 기울이던 것이 엊그제 일 같은데. 지금이라도 눈을 감으면, 체스 한 판 두자고 체스판을 옆구리에 끼고 2층에서 짓궂은 미소를 지으며 나타날 것만 같은데.

드워프는 뜨거워진 눈시울을 숨기기 위해 벽난로 쪽으로 슬그머니 고개를 돌렸다.

"…편안하게 갔나?"

"예."

"장례는 어떻게 했나?"

"셀리아님과 마찬가지로 화장을 했습니다. 텐 론의 뜻이기도 했고, 드칸 산자락은 아무래도 위험해서요."

죽은 시체를 일으켜 세울 정도의 흑마법사가 흔치 않다고는 해도, 시신을 이용당할 가능성을 배제할 수는 없다. 그 때문인지 카린 일족은 오래전부터 '죽은 후에는 시신을 남기지 않는다'는 관습을 따르고 있었다.

"그래, 좋은 친구였는데……. 녀석은 어쩌고 있나?"

'녀석'이라는 것은 아스카를 말하는 것이다. 두 사람은 드워프인 자신이 부러워할 정도로 유난히 사이가 좋은 부녀였다. 로사드가 외동딸인 아스카를 애지중지하는 것을 보고 그렇게 아끼는 딸, 시집은 어떻게 보낼 거냐고 놀렸던 기억이 난다. 딸이 시집가는 날, 체면 불구하고 울어댈 팔불출 친구를 위해 좋은 술도 준비해 놨는데.

"많이 괜찮아지셨습니다. 상복만 입고 계시면 아무래도 벗어나시기 힘들 듯해서 억지로 다른 옷을 입으시게 했습니다. 최근에는 간간이 웃기도 하십니다."

"잘했군. 다행일세."

드워프는 타오르고 있는 모닥불을 응시하며 고개를 끄덕였다.

마음의 상처를 겉으로 보이는 것만으로 알 수 있겠는가마는, 웃을 수 있다면 됐다. 나머지는 시간이 해결해 줄 것이다.

코끝이 찡한 것을 보니 포카주의 술기운이 도는 모양이다. 천하의 드워프 전사인 자신이 눈물을 찔끔거린다는 것은 말이 되지 않으니 틀림없이 그럴 것이다.

엘프는 드워프와 집사의 대화를 한 귀로 흘려들으며 미간을 찌푸렸다. 방금 전부터 뭔가가 묘하게 신경에 거슬렸다. 어디선가 누군가의 시선이 느껴졌던 것이다.

'누군가 숨어서 엿보고 있는 건가? 어디지? …천장 쪽?'

자신의 감이 가리키는 대로 천장을 향해서 획 하고 고개를 쳐든 엘프는 순간 심장이 떨어지는 줄 알았다. 천장에는 몬스터라고 해도 믿을 만큼 커다란 새가, 몸길이가 거의 3티렘은 될 것 같은 새가 날고 있었던 것이다.

아니, 날고 있었다는 말은 정확하지 않다. 새는 물고기가 유영을 하듯이 천장 바로 밑을 천천히 떠다니고 있었다.

적금 빛의 몸체에서 환한 빛을 뿜어내고 있는 새를 보고서야 엘프는 홀에 들어서면서부터 느꼈던 묘한 위화감의 정체를 깨달았다. 홀 어디에도 촛대라곤 보이지 않는데 홀이 이렇게 환한 이유도.

정체를 알 수 없는 새는 짙푸른 눈으로 그들을 내려다보고 있었다. 먹이를 노리는 것처럼 차고 섬뜩한 눈으로 방문자들을 훑어보던 새는 집사와 눈이 마주치자 천천히 눈을 감았다.

엘프는 저게 대체 뭐냐고 묻는 시선으로 집사를 바라보았다.

"촛불 대신입니다. 그을음도 없고, 넓은 공간을 환하게 밝힐 수 있는 데다 화재의 위험도 없으니 편리하지요. 때때로 집 안에 낯선 방문자가 있으면 저렇게 눈을 뜹니다. 호기심이 많은 녀석이라 신기한 모양이지요."

집사는 대수롭지 않다는 듯이 말했다. 그의 설명은 엘프의 입장에선 전혀 충분치 못했지만, 더 이상의 질문은 억지로 삼켰다. 같은 것을 보고도 전혀 당황하지 않는 드워프를 보고 '위험하지는 않은가 보다' 하고 스스로를 납득시킬 수밖에 없었다.

엘프는 머리 위에 뭔가가 떠 있다는 것이 묘하게 신경 쓰였다. 눈에 띄지 않게 힐끔거리며 새를 관찰하고 있는데, 새가 갑자기 감았던 눈을 다시 뜨며 '피이이이—' 하고 낮게 울었다.

"티아 에스텔께서 돌아오신 모양이군요."

집사의 말이 채 끝나기도 전에 작은 그림자가 홀에 모습을 드러냈다.

"다녀오셨습니까, 티아 에스텔?"

소녀는 다가온 집사에게 입고 있던 검은색 외투를 벗어 건넸다.

"응. 서둘러 왔어. 손님이 찾아왔다는 얘길 들었거든."

문을 등지고 앉아 있던 드워프는 귀에 익은 목소리가 들리자 고개를 돌렸다.

소녀는 푸른 빛이 도는 은발 머리를 소디스 꽃가지 모양의 긴 비녀로 고정시켰다. 청옥으로 만든 비녀의 양끝에는 금으로 만든 앙증맞은 소디스 꽃과 얇은 은판의 나뭇잎이 반짝이고 있었다. 귀밑머리는 진주가 박힌 검은 리본과 함께 땋아내려 어깨 앞으로 드리웠고, 귀에는 산호를 깎아 만든 핑크빛 장미 모양의 귀걸이를 했다.

소맷자락이 길고, 치맛자락이 바닥까지 끌리는 특이한 바다 색 옷에는 금빛의 소디스 꽃이 흐드러지게 피어 있었고, 허리에는 폭이 넓고 밋밋한 검은색 허리띠를 두르고, 붉은 색실로 가장자리를 장식한 화려한 차림이었다.

"오랜만이지, 투르파?"

소녀가 웃으며 말을 걸자, 드워프는 고개를 설레설레 저었다.

"못 보던 사이에 취향이 많이 화려해졌구나."

드워프의 질린 듯한 말투에, 소녀는 '풋!' 하고 웃음을 터뜨렸다.

"모르는 소리! 이것은 취향이 변한 게 아니라, 벌을 받고 있다고 해야 하는 거라고. 조신하게 굴지 않는다고 샤펜 부인에게 혼났거든. 뭐, 시슬리안 때문이기도 하지만."

"아, 그래. 오늘이 너희 인간들의 명절이라는 얘기는 방금 들었다. 어쨌거나 잘 어울리는군."

그냥 해보는 말이 아니라 진심이었다. 눈처럼 새하얀 피부에 섬세한 골격은 귀엽다기보다 사랑스러운 얼굴이다. 저런 어린 나이에는 흔치 않은 미인의 골격을 타고났다.

천성적으로 타고난 화사한 외모 탓인지, 과할 정도로 화려한 옷차림도 아무런 위화감 없이 자연스럽게 어울렸다. 아이도 자라면, 자신의 어머니처럼 대륙에서 손꼽히는 미인이 되리라.

하지만 장인으로서 드워프의 관심사는 조금 다른 곳에 있었다.

"비녀는 보나마나 집사가 선물했을 테고, 그 끝에 달린 은방울꽃은 누구 작품이냐?"

"은방울꽃? 아, 보요(步搖)? 예쁘지? 우리 카린 성이 자랑하는 희대의 검장(劍匠), 라미엘 엘라시스님의 작품이시라네."

아스카는 드워프가 앉아 있는 의자 등받이에 상체를 기대고, 드워프를 내려다보며 방긋방긋 웃었다. 은근히 라이벌 의식을 불태우고 있는 인간의 이름이 들리자 드워프의 눈길이 날카로워졌다.

"그 검에 미친 인간이 이런 걸 만들었단 말이냐?"

"어라? 몰랐어? 라미엘은 금속으로 만드는 것은 뭐든 잘 만들어. 장신구를 잘 안 만드는 것은 금이나 은을 다루는 것이 훨씬 까다롭고, 귀찮고, 재미가 없기 때문이래."

검은 잘 만든다. 아니, 라미엘 엘라시스는 검뿐 아니라 그 어떤 무기도 만들 수 있는 사내다. 솔직히 인정하는 것은 분통이 터지지만, 그는 티루만―대장장이의 신―이 특별히 사랑한다는 드워프조차도 감히 따를 수 없을 정도로 천재적인 검장이다.

무기에 그런 식으로 생명의 숨결을 불어넣는 것은 그가 아니고서는 못하는 재주이리라.

하지만 무기 만드는 것밖에는 재주가 없다고 생각했던 사내가 이런 섬세한 장신구를 만들었단 말인가?

금으로 만든 작은 은방울꽃은 드워프인 그의 깐깐한 눈으로 보기에도 도저히 흠잡을 데가 없어서 더 열이 뻗쳤다.

"그 산호 귀걸이는?"

마치 시비를 걸 듯 퉁명스럽게 묻는 드워프를 보고 아스카는 쿡쿡 웃었다.

"이건 마찬가지로 우리 카린 성이 자랑하는 목공예의 장인이신 그랜트 하웰님의 작품이지."

그랜트 하웰 역시 투르파가 경쟁 의식을 불태우고 있는 장인이다.

산호로 만든 장미는 엄지손톱 정도의 크기에 불과했지만, 가장자리의 꽃잎이 바깥쪽으로 말리며 뾰족하게 된 것까지 절묘하게 표현한 걸작이었다. 열이 뻗치다 못해 부아가 치밀었다.

"젠장!! 내년에는 나도 반드시 장신구를 만들어 가지고 올 테다!!"

라이벌들의 작품을 보고 화르륵 불타오라 소리치는 드워프를 보고 아스카는 까르르 웃음을 터뜨렸다.

"아, 참! 그랜트 얘기를 하니까 생각나는데, 지금 그랜트를 만나고 오는 길이거든? 주문받은 혼례용 함이 완성된 것을 보고 왔는데, 내가 본 중에서 가장 아름다운 함이었어."

드워프의 눈에 기대와 설렘, 호승심과 불안이 복잡하게 뒤얽히는 것을 보고 아스카는 킥킥 웃었다.

'여전히 열혈이라니까. 뭐, 그래서 좋은 거지만.'

의자 등받이 너머로 드워프가 입고 있는 검은색 옷이 눈에 들어왔다. 셔츠, 조끼, 바지에 장화까지 온통 검은색 일색이다. 아스카는 드워프가 별로 좋아하지도 않는 검은색에 그토록 집착하면서 옷을 차려 입은 이유를 금방 알아차렸다.

"투르파, 검은 옷이 잘 어울리네?"

아스카의 장난기 어린 눈동자와 마주친 드워프는 흠칫했다.

"나, 나는 검은색을 좋아해! 그, 그래! 그래서 입은 것뿐이야!"

드워프의 솔직하지 못한 말에 아스카는 '크크킥' 하고 웃음을 삼켰고, 둘의 대화를 듣고 있던 집사마저 고개를 한쪽으로 돌리며 웃음을 참았다.

"그래, 그래. 알았어. 누가 뭐랬나? 나는 단지 잘 어울린다고 했을 뿐이야. 어쨌거나 잘 왔어. 마침 저녁을 들려던 참이었거든? 같이 식사나 해."

그 말에 자신이 왜 왔는지를 떠올린 드워프는 앉아 있던 의자에서 폴짝하고 뛰어내려 엘프 앞에 가서 섰다.

"그전에 소개하도록 하지. 숲의 엘프 일족의 하이 엘프인 시에린 렌트위스, 그리고 이쪽은 엘메르히스의 유니콘, 유힐."

아스카는 검은 머리에 뾰족한 귀를 가진 엘프와 투명한 백발을 가진 소년에게 시선을 주었다.

"아스카 라피스라즐리 렌드 카린이야. 만나게 돼서 반가워."

아스카가 웃으며 자신을 소개하자, 엘프는 당혹스러웠다. 그는 투르파가 어째서 그녀를 자신들에게 소개하는지 이해하지 못했다.

"쯧쯧! 렌드 카린— '렌드'는 서수로 4번째라는 의미. 즉, 카린의 4번째 아이. 카린 4대라는 뜻—이라고 했잖아! 렌드 카린! 이래도 못 알아듣겠냐? 이 녀석이 바로, 이 집의 주인이며, 네가 만나고자 한 '카린 성의 성주'다!"

엘프는 아스카와 투르파의 얼굴을 번갈아 바라보다가 이해할 수 없다는 듯이 미간을 찌푸렸다.

"하지만 카린의 성주는 남자인 것으로 알았는데요? 분명, 내가 듣기로… '로사드 엘마샤 시엘 카린'이라는 이름이었던 것 같은데……."

엘프의 입에서 죽은 로사드의 이름이 나오자 드워프는 눈치도 없는 녀석이라며 내심 혀를 찼고, 아스카는 빙긋 웃었다.

"나의 아빠야. 일족 내에서도 풀 네임을 아는 사람은 많지 않은데 꽤나 정확하게 알고 있네? 그럼 알겠지? 아빠는 시엘 카린— '시엘 도서수. 3번째라는 의미. 카린 3대의 뜻—, 나는 렌드 카린. 아빠가 3대고, 내가 4대야."

"그럼, 3대 카린께서는……?"

"아빠는 죽었어, 사고로. 그 뒤에 내가 뒤를 이었지. 지금의 카린 성주는 나야."

드워프가 조마조마하게 지켜보는 가운데, 아스카는 무겁지도 가볍지도 않은 담담한 어조로 말했다.

아스카의 대답에 당혹스러워진 것은 엘프다. 그는 '드래곤 계곡의 중재자' 로서의 카린 성주를 기대하고 이곳까지 왔다. 하지만 고작해야 열하나, 열둘 정도밖에 되어 보이지 않는 어린 여자 아이에게 대체 무엇을 부탁하고, 무엇을 기대한단 말인가?

아스카는 엘프와 드워프, 벽쪽에 기대선 표정 없는 백발 소년에게 차례로 시선을 주었다.

"다들 '카린 성주' 에게 용건이 있는 것 같군? 하지만 나는 식전이라서 말이야, 배가 고파. 자세한 이야기는 저녁을 들면서 해도 좋을까?"

아스카의 말에 엘프는 난감한 표정으로 드워프를 돌아보았고, 드워프 역시 고개를 설레설레 저었다.

"나라면 그러지 않겠다. 식탁의 분위기를 망쳐 놓는 것으로 모자라, 먹은 음식이 체하고 말 테니까."

아스카는 짙푸른 색의 아몬드 아이를 동그랗게 떴다.

"뭐야? 그렇게 재미있는 얘기야? 그렇다면 꼭 저녁을 먹으며 들어야 겠는걸?"

아스카의 장난기 넘치는 말에, 투르파는 인상을 일그러뜨리며 자신은 분명히 경고했다고 중얼거렸다.

Chapter 7
아스카식 손님 환대하기

만찬석이 준비되었다. 테이블 한가운데 화사한 장미 꽃바구니를 장식하고, 여러 개의 초가 꽂힌 은촛대와 설탕에 절인 과일과 사탕을 담은 그릇도 그 사이에 놓였다.

"오늘밤에 다른 예정이 있었던 모양이지?"

메이드들이 테이블 끝까지 세팅되어 있던 포크와 나이프, 술잔을 치우는 것을 본 드워프가 미안한 듯 말하자 아스카는 미소를 지었다.

"명절이니까 다들 모여서 식사 한 끼 하려고 했었지. 신경 쓸 것 없어. 시슬리안은 아직 많이 남았고, 식사는 언제든지 할 수 있으니까."

불이 켜지지 않은 촛대에 집사인 킬렌이 불을 붙이면 모든 준비가 완료되었다는 신호이다.

아스카는 카린의 휘장이 길게 늘어진 식탁 끝에 앉았고, 그녀의 오른쪽 옆에 드워프인 투르파가, 왼쪽에는 유니콘인 유힐이 앉았으며, 투르파 옆으로는 엘프인 시에린이 앉았다.

"자, 그럼 요리가 나올 때까지 카린 성주에게 다들 무슨 용건인지 들어볼까?"

아스카가 드워프와 유니콘, 엘프를 차례로 바라보자, 드워프는 한숨을 내쉬며 들고 있던 포도주 잔을 내려놓았다.

"별로 좋지 않은 소식이다."

아스카는 눈썹을 살짝 치켜 올렸다.

"대체 무슨 말을 하려고 이렇게 잔뜩 뜸을 들이는 건지 모르겠군."

아스카의 미소 띤 얼굴을 빤히 바라보던 드워프는 다시 한숨을 내쉬었다.

"드래곤 계곡에 침입자가 있다. 노예 사냥꾼인 것 같아. 제일 먼저 엘프 마을이 당했고, 유니콘들의 서식지도 피해를 입었다."

아스카의 얼굴에서 미소가 사라졌다. 그녀는 자신의 앞에 놓인 포도주를 한 모금 삼킨 다음, 엘프를 바라보았다.

"자세한 정황을 설명해 줬으면 좋겠는데?"

그녀와 눈이 마주친 엘프는 고개를 끄덕였다.

"3일 전, 밤의 일입니다. 어머니의 나무, 렉실의 부름으로 잠에서 깨어나 보니 마을이 온통 연기에 휩싸여 있었습니다. 복면을 쓴 인간 사내들은 폴렌초에 불을 붙여 집어 던졌고, 연기에 질식할 지경이 된 동족들은 변변한 저항도 해보지 못하고 쓰러졌습니다. 그러자 그들은 쓰러진 동족들을 닥치는 대로 자루에 나누어 담고 사라졌다고 하더군요."

사라졌다고 하더군요? 묘한 어감을 가진 마지막 말에 아스카는 미간을 찌푸렸다.

"직접 본 것이 아니라는 소리 같은데?"

"그 녀석은 침입자 두 놈이랑 칼부림을 하다가 죽을 지경이 된 것을 소디스의 여왕이 구해서 내 집 앞마당에 던져 놓으셨다. 덕분에 자다가 물벼락을 맞았지."

드워프는 자고 있는 그에게 얼음물을 퍼부어 깨운 성질 나쁜 요정을 떠올리며 쓴웃음을 지었다.

"에렐이? 하지만……."

3일 전이라면, 레온과 함께 성으로 돌아오는 길에 에렐을 만났던 그날 밤이다. 하지만 소디스의 여왕은 아스카에게 그 어떤 얘기도 해주지 않았다.

'에렐~!! 원망할 거야!'

아스카는 속으로 투덜거리며, 다시 엘프를 바라보았다.

"폴렌초 때문이었다고는 해도 그렇게 손쉽게 당했다는 것은 이해가 되지 않아. 엘프가 폴렌초 연기에 약하다고는 하지만, 성년이 되면 어느 정도 내성이 생기는 것으로 알고 있는데? 그리고 침입자의 수가 얼마나 됐는지는 모르지만, 엘프의 수보다 많았을 것 같지는 않은데 어떻게 된 거야?"

엘프는 살짝 미간을 찌푸렸다. 사정을 잘 알지도 못하면서 대처가 적절하지 못했다고 책하는 것 같아 불쾌했던 것이다.

"여덟 장로님을 비롯한 하이 엘프 대부분은 마을을 비운 상태였습니다. '엘프의 성지'에서 이번 가뭄에 대한 대책 회의가 열렸기 때문에, 그곳에 참석하기 위해 가셨습니다."

아스카는 고개를 끄덕였다. 그녀는 '에렐이 참석했던 것과 비슷한 회의를 엘프들도 개최하나 보군' 하고 생각했다.

"성년을 지난 엘프가 폴렌초 연기에 내성을 지니는 것은 어느 정도까지만 입니다. 눈앞이 제대로 보이지 않을 정도로 자욱한 연기 속에서는 취하지 않을 도리가 없지요. 게다가 마을에 남겨진 것은 성년을 갓 지났거나, 아직 성년이 되지 않은 엘프가 대부분이었습니다."

눈앞이 보이지 않을 정도로 자욱한 연기.

아스카는 미세하게 미간을 찌푸렸다. 이것은 확실히 그녀 쪽의 실책이다. 폴렌초는 카린의 영역 내에서는 채취 및 사용이 엄격하게 규제되어 있는 식물 중 하나다. 그런 식물이 한두 다발도 아니고 대량으로 유입되었다는 말이다.

아스카는 눈을 가늘게 뜨고 '쿡' 하고 웃었다.

'엘렌, 나에게 해야 할 말이 많겠군.'

"좋아, 그건 알아들었어. 그런데 렉실은 어떻게 됐지? 엘프들의 수호 성목(守護聖木), 렉실의 가호라면 레드 드래곤의 브레스도 막아낸다고 들었는데? 더군다나 드래곤 계곡의 렉실은 수령이 7천 년도 넘은 엄청난 나무가 아냐?"

"어머니는……."

엘프는 천천히 숨을 골랐다. 무릎 위의 손에 힘이 들어가고, 녹색 눈동자가 새카맣게 변한 것을 보니 단단히 화가 난 것 같았다.

"어머니는 이 가뭄 속에서 일족을 보호하시느라 기력을 소진하신 상태였습니다. 남아 있는 힘조차 마법석으로 봉쇄당하고, 본체인 나무에 불이 붙었으니 어떻게 하실 수 있었겠습니까?"

'이런……!'

아스카는 혀를 깨물었다. 침입자까지는 그렇다고 쳐도, 폴렌초와 마법석까지 동원하는데도 몰랐단 말인가? 그 방심의 결과로, 수령이 7천년이 넘은 신령한 나무가 불에 탔다.

아스카는 머리가 아팠다. 이 일을 어떤 식으로 수습해야 할지 감조차 잡히지 않았다.

그때, 요리가 나왔다.

달콤한 호박 스프와 새콤한 드레싱이 뿌려진 샐러드, 윤기가 흐르는 가리비 구이와 오늘의 주 요리인 매콤한 양념을 뒤집어쓴 칠면조가 식탁 한가운데 놓이는 것을 보고 아스카는 한숨을 삼켰다.

식욕은 벌써 사라진 지 오래다. 이런 기분으로 음식을 들어본들 맛이나 느낄 수 있을지 의문이다. 하지만 그녀는 아무렇지도 않다는 듯 태연하게 음식을 들어야 한다. 그녀는 이곳에 '아스카'로서 앉아 있는 것이 아니라 '카린 성주'의 이름으로 앉아 있는 것이기 때문이다.

"자, 식기 전에 다들 들지. 투르파, 잔이 비었네? 포도주 한 잔 더 어때?"

아스카가 손수 술잔을 채워주자 드워프는 어이가 없다는 표정을 지었다. 이런 상황에서 밥이 넘어가느냐는 얼굴이다.

'모르는 소리. 이런 상황이기 때문에 밥을 먹을 수 있어야 해.'

아스카는 호박 스프의 맛을 한껏 음미하면서 천천히 스프를 떠먹었다. 그녀가 가리비 요리에 손을 뻗자, 킬렌이 그녀의 잔에 백포도주를 채워주려고 다가왔다.

"나는 물을 줘."

포도주 한두 잔에 취할 그녀는 아니지만, 지금부터는 맑고 명료한 정신을 유지해야 한다. 무엇보다 포도주를 즐길 기분이 들지 않았다.

집사는 잠자코 그녀의 잔에 물을 채워주었다. 아스카는 집사를 올려다보며 빙긋 웃었다.

"다른 녀석들은 잘 먹고들 있나?"

총동원령이 떨어진 외성 11개 탑의 탑주(塔主 : 탑의 총책임자)들과 망루(望樓)의 책임자들이 회의실에 모였는지를 묻는 것이다.

"예."

"날씨가 추우니, 든든하게들 먹어두라고 해."

거의 검은색에 가깝게 변한 아스카의 눈을 본 집사의 눈에 설핏 긴장이 스쳤다. 하지만 노련한 집사는 언제 그랬냐는 듯 태연한 표정으로 다른 이들의 물 잔을 채워주고 뒤로 물러섰다.

"유힐이라고 했던가? 유니콘들의 서식지 쪽에는 어떤 일이 있었지?"

포크로 국수를 말아 입에 넣고 있던 백발 소년이 고개를 들고 무표정한 눈으로 아스카를 바라보았다.

[엘프 마을에 벌어졌던 일과 별로 다르지 않다. 우리 쪽에는 폴렌초 대신 불을 이용했지. 불을 질러 강가로 몰아넣은 뒤, 활과 그물을 사용해 어린 유니콘들을 포획했다. 어린 유니콘의 뿔은 강철 그물을 찢을 정도로 날카롭지 않으니까. 정황은 비슷하지만, 그 일에 동원된 인간의 머릿수는 우리 쪽이 좀 더 많은 것 같더군. 이쪽의 엘프는 고작 두서넛의 인간을 봤다고 했지만, 우리를 향해 활을 쏘아대던 인간은 최소 스물은 넘을 것 같으니까.]

'도중에서 인원수가 늘었다?'

아스카는 미간을 찌푸렸다.

"얼굴은? 인상 착의는 기억해?"

[복면을 하고 있었다.]

아스카는 차가운 물을 들이켰다. 타는 속을 진정시키기 위해서다.

두 이종족의 말을 듣고 있으니 확실해졌다. 이것은 철저하게 계획된 일이다. 무엇을 노리는지는 알 수 없지만, 단 한 가지만은 확실하다. 이것은 아스카 자신을 겨냥한 것이라는 것.

'싸움을 거는 건가? 이 나에게? 훗, 재미있군.'

물 잔을 내려놓던 아스카는 자신을 바라보고 있는 엘프와 눈이 마주쳤다. 그의 앞에 놓인 요리는 손도 대지 않은 상태로 싸늘하게 식어가고 있었다.

"샤펜 부인은 국수 요리를 잘하지. 맘에 들 거라고 생각하는데?"

"음식을 먹고 싶은 마음이 들지 않습니다."

마을이 하루아침에 쑥대밭이 되고, 어머니처럼 여기던 나무가 불탔다. 게다가 노예 사냥꾼에게 잡혀간 동족은 살았는지, 죽었는지조차 알 수 없다. 이런 상황에서 밥이 술술 잘 넘어가는 쪽이 정상이 아니겠지.

마음이 편하지 않기는 드워프 역시 마찬가지인지, 좋아하던 칠면조 요리에는 손도 안 대고 포도주만 연거푸 들이켜고 있다. 식탁에서 유일하게 음식을 먹고 있는 것은, 유니콘이라는 유힐뿐이다. 그가 제법 능숙한 솜씨로 국수 가락을 말아 입에 넣고 있는 모습을 묘한 기분으로 응시하던 아스카는 엘프에게로 시선을 돌렸다.

"들어야 할 얘기는 대충 다 들은 것 같군. 그래서 엘프와 유니콘은 내가 어떻게 해주기를 바라지?"

어떻게 해주기를 바라냐고?

시에린은 쓴웃음을 삼켰다.

이렇게 말하는 상대에게 어떤 도움을 요청할 수 있겠는가. 예상하지 못했던 것은 아니지만, 기분이 씁쓸해졌다.

"아무것도. 아무것도 바라지 않습니다. 이것은 전적으로 우리 엘프들의 문제고, 동족을 구하는 것도, 복수를 하는 것도 저희 엘프들에게 남겨진 일입니다. 당신은 그저 그 권리가 저에게 있음을 인정해 주시기만 하면 됩니다."

"시에린 렌트위스!!"

드워프의 입에서 즉각 질책의 외침이 터져 나왔지만, 엘프는 고집스러운 얼굴로 아스카를 바라보았다. 그를 마주 바라보던 아스카는 고개를 갸웃했다.

"'복수고 일족을 구하는 일이고 전부 내가 알아서 할 테니, 넌 방해하지 마라' 라는 의미인 것 같은데, 그래? 그게 당신이 나에게 바라는 도움의 전부야?"

"예."

시에린이 엘프답게 그녀의 말을 솔직하게 긍정하자, 아스카는 빙긋이 웃었다.

"좋아. 그럼 그렇게 해. 나 역시 필요없다는 도움을 억지로 떠안길 정도로 한가하지도, 사람이 좋지도 못하니까 말이야."

드워프는 눈을 부릅떴다. 아무리 시에린 녀석이 삐딱하게 나왔기로, 아스카까지 이런 식으로 나올 줄은 몰랐다.

"이것 봐, 꼬맹이!!"

드워프가 자신의 자리를 박차고 일어나려 하자, 아스카는 어깨를 잡아 그의 행동을 제지하며 '다만!' 하고 말했다.

"확인 차원에서 몇 가지 물어보고 싶은데?"

아스카의 진지한 눈을 대한 시에린의 얼굴에 의아함이 스쳤다. 그녀가 시에린의 권리를 인정한 이상, 그녀는 이 문제에서 손을 떼겠다고 선언한 것이나 마찬가지다. 새삼스럽게 알고 싶은 게 뭐란 말인가?

그래도 시에린은 고개를 끄덕였다.

"물어보시지요."

"우선, 침입자들의 정체를 알아?"

뜻밖의 질문이었지만, 대답할 수 없는 것도 아니기에 침착하게 입을 열었다.

"모릅니다. 하지만 그자들이 썼던 검술은 기억하고 있습니다. 그중의 하나는 마스터의 경지에 올랐던 것으로 보였습니다. 대륙이 제아무리 넓어도 마스터가 그렇게 흔할 리는 없으니 쉽게 찾을 수 있을 겁니다."

침입자들 중의 하나가 마스터라? 문제가 점점 더 복잡해지고 있다. 하지만 아스카는 태연한 표정으로 고개를 끄덕였다.

"좋아, 다음. 그들이 당신의 동족과 어린 유니콘들을 거느리고 어디로 갈 건지는 알아?"

"노예 시장이겠지요."

노예 사냥꾼들이 무엇 때문에 그들 마을을 습격해 엘프들을 잡아갔겠는가. 갈 곳이야 뻔하다. 당연한 것을 왜 묻느냐는 얼굴로 바라보았지만, 아스카의 얼굴은 여전히 진지하다.

"그러니까, 어느 노예 시장이냔 말이야. 아는지 모르겠지만, 여기 바라얀에서는 이종족의 노예 매매가 합법이야. 드러난 공개 시장만 해도 80여 개. 이곳에서 가까운 항구 도시 세람만 해도 총 8곳이 있어. 물론 이것은 암거래 시장은 포함하지 않은 숫자야. 자, 이곳 중 어디일 것 같아?"

시에린은 대답하지 못했다. 그는 바라얀에 그토록 많은 노예 시장이 있다는 사실도 아스카의 말을 통해 처음 알았다.

"바라얀이 아니라 다른 나라에서 팔려고 할 가능성은 없나?"

투르파의 말에 아스카는 미소를 지었다. 예리한 지적이었다. 드워프답다고나 할까, 그는 가끔 이렇게 겉보기와는 달리 세심한 일면을 가지고 있다.

"그럴 가능성도 있지. 하지만 이것은 운송 수단과 까다로운 국경 통과 절차를 해소할 수단이 마련되어 있을 경우야. 특별 주문을 받지 않고는 잘 있는 일이 아니거든? 그리고 만약 특별 주문을 받았다고 해도 가격이 폭락하지 않을 정도의 수준까지는 바라얀에서 처분하려고 할 거야. 그 많은 인원을 다 데리고 국경을 넘는다는 것은 그리 용이한 일이 아닐 테니까."

시에린은 묘한 눈으로 아스카를 바라보았다. 그녀처럼 어린 아가씨가 어째서 노예 시장의 사정에 그토록 해박한가 하는 의문을 담은 눈이었다. 하지만 아스카는 씩 웃으며 다음 질문을 했다.

"만약에 운이 좋아서 일족이 경매되는 노예 시장을 늦지 않게 찾아냈다고 쳐. 솔직히 이건 가능성이 아주 희박하지만, 뭐 없으란 법도 없지. 자, 어떻게 할 거야?"

"어떻게 라니……."

구해내는 수밖에 없지 않은가. 그 외에 다른 선택이 있을 리가 없다. 그의 마음을 읽은 것처럼 아스카는 '쯧쯧' 하고 혀를 찼다.

"그러니까 어떤 식으로 구해낼 거냐고. 말했다시피 바라얀에서는 노예 매매가 합법이야. 노예 사냥꾼들이 무슨 짓을 해서 엘프들을 잡아왔건, 시장에 넘겨진 이상 '거래할 수 있는 상품'이 돼. 이러이러한 사정이니 풀어달라고 사정해도 돈을 지불하고 물건을 사들인 쪽에서는 들어줄 리가 없겠지? 내가 생각할 때, 시장에 팔린 엘프들을 구할 수 있는 간단하고 손쉬운 방법은 세 가지야. 금력, 무력, 혹은 이 두 가지 모두를 동원하는 것. 그러니까 물어볼게. 잡혀간 동족 모두를 사들일 정도의 경제력이 당신에게 있나? 아니면 갇혀 있는 곳에 몰래 잠입해서 사병과 군대를 막아내고, 일족을 무사히 피신시킬 만한 무력이 있어?"

"군대?! 노예 시장에 군대가 있단 말이야?"

드워프가 눈을 크게 뜨고 묻자, 아스카는 고개를 끄덕였다.

"아는 사람이 별로 없는데, 바라얀에서는 노예 매매가 국가 산업이야. 대규모의 자금이 왕실과 일부 귀족들에게로 흘러들어 가지. 왕족이나 귀족으로서는 별로 체면이 서는 일은 아니지만, 일부 정의감 넘치는 노예 매매 반대론자들에게 손해를 입는 것도 달갑지 않겠지? 사복을 입은 군대가 눈에 띄지 않게 주둔하고 있고, 약간만 이상이 있어도 경비대가 달려오지."

"이런, 젠장!"

시에린은 욕설을 내뱉는 드워프와 같은 심경이었다.

그는 대답을 재촉하는 것처럼 물끄러미 자신을 응시하는 아스카를 노려보았다.

"무슨 말을 하고 싶으신 겁니까?"

"알 텐데? 나는 네가 뛰어난 검사라는 것을 알아. 나 자신은 검을 쥐어본 적도 없지만, 보는 눈 정도는 있거든. 너는 적어도 인간들이 말하는 '마스터'의 수준 정도는 뛰어넘은 검사일 거야. 하지만 군대와 혹은, 바라얀이라는 국가 전체와 싸움을 벌이기엔 좀 역부족일 것 같은데?"

"어째서 바라얀 국가 전체를 상대로 싸움을 하게 된다는 말이지?"

드워프가 이해할 수 없다는 얼굴로 아스카를 바라보았다.

"초연한 가면을 쓰고 있지만, 귀족이란 원래 자신의 이익에 민감한 족속이야. 엘프가 노예 시장을 습격해서 상품들이 도주한다면, 이유야 어떻게 됐건 가만히 있을 리가 없지. 한 번 있는 일은 두 번도 있을 수 있으니까. 바라얀 전국에 퍼져 있는 노예 시장에서 같은 일이 벌어진다면 곤란하지 않겠어? 본보기를 보이기 위해서라도 본격적으로 군대를 동원하겠지."

시에린의 얼굴에서는 핏기가 가셨고, 드워프의 얼굴도 어두워졌다. 둘 모두 아스카의 예측이 옳다는 것을 느꼈기 때문이다.

"지극히 불합리하지만, 이것이 인간들의 방식이라는 거야. 인간과 이종족이 부딪쳤을 때, 누가 옳고 그르냐는 상관없이 대부분 이종족들이 불리한 입장에 놓이게 되어 있어. 소수이기 때문이지. 내가 알기로, 그런 원칙에서 벗어난 존재는 딱 하나뿐인 것 같더군."

"드래곤 말인가?"

드워프가 바로 알아들었다는 듯이 답해왔다.

"음. 그래, 드래곤. 나는 아직 한 번도 본 적이 없지만, 나라 하나 정도는 아무렇지도 않게 잿더미로 만들 수 있을 만한 무력이 있다면 꺼릴 것이 없겠지."

시에린에게 그 정도의 무력은 없다. 요행히 일족 모두를 무사히 노예 시장에서 구해낸다고 해도, 바라얀의 군대가 쳐들어오면 무슨 수로 막는단 말인가.

물론 그를 비롯한 하이 엘프들이 회의에서 돌아오면, 군대라고 해도 그렇게 호락호락하게 당하지는 않을 것이다. 하지만 많은 엘프들이 죽어갈 것이다, 주로 어리고 힘없는 엘프들이.

시에린은 어떻게 해야 할지 알 수가 없었다. 하지만 아스카는 계속해서 그를 몰아세웠다.

"일족이 거래되고 있는 노예 시장을 제때 찾아내지 못했을 경우의 얘기를 해보지."

"듣고 싶지 않습니다!!"

"들어야 해!"

아스카는 시에린의 핏발이 선 사나운 눈에도 개의치 않고 강압적으로 말했다.

"네가 호기로, 복수심으로 하겠다고 하는 일이 어떤 것인지 알아야 하잖아? 네가 제때 잡혀간 엘프들을 구해내지 못하면, 그들은 대륙 각지로 팔려 나가게 될 거야. 그렇게 되면 뿔뿔이 흩어진 그들을 찾아내는 것이 얼마나 어려운 일일지 말하지 않아도 잘 알 테지? 시간이 걸리면 걸릴수록, 당신이 찾아가는 게 늦어지면 늦어질수록, 당신의 일족들은 노예의 삶을 견디지 못하고 피폐하게 망가지겠지. 개중에는 당신이 찾아가기도 전에 병들어 죽거나 자살한 경우도 있을 거야. 그걸 알면서, 그들에게 당신이 찾아갈 때까지 참고 기다리라고 말할 수 있어? 그것을 강요할 권리가 당신에게 있나?"

"그만 하십시오! 그만!! 그만……."

시에린의 외침은 마지막에 가서는 거의 흐느낌으로 변했다. 아스카는 긴 한숨을 내쉬었다.

"알아주었으면 좋겠군. 나는 너를 괴롭히기 위해 이런 말을 하고 있는 것이 아니야. 때를 놓치면 곤란하기 때문에 일깨워 주려는 것뿐."

아스카는 물을 한 모금 마신 다음, 고개를 숙이고 있는 시에린을 바라보았다.

"나는 당신의 기분을 알아. 누가 나의 성을 짓밟고 일족들을 납치해 갔는데, 내가 알아서 해줄 테니 너는 물러나 있으라고 했다면 엿이나 먹으라고 했을 거야. 하지만 이것을 알아야 해. 일족이, 나에게 있어서는 가족이나 다름없는 사람들이 무사히 내 곁으로 돌아오는 것에 비한다면 복수쯤이야 작은 일이라는걸. 포기하지만 않으면 복수의 기회는 언젠가는 와. 하지만 일족이 무사히 돌아오는 것은 그렇지 않아. 잡혀간 엘프들은 당신에게 소중한 존재일 텐데?"

시에린은 눈물로 젖은 얼굴을 들어 아스카를 바라보았다.

"제가… 어떻게 하기를 바라십니까?"

아스카는 대답 대신 식탁 위로 오른손을 내밀어 보였다.

"내 손을 잡겠어? 나는 너에게 먼저 손을 내밀었어. 잡고 잡지 않고는 너의 마음이고, 내가 강요할 수 없는 문제야. 나는 억지로라도 네 손을 잡아당겨서라도 내 손을 잡게 하고 싶지만, 그것은 내 마음대로 되는 일이 아니지."

잡은 손이 의미하는 것은 신뢰와 믿음이다. 아스카는 손을 통해서 묻고 있는 것이다. 나를 믿어볼래? 신뢰하도록 서로 노력해 보겠어? 라고.

시에린이 엘프가 아니었다면, 그는 저 손을 잡았을지도 모른다. 하지만 그는 거짓을 말할 수 없는 엘프였다.

"저는 당신을 믿지 않습니다. 신뢰할 수도 없습니다."

엘프의 말에 아스카는 빙긋 웃었다, 그의 그런 대답을 예측하기라도 했던 것처럼.

그녀는 식어버린 칠면조 요리에서 다리 하나를 뜯어내 우물우물하고 씹었다.

"내가 '엘프들은 먹지 않는 것을 먹는 인간'이기 때문에?"

시에린은 할 말을 잃었다. 그렇게 단순한 문제가 아니라 말하고 싶었지만, 어쩌면 정곡을 찔렀는지도 모른다. 시에린이 그녀를 신뢰할 수 없는 가장 큰 이유. 그것은 그녀가 다름 아닌 '인간'이기 때문이다.

"나는 인간이야. 너희들이 먹지 않는 육고기도 먹고, 생선도 먹고, 날것을 회친 것도 좋아하지. 없어서 못 먹어."

엘프의 얼굴에 혐오감이 스쳐 지나가는 것을 보고 아스카는 쿡 하고 웃었다.

"하지만 나는 엘프들이 '먹지 못한다는 것'을 별로 대단하게 생각해 본 적은 없는걸? 그건 단순히 식성의 차이일 뿐이잖아. 그냥 다르다는 것일 뿐이지."

시에린은 너무 쉽게 단정 짓는 아스카에게 화가 났다.

"당신에게는 그것이 '식성의 차이'에 불과합니까? 그러니 같이 뛰어놀던 사슴도 아무렇지도 않게 죽여서 잡아먹고, 퍼덕거리며 고통을 호소하는 생선을 칼로 난자할 수 있는 것이겠지요!"

아스카는 소리 내어 웃었다. 시에린이 노려보자 웃음소리는 그쳤지만, 얼굴에는 여전히 웃음기가 가득했다.

"왜 웃는 겁니까?"

"쿡쿡. 아, 미안. 하지만 네가 귀여워서 말이야."

귀여워? 시에린은 자신이 무슨 말을 들었는지 알 수가 없었다. 여기서 왜 귀엽다는 말이 나오는 것인지.

"생물이 살아가는 데는 저마다의 법칙이 있어. 토끼는 풀을 먹고 살고, 늑대는 토끼 같은 초식동물들을 잡아먹고 살지. 하지만 아무도 늑대보다 토끼가 훌륭하다고는 말하지 않아. 토끼를 잡아먹는 늑대를 나쁘다고도 하지 않지. 왜? 그것은 피조물로는 어찌할 수 없는 신의 섭리이기 때문이지. 당신은 엘프야. 하지만 당신이 원해서 엘프로 태어났어? 토끼가 토끼로 태어나고 싶어서 태어난 것은 아닌 것처럼, 당신도 당신 스스로가 원해서 엘프로 태어난 것은 아니겠지. 엘프가 육식을 하지 않는 것은 먹기 싫어서, 혹은 먹을 수 없어서겠지. 하지만 그런 엘프 역시 뭔가를 먹고는 있잖아. 당신이 먹고 있는 풀에 담긴 생명의 무게가, 혹은 유실수에 담긴 생명의 무게가 사슴이나 토끼의 생명의 무게보다 가벼울 것 같아?"

시에린은 멍하니 아스카를 바라보았다. 뒤통수를 세게 한 방 맞은 기분이었다. 그는 세상에 깃든 주신의 숨결을, 생명을 아끼고 사랑한다는 엘프였지만 그런 식으로 생각해 본 적은 한 번도 없었다.

"나는 생물이 살아가는 데 희생이 없을 수는 없다고 생각해. 엘프든 인간이든 먹지 않고는 살아갈 수 없잖아? 그렇다면 자각을 가지고, 그렇게 수많은 희생 위에 서 있는 나의 목숨을 소중히 여기는 것이 그동안 나를 위해 죽어간 생명들에 대한 도리라고 생각하지. 이렇게 말하는 나는 인간이야."

아스카는 시에린을 바라보며 온화하게 웃었다. 그 미소가 벽난로 위 초상화 속 여인의 미소와 겹쳐 보였다. 아스카를 처음 봤을 때는 겉모습만 닮았지, 전혀 닮지 않은 모녀라고 생각했었는데.

"인간과 엘프는 다르지. 하지만 함께 살아갈 수 없다는 말은 아니야. 나는 엘프인 당신에게 인간이 되라고 말한 적이 없는데, 당신은 왜 내가 인간인 것을 탓하는 거지?"

시에린은 대답이 궁색해졌다. 그가 고개를 숙이자, 손도 대지 않은 음식들이 눈에 들어왔다.

아스카와 투르파 앞으로는 칠면조 요리가, 시에린과 유힐 앞으로는 매콤한 국수 요리와 과일 샐러드, 호밀 케이크와 치즈 등이 놓여져 있었다.

보통 '만찬'이라고 불리는 자리에서는 참석자 대부분이 같은 요리를 먹게 마련이다. 그것을 생각해 보면 이것은 시에린과 유힐을 상당히 배려한 식탁이었다.

엘프 앞에서 칠면조를 먹는 것을 꺼리지도 않지만, 엘프에게 그것을 먹으라고 강요하지도 않는다. 그녀는 자신의 말처럼 서로가 다르다는 것을, 다르다는 것은 어느 한쪽이 우월하거나 열등하다는 것을 말하는 것은 아니라는 것을 잘 알고 있는 사람이다.

아스카에게서는 한없이 자유로운 바람의 냄새가 났다.

'바람의 냄새……? 아……!'

시에린은 고개를 번쩍 들고 아스카를 바라보다가 뭔가를 깨닫고 파안했다.

'그렇구나! 벽에 걸린 저 이상한 짐승의 그림은 그녀가 그린 것이구나.'

"제가 당신의 손을 잡으면, 제게 소중한 엘프들을 구해주실 겁니까?"

시에린이 묻자 아스카는 미소를 지었다. 시에린은 그 미소를 보고 있자니 묘하게 부끄러웠다. 훨씬 어른인 누군가 앞에서 한바탕 울며 떼를 쓴 듯한 기분이다. 이상한 일이다. 어딜 보더라도 그녀가 자신보다 훨씬 어린데.

"잘난 척하며 말하기는 했지만, 솔직히 나도 장담은 못해. 하지만 최선을 다하겠다고 약속하지. 내가 쓸 수 있는 모든 수단을 동원해서 납치된 엘프가 살아 있는 한, 최후의 한 명까지 드래곤 계곡으로 데리고 오겠어. 아무리 시간이 걸리더라도."

시에린은 고개를 끄덕였다. 그는 그녀의 말을 믿었다. 그 또한 이상한 일이다. 방금 전까지는 그녀를 믿을 수 없었는데.

"숲의 엘프 일족은 이번 일을 4대 카린 성주, 아스카 라피스라즐리 렌드 카린에게 일임하겠습니다. 저는 당신이 약속을 지킬 것이라는 걸 믿습니다."

시에린은 아스카가 내민 손을 잡았다. 손을 잡아보니 생각보다 훨씬 작고 차가운 손의 감촉에 놀랐다. 그녀도 겉으로 보이는 것만큼 태연하지 않았음을 그제야 알 수 있었다.

밤하늘처럼 어두운 색의 푸른 눈이 시에린을 바라보며 방긋 웃었다. 그러자 눈동자 속에서 은빛 반점이 반짝였다.

"내가 당신에게 복수에 정신 팔지 말라고 한 것은 당신에게는 당장 해야 할 일이 있기 때문이야."

"해야 할 일?"

"마을이 쑥대밭이 되었다며? 엘프라고 해서 언제까지나 비바람 맞으며 흙바닥에서 생활할 수는 없을 텐데? 마을 재건 안 할 거야? 회의에 갔다던 엘프들도 곧 돌아올 테고, 납치된 엘프를 구한다고 해도 돌아갈 곳이 있어야 할 것 아냐?"

시에린은 그제야 깨달았다는 듯이 '아!' 하고 소리쳤다. 아스카는 쿡쿡 웃었다.

"그리고 언제까지 저 녀석을 내게 맡겨둘 거야?"

아스카가 '저 녀석'이라며 가리킨 곳에는 홀에서 잠시 사라졌던 집사가 작은 화분을 들고 서 있었다.

흙만 덮여 있을 뿐 아직 싹도 나지 않은 화분이었지만, 시에린은 그 흙 속에 뭐가 있는지 전해져 오는 기운만으로도 알 수가 있었다.

흙 속에서 싹을 틔우려 하고 있는 것은 렉실의 씨앗이다!

"이, 이것은……?!"

화분을 건네 받은 시에린이 믿을 수 없다는 듯이, 기적이라도 만난 사람처럼 흔들리는 눈으로 아스카를 바라보았다.

"소디스의 여왕인 에렐이 친구의 유복자라며 내게 맡긴 거야. 기다리고 있으면 엘프가 와서 데려갈 거라고 하더군. 솔직히 말하면 이쪽도 렉실까지 돌볼 여력은 없지만, 그렇다고 이대로 집도 절도 없는 상태인 당신에게 보낼 수는 없잖아? 엘프 마을이 안정될 때까지만 우리집 온실에서 맡아줄 테니까 어서 마을을 재건해서 데리고 가라고."

아스카를 응시하던 시에린의 짙은 녹색 눈동자에서 한줄기 눈물 방울이 흘러내렸다.

"예. 꼭……."

그는 그 이상 말을 잇지 못했다. 고개를 숙인 그의 얼굴에서 떨어진 눈물이 톡톡 소리를 내며 화분의 흙을 적셨다.

조금 곤란한 얼굴로 고개를 돌린 아스카는 흐뭇한 얼굴로 수염을 쓸고 있는 투르파, 흥미 깊은 눈으로 자신을 바라보고 있는 유힐 등과 눈이 마주쳤다.

유힐을 보는 순간, 유니콘의 대표인 그는 아직 그 어떤 입장 표명도 하지 않았다는 사실이 떠올랐다.

"유니콘 일족은 어떻게 할 생각이지?"

'지금부터는 유니콘을 설득해야 하나?' 하고 생각하고 있는데, 너무도 선선한 대답이 들려왔다.

[우리도 너에게 일임하도록 하지.]

아스카는 '엣?!' 하고 눈을 크게 떴다. 엘프와 마찬가지로 유니콘을 설득하는 데도 어느 정도 마찰이 있을 거라고 예상한 데 비해 너무 간단했기 때문이다.

유힐은 아스카를 바라보며 씩 하고 웃었다. 묘하게 장난기 어린 미소였다.

[우리 유니콘은 품위 빼면 시체나 다름없다. 괜히 대들었다 사정없이 깨져서 우는 얼굴로 '카린 성주에게 대든 본보기 2'가 되는 것만은 사양하고 싶군.]

굳이 턱짓으로 대상을 가리키지 않아도 '카린 성주에게 대든 본보기 1'이 누군지는 명확했다.

"뭐어?"

아스카는 어이없는 표정을 지었다. 다른 이도 아니고, 나무토막만큼이나 표정이 없는 저 유니콘에게서 이런 농담을 듣게 될 줄 누가 상상이나 했을까.

아스카의 얼빠진 표정을 본 유힐은 웃음을 터뜨렸다. 아스카를 비롯한 사람들이 처음으로 들어보는 유니콘의 웃음소리였다.

[바람에게서 네 이야기를 들었다.]

아스카는 고개를 갸웃했다.

바람이라, 어느 바람을 말하는 것일까? 바람의 정령왕인 미요른일까? 아니면 풍아를 말하는 것일까? 그도 아니면, 순수하게 바람 그 자체를 말하는 것일까?

"뭐라고 들었는데?"

[카린 성에 득시글거리는 몬스터들 중에서 가장 작고, 가장 만만치

않은 존재라고 하더군. 그 말대로야.]

"뭐?!"

자신을 몬스터에 비유하는 말에 아스카가 발끈하자 유힐은 다시 웃음을 터뜨렸다.

[재미있는 구경을 잘 하고 간다. 후한 대접도 인상 깊었지만, 흔치 않은 구경거리에 비할 수야 없겠지. 유니콘은 은혜도, 원한도 잊지 않는 종족. 엘메르히스에 올 일이 있거든 나를 찾아라. 오늘의 답례를 하도록 하지.]

작별 인사 같은 말에 아스카는 눈을 크게 떴다.

"벌써 가려고? 하지만 잡혀간 유니콘의 상세한 정보는 아직 아무것도 말해주지 않았잖아. 잡혀간 숫자가 얼마나 되는지, 그리고 그들을 구분할 수 있는 특징 정도는 말해줘야 이쪽도 찾든지 말든지 하지."

투명한 물빛 눈동자로 아스카를 빤히 응시하던 유힐은 빙긋 웃었다.

[네가 찾아내는 유니콘의 숫자가 곧 사라진 유니콘의 숫자다.]

"뭐?!"

아스카는 황당했다. 아스카가 적게 찾아내건, 많이 찾아내건 그만큼만 원래 있었다고 믿겠다는 말이 아닌가? 납치되어 간 일족을 찾는 일에 이토록 무책임한 발언이라니!

[네가 일족의 그 누구 하나 빼놓지 않고 집으로 돌려보낼 것을 안다. 조만간 다시 만날 수 있겠지. 위대한 바람에게는 내가 안부 여쭙더라고 전해다오. 그럼, 다음에 보자. 드래곤과 특별한 인연으로 얽힌 자여.]

'드래곤과 특별한 인연? 이건 또 무슨 말이야?'

아스카가 그 의미를 물어보려고 했을 때, 그는 한줄기 바람이 되어 열린 문을 통해 사라져 버렸다. 마침 현관문을 열고 들어오던 메이드가 갑작스럽게 일어난 돌풍에 놀라 '꺄악' 하고 외치는 소리가 들려왔다.

"성질도 급하긴. 천천히 있다가 가도 아무도 뭐라고 할 사람이 없는데 뭘 저렇게 서둘러 가나 몰라."

아스카가 사라진 유니콘의 뒷모습을 바라보며 푸념조로 말하자, 드워프가 위로하듯 그녀의 어깨를―이라고 해도, 등까지밖에 손이 닿지 않았지만―두드렸다.

"원래 한곳에 붙잡혀 있는 것을 못 견뎌하는 족속들이다. 그만하면 오래 있은 거야."

"그래도 말이야, 설명이나 해주고 가야 할 것 아냐? 게다가 내가 찾아내는 유니콘의 숫자가 사라진 유니콘의 숫자라니, 내가 얼마나 찾을지 알고? 대담한 건지 무책임한 건지 알 수가 없어."

그 다음 말도 이상하긴 마찬가지다. 그는 아스카가 일족의 누구 하나 빼놓지 않고 돌려보낼 것을 안다고 했다. 믿는다가 아니고, '안다' 고.

"바람에 속한 자들은 약간의 예지 능력을 타고난다고 하더군요. 그는 티아 에스텔께서 잡혀간 일족 모두를 돌려보내는 미래를 보았는지도 모르지요."

집사의 말에 아스카는 한쪽 눈썹을 치켜 올렸다.

"미래를 미리 알고 결정했다라? 그것참, 편리하기도 하군."

카린 성에는 예지 능력을 가진 인간은 없다. 아스카 역시 한 치 앞도 볼 수 없다. 인간인 그녀가 볼 수 있는 것은 오직 현재뿐이다.

예지 능력이라? 부럽지 않다고 하면 거짓말이 되겠지만, 그렇다고 당장 미래가 보인다고 해도 곤란할 것 같은 느낌이 든다.
 수긍할 수 없는 미래가 기다리고 있다면 순순히 받아들일 수 있을까? 수긍할 수 있는 미래라고 해도, 한 점 의심없이 그렇게 될 거라 믿고 기다릴 수 있을까?
 "부럽긴 하지만, 난 그래도 역시 미래가 아니라 현재를 살아가는 편이 적성에 맞아."
 미래란 불확실한 것. 그렇기 때문에 수많은 가능성을 품고 있는 것. 아스카는 자신의 손으로 미래를 만들어간다고 믿는 인간이었다. 그렇게 만들어진 미래만이 좋은 것이든 나쁜 것이든 온전히 나의 것이라고 받아들일 기분이 드는 것이다.
 '마음으로부터 받아들일 수 없는 미래 따위, 알아봐야 머리만 복잡하고 불안하기만 할 뿐이지. 나는 그런 것에 기대지 않아.'
 한순간 가졌던 부러움을 털어버리고 벽난로 위를 올려다보니, 초상화 속에서 온화한 미소를 머금은 셀리아가 그녀를 내려다보고 있었다. 대견하다고 칭찬하는 것 같은 미소에, 아스카도 약간 쑥스러운 얼굴로 방긋 웃었다.

Chapter 8
카린 성의 대책 회의

투르파와 헤어진 아스카는 회의실로 향했다. 회의실에서는 꽤 오래전부터 사람들이 그녀를 기다리고 있을 것이다. 아스카도 그들을 기다리게 하고 싶지 않았지만, 자신의 집에 손님으로 온 엘프와 드워프가 쉴 수 있도록 방을 마련해 주고, 주당인 드워프가 밤새도록 술을 마시자고 붙잡는 것을 뿌리치느라 시간을 지체했다.

'다 늦은 밤에 할 일이 뭐냐?' 고 투덜거리던 투르파를 떠올린 아스카는 쓴웃음을 지었다. 그의 일은 이것으로 끝일지 몰라도, 아스카의 일은 지금부터가 시작이다.

육중한 회의실 문을 열고 들어서자, 검은색 흑단(黑檀. Ebony: 단단하고 무거우며, 광택이 뛰어난 검은색 열대목) 테이블을 사이에 두고 앉아 있던 사람들이 일제히 일어나 그녀를 맞았다.

말없이 그들을 둘러보던 아스카는 빙긋 웃으며 자신의 자리에 앉았다. 카린의 휘장기가 드리워진 직사각형 테이블의 한쪽 끝, 상석(上席)이 그녀의 자리다.

아스카가 자리에 앉아도 다른 사람들은 그대로 서 있었다.

"왜들 그러고 서 있어? 목 아프니까 앉아."

"티아 에스텔……."

아스카의 오른쪽 옆에 선 집사가 어두운 표정으로 말끝을 흐렸고, 왼쪽 옆에 선 가정부가 조심스럽게 그녀의 눈치를 살폈다.

"아스카님, 화가 나신 것이… 아니에요?"

샤펜 부인의 조심스러운 질문에 아스카는 피식 웃었다.

"화는 나지. 그렇다고 이 무거운 흑단 테이블을 집어 던지지는 않을 테니까, 다들 안심하고 앉아. 그러고 싶은 마음은 굴뚝같아도 기운이 없어서 못해."

"제가 대신 던져 드릴까요?"

라미엘이 끼어들어 묻자, 아스카는 그를 째려보았다. 하지만 킥 하는 웃음소리가 입술을 비집고 새어 나오자 노려보는 것을 그만두고 어깨를 으쓱했다. 라미엘은 킬렌이나 샤펜 부인과는 다른 의미로 미워할 수 없는 천성을 가진 사람이다.

아스카가 웃자 회의실의 분위기는 훨씬 부드러워졌다. 사람들은 옆 사람의 눈치를 보더니 하나, 둘씩 자리에 앉았다. 아스카는 테이블에 턱을 괴고 사람들을 바라보고 있었다. 허둥대는 사람들의 모습이 묘하게 귀엽게 보였다.

"다들 저녁은 들었어?"

'예' 하는 단답형의 대답이 들려왔다. 다른 때 같았으면 아무리 회의석이라고 해도 뭐가 맛있었느니, 맛없었느니, 무엇보다 기대하고 있던 '만찬'이 무산된 데 대한 항의의 말 한마디 정도는 있었을 텐데. 다들 긴장하고 있다는 것을 그 무거운 침묵만으로 충분히 알 수 있었다.

"저녁을 같이 먹자는 약속을 깨서 미안. 알고 있는지 모르겠지만, 내 집에 중요한 손님이 들었어. 드래곤 계곡 일대에 거주하는 숲의 엘프 일족의 대표와 엘메르히스의 유니콘 일족의 대표라더군. 그들이 전하는 얘기로, 드래곤 계곡에서 '카린 성주'의 이름으로 엄격하게 금지해 온 약탈 행위가 있었다는 거야. 그에 대한 얘기를 하고 싶어서 불렀어."

카린 일족이 그들의 영토 내에서 엄격하게 금하는 약탈 행위란 다름 아닌 이종족 노예 사냥을 말하는 것이다.

동, 서대륙을 막론하고 이종족의 노예 매매를 금지하고 있는 나라는 거의 없다.

동대륙 남부, 제블린의 노예 시장에서는 수인족(獸人族)에서 인간까지 다양한 종류의 매물을 구경할 수 있고, 북부의 제국 페이샨의 노예 시장은 값싸고 질 좋은 노예를 구할 수 있기로 유명하다. 서대륙의, 여기 바라얀조차도 노예 매매를 국책 사업으로 삼아 왕족과 귀족들이 이익을 나눠먹기 하고 있는 실정이다.

그 바라얀에 속한 일개 영지이면서, 노예 사냥을 엄격하게 금하고 있는 곳은 여기 카린 성뿐이지 않을까?

사실, 3백 년 전 아스카의 증조부인 메사하브가 이 땅에 터를 잡을 때까지는 이곳 역시 이런 일이 비일비재했다고 한다. 산세가 험하고, 각종 몬스터들이 득시글거리는 땅이라 여기까지 와서 이종족을 잡아가기란 그리 쉬운 일이 아니었을 것 같지만, 한몫 잡기 위해 달려드는 할 일 없는 노예 사냥꾼들은 그때도 많고 많았다.

본래 드래곤의 영토였던 드칸 산 일대를 넘겨받은 메사하르가 무슨 생각으로 이종족들의 손을 들어주었는지는 지금도 알 수 없다. 하지만 그가 '이종족들의 노예 사냥 금지'를 선언한 이후로, 카린의 영토 내에서 그것은 반드시 지켜져야 하는 금기가 되었다.

"중대한 문제라는 인식은 다들 있을 거라고 생각해. 할아버지 대에도, 아버지 대에도 한 번도 없었던 일이지. 솔직히 자존심 상하지만, 지금은 그런 게 중요한 게 아니야. 어떻게 해서 이번 일이 벌어질 수 있었는지 알고 싶어."

아스카의 시선을 받은 엘렌 라우드가 자리에서 일어났다. 침입자들의 내력과 목적, 정체를 밝히는 것은 엘렌이 맡고 있는 망루에서 하는 일이다.

그녀는 아스카를 향해 정중하게 고개를 숙였다.

"일단 티아 에스텔께 사죄의 말씀 올립니다. 망루를 책임진 자로서 이번 사태에 대해 뭐라 드릴 말씀이 없습니다."

아스카는 보일 듯 말 듯 미소를 지었다.

엘렌은 일이 벌어진 뒤 여기저기서 상당히 시달렸는지 그녀답지 않게 초췌한 안색이었지만, 눈이 살아 있었다. 자신이 책임질 일이 무엇인지, 무엇을 해야 하는지 아는 사람의 눈이었다.

"그럼, 먼저 이 사태를 시간의 경과에 따라 설명해 드리도록 하겠습니다. 지금으로부터 3일 전 저녁 무렵, 망루에서는 텍사—멀리 있는 물체를 가깝게 보여주는 일종의 망원경—를 사용해 성안의 동태를 살피고 있는 일단의 수상한 무리를 발견했습니다. 저희들이 행동에 들어가려고 하는 순간, 스크롤을 써서 사라졌습니다. 집사님께 보고하고 추적하라는 명을 받았습니다."

엘렌은 읽고 있던 보고서를 한 장 뒤로 넘겼다.

"아시리라 생각합니다만, 스크롤로 이동할 수 있는 거리에는 한계가 있습니다. 정확한 좌표를 알고 있거나, 다른 쪽에서 대응 마법진을 그려주지 않는 한 말이죠. 저희 망루에서는 그런 상식에 따라 침입자들이 스크롤로 이동할 수 있는 최대 거리를 산정하고 그 주변을 샅샅이 살폈지만, 침입자들을 찾는 데에는 실패했습니다."

"그날 밤에 드래곤 계곡의 엘프 마을이 불에 탔다고 하더군."

아스카의 말에 엘렌은 고개를 끄덕였다.

"예, 저의 판단 미스로 인한 실책입니다. 조력자를 미처 염두에 두지 못했습니다."

"조력자라······."

아스카는 한숨을 내쉬었다.

조력자가 했을 일은 뻔하다. 드칸 산 주변의 정확한 좌표를 알려주거나, 스크롤의 이동 거리를 늘릴 수 있도록 대응 마법진을 그려주었을 것이다.

문제는 두 가지 모두가 일족 이외의 사람에게는 극비라는 것이다.

사람들은 일족 중에 있을지도 모를 배신자의 존재를 상상하자 얼굴에서 핏기가 가셨다.

"아, 아스카님, 설마······."

'배신자가 있는 것은 아닐까요?' 라는 말이 이어지기도 전에 아스카는 자신 앞에 포개져 있는 재떨이를 집어 들어 말을 꺼낸 자에게 던졌다. '딱!' 소리가 나더니, 외탑의 탑주 중 하나가 이마를 얻어맞고 아프다는 듯이 이마를 손으로 쓸었다.

"허튼소리! 너는 네가 데리고 있는 아이들을 그렇게 모르냐? 설사,

나에게 불만이 있다고 해도 그런 식으로 드러낼 리는 없어. 수장으로서, 가장으로서 자신의 아이들과 가족들을 믿지 못한다면 대체 누굴 믿을 것이냐?"

재떨이로 얻어맞은 루비탄 탑의 탑주는 순순히 고개를 숙였다.

"예, 제가 잘못했습니다."

아스카는 빙긋 웃었다. 그가 더 이상 의혹을 증폭시키지 않기 위해 대표로 말을 꺼냈다는 것을 모를 그녀가 아니었다.

"적시에 나서기는 잘 나섰다만, 네 밑에 있는 아이들이 혹시라도 네 말을 전해 듣고 섭섭해할까 해서 때렸다. 아프냐?"

루비탄의 탑주, 세렉은 삐죽 입을 내밀었다.

"오랜만에 맞으니 무지 아픕니다. 기운도 없으시다는 분께서 재떨이는 거기서 여기까지 잘도 날리십니다. 저는 파엔 같은 돌 머리가 아니라서 말로 해도 알아들으니, 다음부턴 말로 해주셨으면 좋겠습니다."

아스카는 쿡쿡 웃었다.

"사내 녀석이 엄살은……. 일족을 통해서가 아니라고 해도, 어쨌거나 드칸 산 주변의 좌표가 외부인에게 흘러 나갔다는 말이군. 점점 문제가 심각해지는걸? 엘렌, 계속해 봐."

"예. 일단의 무리는 폴렌초와 마법석을 동원해서 드래곤 계곡의 엘프 마을을 기습, 렉실 나무를 불태우고 다수의 엘프를 사로잡아 끌고 갔습니다. 그리고 계곡 외곽에서 한패로 보이는 일단의 무리들과 만나 끌고 온 엘프를 넘겼습니다. 저희 요원들이 발견한 수레바퀴 자국으로 미루어보아 여기서부터는 수레가 동원되어 잡힌 엘프들을 산 밑까지 운반했을 것으로 추측하고 있습니다."

아스카는 미간을 찌푸렸다.

"수레라……? 아무리 실력이 좋아도 몬스터가 득시글거리는 이곳 드칸 산에서 다수의 엘프까지 수레에 싣고, 산 밑까지 안전하게 내려갈 수 있을 만한 길이 그렇게 많지 않을 텐데?"

"한 달여 전쯤에 무기 축제 때문에 뚫어놓은 소렌 마을 쪽 '제2진입로'를 이용했습니다."

아스카의 얼굴에 그림자가 드리웠다.

이걸로 확실해졌다. 이번 일은 그들 일족에 대해 아는 자의 소행이다. 지금 이 무렵에 수레가 다닐 수 있을 정도로 안전한 길이 확보되어 있다는 것을 아는 것은 일족을 제외하고는 몇몇 뿐이다. 그중에서도 하나 정도만이 이런 짓을 벌일 만한 배짱이 있다.

'아빠의 섀도우였던 카렌이 녀석의 목을 날려 버리겠다고 할 때 그러라고 할 걸 그랬나? 상당히 반성한 듯 보이기에 그냥 두라고 했는데. 대체 무슨 의도로 이런 일을 벌였는지 알 수가 없군.'

아스카가 생각에 잠긴 와중에도 엘렌의 보고는 이어지고 있었다.

"…이후, 화살과 그물을 동원해 유니콘을 대거 붙잡아, 마찬가지로 수레에 실어 산 아래까지 운반했습니다. 침입자는 두 패로 갈라져서 한쪽은 수인족 서식지 쪽으로 이동 중이며, 엘라시스님의 명을 받은 로즈마리 요원들이 추적 중입니다. 다른 한쪽은 노획한 이종족들을 운반 중인데, 이쪽은 저희 망루에서 뒤를 쫓고 있습니다."

엘렌은 따로 작성한 보고서를 회의석에 앉은 사람들에게 돌리고 자리에 앉았다.

"몇 가지 질문을 드려도 되겠습니까, 엘렌?"

그녀와 맞은편에 앉은 비온 탑의 탑주, 케일이 질문있다는 듯이 한 손을 들고 물었다.

"질문하시지요."

"침입자들의 인상 착의에 관한 것을 알 수 있겠습니까? 로즈마리가 뒤를 쫓고 있을 정도면 파악이 되었다는 말일 테지요?"

엘렌은 고개를 끄덕였다.

"다들 궁금해하실 것 같아 이미지 마법을 이용해 대지에 남은 이미지를 마법석에 담아왔습니다. 저희 요원들이 준비 중이니 잠시 후면 보실 수 있을 겁니다."

다른 사람이 손을 들었다. 에스카렐의 탑주, 그레고리다.

"엘프 마을 습격에서 의문점이 있소. 엘프들의 방비가 허술했던 것은 예기치 못한 일이니 그랬다고 쳐도, 대량의 폴렌초와 마법석이 망루의 눈을 피해 드래곤 계곡까지 운반된 것은 납득하기 어렵소. 해명을 해주었으면 좋겠군."

그러자 이번에는 샤펜 부인 옆에 앉아 있던 쥴리아가 일어났다. 그녀는 의국의 주인 자격으로 이 자리에 참석했다.

"그것은 제가 해명하죠. 이 일에는 의국이 관련되어 있으니까요. 저희 의국에서는 해열, 진통에 사용되는 약재의 보유량이 감소해서 평소 거래하던 엘머튼 상회를 거쳐 그것을 주문한 바 있습니다. 주문한 약재는 망루 요원과 마법진을 통해 운반할 수도 있지만, 세람 시(市)처럼 가까운 곳에는 수레나 마차 등 기존의 운반 수단을 이용한다는 원칙을 알고 계시겠죠? 마침 세람 마을 쪽의 제2진입로가 닦여 있는 터라 그쪽으로 들어오면 될 것 같아 상회 쪽에 운반을 의뢰했습니다. 망루와 외성문 쪽에도 허가를 받아놓은 상태였구요. 그런데 그들이 그것을 이용해서 주문한 약재가 아니라 폴렌초를 들여온 겁니다."

쥴리아의 어조는 지극히 담담했지만, 그녀의 보랏빛 눈동자에서는 불꽃이 튀고 있었다.

"일단 그쪽부터 족치는 것이 어떻겠습니까?"

그레고리의 제안에 집사인 킬렌의 반응은 시큰둥했다.

"무슨 증거로? 그들은 그런 적 없다고 발뺌하면 그뿐이야. 폴렌초의 수레가 그들의 것이라는 증거를 찾아낸다고 해도, 약재를 잘못 보낸 것 같다고 사과 몇 마디 하는 게 끝일걸? 게다가 상인이란 족속들을 모르나? 확신이 없으면 일을 벌이지 않는 작자들이야. 증거는 찾기 어려울 거야."

"반드시 증거가 있어야 족칠 수 있는 것은 아니죠. 의국에는 나의 원칙이 있다는 것을, 자기 좋을 대로 이용하고 유야무야 넘어갈 수 없다는 것을 보여주겠어요."

사람들은 줄리아가 분노에 차서 짓는 미소를 보았다.

"경거망동하지 마라. 이것이 너의 사사로운 원한이 아닌 이상, 모든 결정은 티아 에스텔께서 하실 것이다."

킬렌이 엄하게 말하자, 줄리아의 고개는 즉각 아스카 쪽으로 돌아갔다.

"아스카님, 허락해 주세요!"

떼를 쓰는 듯한 그녀의 말에 아스카는 피식 웃었다.

"에머튼 상회라······."

우연일까? 아스카가 이번 사건의 용의자로 염두에 두고 있는 자와 관련이 있는 상회다.

'리온 나세 맥파렌. 나를 적으로 돌려보겠다는 건가?'

에머튼 상회의 처리를 놓고 사람들이 옥신각신하는 사이, 마법석에 담아온 이미지를 형상화할 준비가 끝났다.

가장자리에 검은색의 룬이 새겨진 커다란 은 접시 같은 것이 테이블 한가운데 놓였고, 은 접시 속에 투명한 마법 시약이 부어졌다. 그 속에 엄지손가락만한 크기의 타원형 돌을 떨어뜨리자 '치지지직…' 하는 소리와 함께 하얀 연기 같은 것이 뭉글뭉글 피어올랐다.

"이 일의 주범으로 보이는 것은 총 4명입니다. 이종족들을 운반한 인력과 유니콘 서식지 습격 시에 동원되었던 인물들은 동료라고 보기엔 석연치 않은 부분이 있어서 망루에서는 이들을 조력자로 구분해 놓고 있습니다. 우선 보시죠."

희뿌연 안개 속에 하늘을 향해 치솟은 침엽수림이 보였다. 눈에 익은 풍경이다. 몬스터의 길목 어디쯤인 것 같다.

'크워워!' 하는 몬스터의 위협성과 더불어 거구의 사내가 나타났다. 사내는 마치 복면 강도처럼 코 아래로 검은 복면을 쓰고 있었는데, 덕분에 짧게 뻗친 검은 머리와 눈이 아주 선명하게 보였다.

사내가 손에 든 은빛의 롱 소드를 퍽 하고 내지르자, 달려들던 트롤의 머리가 순식간에 산산조각이 났다. 이미지를 보고 있던 라미엘이 입을 열었다.

"제법이군요. 무작위로 휘두르는 것 같지만, 절도가 있습니다. 체계화된 고급 검술… 이라기보다 실전 검술 쪽을 고도로 갈고닦은 느낌이군요. 기본기도 잘 닦여 있고. 길거리에서 흔히 볼 수 있는 용병은 아닙니다. 용병 길드의 기준으로 보면, 1급 이상은 될 것 같군요."

아스카는 고개를 끄덕였다.

다음에 나타난 것은 눈처럼 하얀 백발을 날리고 있는 사내다. 이 사내도 마찬가지로 코 아래로만 복면을 했다.

그가 '확' 하고 검을 휘두르자 괴성을 내지르고 있던 오거의 목이 떨어져 내렸다. 순식간에 벌어진 일이었다. 죽은 오거조차 죽는 순간까지 자신에게 무슨 일이 일어났는지 모르는 듯했다. 굉장한 쾌검이다.

"묘한 검을 쓰는군. 저런 식의 얇은 검을 쓰는 것은 우리 일족뿐인 줄 알았는데?"

킬렌의 감상이었다. 아닌 게 아니라 사내가 들고 있는 검은 특이했다. 검신 자체가 롱 소드나 바스타드 소드에 비교할 수 없이 얇고, 바깥쪽으로 살짝 휘어진 곡선을 가진 검.

"검(劍)이라기보다 도(刀) 같은데? 게다가 순도 높은 강철로 만든 것 같아. 두께도 그렇고, 탄성이나 강도도 그렇고……. 저 정도의 검을 만들어 낼 수 있는 장인이 우리 일족 말고도 또 있을 줄은 몰랐군."

아스카가 흥미 깊은 얼굴로 검을 바라보며 말하자, 라미엘은 고개를 저었다.

"아마 인간이 만든 것은 아닐 겁니다. 아직 저 정도의 강철 제련 기술이 없을 테니까요. 저는 그보다도 저 사내의 검술 쪽이 신경이 쓰입니다. 묘하게 눈에 익은데 짚어낼 수가 없군요. 제대로 검을 쓰는 것을 보면 알 수 있을 듯도 싶은데……."

"나는 그런 것보다, 마스터씩이나 되는 검사가 노예 사냥꾼으로 나서야 할 정도의 사정이 뭔지 알고 싶네."

그랜트의 이죽거림이었다. 이미지를 보고 있던 사람들은 백발의 사내가 마스터라는 것을 알아차렸다. 아스카는 '엘프가 말하던 마스터가 이 녀석이구나' 하고 생각했다.

그 다음에 나타난 것은 검은색 후드를 푹 뒤집어써 얼굴을 전혀 알아볼 수 없는 자였다. 그자가 간단한 시동어만으로 '뇌전격(雷電擊)'을 쏘아 보내고, 자신과 다른 일행 셋을 데리고 손쉽게 다른 장소로 공간 이동하는 것을 보고 사람들은 얼굴을 굳혔다.

"킬렌은 저 녀석의 마법 수위가 어느 정도 될 것 같아?"

"6서클까지는 아직 아닌 듯싶고, 5서클의 유저나 마스터쯤 되어 보입니다만."

"5서클이라……. 5서클의 마법사가 노예 사냥꾼 짓까지 해야 할 정도로 대륙에서 마법사의 대우가 나쁜 줄은 미처 몰랐어."

어떤 사람이 평생 동안 수준 높은 마법사와 마주칠 확률은 마스터 검사와 마주칠 확률보다 낮다고 한다. 마법 자체가 자질에 좌우되는 학문이고, 자질이 있다고 해도 상위 서클로 올라서는 문은 바늘구멍보다 좁다. 무엇보다 고위 서클의 마법사일수록 연구에만 몰두해서 밖으로 나서지 않는다.

대륙에는 한 손으로 꼽을 정도의 7서클 마법사가 있지만, 그들 대부분이 은거해 있다. 5서클이면 웬만한 왕국의 궁정 마법사 자리도 넘볼 수 있을 정도의 실력자라는 말이다.

복면을 한 갈색 머리 사내가 엘프 마을을 둘러싼 암벽으로 보이는 곳에서 렉실을 향해 불을 붙인 화살을 쏘는 모습을 마지막으로 마법석에 담아왔던 이미지는 끝났다.

"하고 싶은 말들이 있으면 해봐."

"이번 일로 피해를 입은 엘프와 유니콘들을 어떻게 하겠다고 했습니까?"

이종족과의 저녁 식사 자리에 없었던 라미엘이 걱정스럽다는 듯이 물었다.

"나는 그들에게 잡혀간 엘프와 유니콘의 마지막 하나까지 되찾아주겠다 약속했고, 그들은 나에게 모든 처리를 일임했어."

라미엘은 놀란 얼굴로 아스카를 바라보다가 파안했다.

"손쉽게 그런 말을 꺼낼 족속들이 아닌데, 과연 아스카님이시군요."

"말을 하는 거야 어려울 게 없지. 문제는 그 말을 지키는가 하는 거야."

아스카는 테이블에 둘러앉은 사람들의 면면을 바라보며 미소 지었다.

"다들 풀이 죽었군. 솔직히 나도 정황을 이종족들의 입에서 들었을 때는 열을 받았어. 망루는 제 역할을 다 못했고, 철벽이라고 아빠가 자랑했던 방어에는 구멍이 뚫렸고, 덩달아서 내 자존심도 사정없이 구겨졌지. 하지만 보고를 받고 나니 알겠어. 너희들은 네 할 일을 다 했어. 문제는 다름 아닌 나에게 있었던 거야."

사람들은 숙이고 있던 고개를 번쩍 들어 아스카를 바라보았다.

"그게 무슨 말씀이십니까?! 이것은 모두 다 저와 저놈들이 변변치 못해서 벌어진 일입니다!"

"그렇습니다! 저희들이 적절하게 대처하지 못해서 벌어진 일입니다!"

킬렌과 그랜트의 외침을 필두로, 탑주들과 성문 책임자, 엘렌과 줄리아까지 '죽여주십시오' 라는 기세로 고개를 떨구자, 아스카는 쓴웃음을 지으며 고개를 저었다.

"아니야, 그렇지 않아."

"아스카님!!"

킬렌의 언성이 한층 높아지는데다가 라미엘을 비롯한 다른 사람들까지 그의 의견에 가세할 움직임을 보였기 때문에 아스카는 손을 들어 그의 말을 제지했다.

"내 말을 들어볼래? 증조부인 메사하르가 이 땅에서 이종족 노예 사냥을 금지한 이후로, 조부나 아버지 대에 이 같은 일이 한 번이라도 있었어?"

선대에는 이런 일이 한 번도 없었다는 것을 누구보다 잘 아는 킬렌과 라미엘 등은 말문이 막혔다. 그들이 대답하지 못하자, 아스카는 그럴 줄 알았다는 듯이 고개를 끄덕였다.

"일족의 영토는 너무 넓어. 드칸 산 전역을 빈틈없이 감시하는 것은 불가능한 일이야. 메사하르도 그걸 알았겠지. 그는 효율적인 방법을 택했어. 그는 자신의 영토 내에서 노예 사냥을 하는 자에게 가혹할 정도의 처벌을 가했지. 단 하나도 그냥 봐 넘기지 않았고, 운 좋게 영역을 벗어난다고 해도 끈질기고 집요하게 쫓아갔어. 아무도 살려두지 않았지. 카린의 영역에서 노예 사냥을 하면 반드시 죽는다는 인식이 박힌 순간부터, 이곳에는 평화가 찾아왔지."

아스카는 맞은편 벽에 걸린 날아오르는 카린의 모습을 묘사한 태피스트리에 시선을 주었다. 아버지인 로사드는 해결하기에 벅찬 난제에 부딪칠 때마다 그 태피스트리를 빤히 바라보곤 했다. 그의 기분을 왠지 이해할 수 있을 것 같다.

"조부와 아버지 대에 이르기까지 카린의 영역에서 목숨을 걸고 자신의 운을 시험해 보고자 하는 녀석은 아직껏 없었어. 그런데 내가 성주가 되자마자 기다렸다는 듯이 이런 족속들이 나타났어? 왜일까?"

아무도 대답하지 못했다. 아스카도 별로 대답을 기대하고 한 말은 아니다.

"그건 말이야. 내가 증조부나 조부, 아버지에 미치지 못한다고 생각하기 때문이야. 증조부, 조부, 아버지는 누구나 알아주는 검사였어. 대륙적인 명성을 가지고 있었지. 하지만 나는 검조차 잡아본 일이 없는 꼬마 계집애야. 충분히 만만하게 보일 만하지."

여기저기서 '빠드득, 빠드득' 하고 이 가는 소리가 들려오자 아스카는 웃음이 났다. 그녀 자신은 그다지 대수롭지 않게 여기는 일에 왜 이 사내들은 이렇게 흥분하는 것일까?

동의를 구하듯이 돌아본 샤펜 부인과 줄리아의 눈에서도 분노의 불꽃이 튀고 있다.

"빌어먹을 XXX 같으니!! 여기가 어디라고 난동을 피우는 거야?!"

"본보기를 보이셔야 합니다!!"

"맞습니다! 본보기를 보이십시오!!"

떠들어대는 사람들의 험악한 기세로 짐작컨대, 그냥 내버려 두면 당장이라도 침입자를 박살 내러 우르르 몰려가기라도 할 것 같다. 아스카는 참지 못하고 웃음을 터뜨렸다.

"그래, 그래. 알았어. 진정들 해봐."

아스카는 밤하늘처럼 맑고 깊은 푸른 눈으로 사람들을 응시했다.

"한 번 실수는 있을 수도 있는 일이야. 하지만 이 실수가 두 번, 세 번 이어진다면 안 되겠지. 너희들은 나름대로 책임을 다했지만, 결론을 놓고 보니 미흡한 점들이 있었어. 그게 무엇인지는 각자가 더 잘 알겠지. 돌이켜 보고 반성의 기회로 삼아."

아스카는 망루의 책임자인 엘렌에게 시선을 주었다.

"엘렌, 내가 거짓말쟁이가 되는 것을 바라지는 않겠지? 잡혀간 엘프와 유니콘은 단 하나도 빠짐없이 되찾아야 해. 그들의 행동을 주시해서 내가 도착하기 전에 이종족이 팔려 갔으면 소재를 명확하게 조사해

두라고 해. 쫓아가서 되찾아 와야 하니까. 미안하지만 망루는 지금부터 풀 가동이야."

엘렌은 '후' 하고 한숨을 내쉬었지만, 곧 언제 그랬냐는 듯이 활짝 웃었다.

"명을 받들겠습니다, 티아 에스텔. 그런데 아스카님, 이 일을 벌인 놈들을 잡으면 저도 보복할 수 있는 기회를 주실 건가요?"

대상이 눈앞에 있으면 갈아 마시고 싶다는 얼굴로 말하는 엘렌을 보고 아스카는 킥킥 웃었다.

"그러고 싶지만 자신에게 우선권이 있다고 주장하는 놈들이 많아서 엘렌까지 차례가 올지는 모르겠는걸?"

형형한 안광을 빛내고 있는 킬렌, 라미엘, 그랜트, 폴에 쥴리아까지 순서대로 바라본 엘렌은 소리없이 웃었다.

"예, 저도 그럴 것 같군요."

아스카는 추적, 암살의 전담 부서인 3개 탑, 로즈마리의 수장인 그랜트를 바라보았다.

"로즈마리가 동원되었다면, 놓칠 걱정은 필요없겠지?"

"그물망을 펼쳐 놓고 명을 기다리고 있습니다. 명을 주시지요."

살려서 잡아올 것인가, 죽여서 잡아올 것인가를 묻는 것이다. 아스카의 푸른 눈이 반짝하고 빛났다.

"넷 모두 살려서 잡아와."

그들의 목숨은 자신에게 권리가 있다고 주장할 사람들이 많다. 죽음처럼 간단하고 값싼 대가로는 수지가 맞지 않는다. 그리고 대체 무슨 배짱으로 자신의 영토에서 이런 일을 벌였는지 궁금하기도 하다.

"명을 받들겠습니다, 티아 에스텔."

그랜트가 빙긋 웃었다. 명이 내려진 이 시점부터 본격적인 '토끼 몰이'가 시작될 것이다.

아스카는 샤펜 부인 쪽으로 고개를 돌렸다.

"샤펜 부인, 엘프 쪽에서 끌려간 자들의 명단을 내일 아침까지 작성해서 주기로 했어. 그걸 받아서 엘렌에게 넘겨줘."

샤펜 부인은 고개를 갸웃했다. 엘프가 아스카에게 건네기로 한 것을 왜 그녀에게 받으라고 하는 걸까?

"그럼, 아스카님께서는……?"

"나는 지금 이 길로 세람—바라얀 동부의 항구 도시—에 간다. 워프 마법진을 통해서 갈 테니까 준비할 건 별로 없을 거야."

다들 뜨악한 얼굴이다. 사안이 심각하긴 해도, 이 정도의 일에 그녀가 직접 나서다니. 그것도 건강한 편이 아닌 아스카에게는 몸에 무리를 줄지도 모르는 워프 마법진까지 동원할 각오라니!

"아, 아스카님, 안 됩니다!!"

"안 돼요, 아스카님!!"

"내일이 가기 전에 모조리 잡아 올리겠습니다. 성에서 기다려 주십시오!!"

"그렇습니다! 저희를 믿지 못하십니까?"

일제히 터져 나온 반대의 말에도 아스카의 표정은 변함이 없었다. 침착하게 가라앉은 푸른 눈에는 고집스러운 각오가 서려 있었다.

"만나야 할 사람이 있어."

먼저 그를 만나보아야겠지, 점잖은 신사의 탈을 쓴 노예 상인을.

아스카는 입술 끝을 살짝 들며 웃었다. 묘하게 호전적으로 느껴지는 미소였다.

"걸어온 싸움은 받아줘야잖아?"

아스카를 바라보던 킬렌은 쓴웃음을 지었다. 이렇게 웃을 때 보면 선대 성주인 로사드와 판박이다.

저 고집을 누가 꺾을 수 있을까, 그는 설레설레 고개를 저으며 한숨을 내쉬었다.

카린 성에 본격적으로 변화와 시련의 북풍이 불어오기 시작했다.

『드래곤의 신부』 4권에 계속…

청 어 람 판 타 지 장 편 소 설

마신의 불길보다 더 사나운 환염의 붉은 불꽃!

THE CONSTELLATION OF BLAZE

『홍염의 성좌』

홍염의 성좌 / 아울 지음

98년 『검은 숲의 은자』, 02년 『폭풍의 탑』, 04년 『겨울 성의 열쇠』
고품격 판타지 작품 세계만을 선보여온 작가 민소영! 그녀의 최신작!!

신세대적인 기발함과 경쾌한 문체,
풍부한 상상력이 빚어낸 판타지계의 명품 중 명품!
짙고 그윽한 그녀만의 농밀함이 빚어낸 장대한 스펙터클 드라마!

2005년 여름,
진한 감동과 짜릿한 전율이 시원하게 회오리친다!

- 유행이 아닌 자유추구 -

FANTASY FRONTIER SPIRIT

청 어 람 판 타 지 장 편 소 설

이계 진입 깽판물에서 느낄 수 없었던
새로운 재미와 감동!

"주인님, 맡겨만 주십시오!"

BUTLE GRACE
집사 그레이스

집사 그레이스 / 박안나 지음

잊혀질 자들이 꿈꾸는 반란

그는 집사가 되고 싶다고 했다.
왜 하고 많은 직업 중에서 하필 집사냐고 묻자
그게 자기가 아는 최고의 직업이기 때문이란다.
그 말에 나는 웃어버렸다. 어찌나 웃었던지 배가 아프고 눈물이 날 정도였다.
지독한 결벽증 환자에, 웃는 법을 잊어버린 멍청이. 눈물샘이 메말라 울고 싶어도
울 수 없던 불쌍한 사람. 짙은 회색구름을 닮고 불투명한 물속 같던 바보.
결국 자신의 말이 맞았음을 내게 입증해 보였다.
그 앞에서 어이없어 하며 웃었던 나를 비웃듯이.
그가 말했던 것처럼 집사가 최고의 직업임을…….